The Flowers of Evil

Charles Baudelaire

Translated by Keith Miller

QUINX BOOKS

The Flowers of Evil
Translation copyright © 2024 by Keith Miller
Quinx Books

Contents

Note on the Text

The Flowers of Evil had a famously tortuous publication history. Charles Baudelaire's original plan for the collection consisted of one hundred poems, arranged in five sections—Spleen and Ideal, Wine, Flowers of Evil, Revolt, and Death—with one poem, "To the Reader," serving as introduction. This version was published in 1857 by Auguste Poulet-Malassis in an edition of 1,300 copies. However, following a trial, six of the poems were condemned by the French authorities due to "obscene and immoral" passages. These poems were "Jewels," "Lethe," "To That Girl Who's Too Happy," "Lesbos," "Condemned Women (Delphine and Hippolyta)," and "The Metamorphoses of the Vampire." The public prosecutor's office ordered that the book be seized.

In the meantime, Baudelaire had been writing new poems, and in 1861 Poulet-Malassis published a second edition of 1,500 copies. This edition omitted the condemned poems and added thirty-five new poems, twelve in a new section titled Parisian Scenes.

In 1866, the condemned poems were published in Belgium by Poulet-Malassis in a standalone volume titled *Les Épaves* (*The Wreckage*), together with "Mœsta et Errabunda" and "In Praise of My Francisca" from the Spleen and Ideal section and sixteen new poems, some of which were mere frivolities.

After Baudelaire's death in 1867, his mother gave her blessing to Théodore de Banville and Charles Asselineau to put together a new version of *The Flowers of Evil*, which was published by Michel Lévy in 1868. This edition contained all the poems from the 1861 version (the ban on the condemned poems would not be lifted until 1949) and included twenty-five new poems. It is unclear how many of the new poems Baudelaire would have wanted to include in a definitive edition. One, "Le Calumet de Paix" ("The Peace-Pipe"), is simply a loose translation of one section of Henry Wadsworth Longfellow's "The Song of Hiawatha."

For this translation, I have placed at the beginning Baudelaire's "Epigraph for a Condemned Book," which was first published in 1861 in *La Revue européenne*, though it was probably written earlier. I have returned the condemned poems to their original locations in the 1857 text. I have placed all but three of the new poems from the 1868 edition at the end of the Spleen and Ideal section. "The Voice" insisted on being at the beginning, so I placed it after "Benediction." I have relegated seven poems from *The Wreckage*, as well as "To Théodore de Banville" and "Le Calumet de Paix" from the 1868 edition, to an appendix (Appendix A). I have included Longfellow's "The Peace-Pipe" for comparison.

Appendix B contains the contents of the various editions: 1857, 1861, and 1868, as well as *The Wreckage*.

I would like to thank Sofia Samatar and Paul Klemt for their help with translating "Franciscæ Meæ Laudes," and Sofia for her careful reading and suggestions.

THE FLOWERS OF EVIL

DÉDICACE

Au poète impeccable
Au parfait magicien ès lettres françaises
A mon très cher et très vénéré
Maître et ami
THÉOPHILE GAUTIER
Avec les sentiments
De la plus profonde humilité
Je dédie
Ces fleurs maladives
C. B.

DEDICATION

To the impeccable poet
To the perfect magician of French literature
To my beloved and greatly respected
Master and friend
THÉOPHILE GAUTIER
With the deepest humility
I dedicate
These morbid flowers
C. B.

ÉPIGRAPHE POUR UN LIVRE CONDAMNÉ

Lecteur paisible et bucolique,
Sobre et naïf homme de bien,
Jette ce livre saturnien,
Orgiaque et mélancolique.

Si tu n'as fait ta rhétorique
Chez Satan, le rusé doyen,
Jette! tu n'y comprendrais rien,
Ou tu me croirais hystérique.

Mais si, sans se laisser charmer,
Ton oeil sait plonger dans les gouffres,
Lis-moi, pour apprendre à m'aimer;

Âme curieuse qui souffres
Et vas cherchant ton paradis,
Plains-moi!... Sinon, je te maudis!

Epigraph for a Condemned Book

Dear reader, clearheaded,
Calm, serene, and innocent,
Unless you've studied under
Satan, that deceitful master,

Toss out this bleak,
Feverish, melancholy book.
Toss it out! You won't understand a thing,
Or you'll think I'm crazy.

But if your eye can plunge into the abysses
Without becoming possessed,
Read me to learn how to love me;

Inquisitive suffering soul
Who goes in search of your paradise,
Pity me! . . . If you don't, I'll curse you!

Au Lecteur

La sottise, l'erreur, le péché, la lésine,
Occupent nos esprits et travaillent nos corps,
Et nous alimentons nos aimables remords,
Comme les mendiants nourrissent leur vermine.

Nos péchés sont têtus, nos repentirs sont lâches;
Nous nous faisons payer grassement nos aveux,
Et nous rentrons gaiement dans le chemin bourbeux,
Croyant par de vils pleurs laver toutes nos taches.

Sur l'oreiller du mal c'est Satan Trismégiste
Qui berce longuement notre esprit enchanté,
Et le riche métal de notre volonté
Est tout vaporisé par ce savant chimiste.

C'est le Diable qui tient les fils qui nous remuent!
Aux objets répugnants nous trouvons des appas;
Chaque jour vers l'Enfer nous descendons d'un pas,
Sans horreur, à travers des ténèbres qui puent.

Ainsi qu'un débauché pauvre qui baise et mange
Le sein martyrisé d'une antique catin,
Nous volons au passage un plaisir clandestin
Que nous pressons bien fort comme une vieille orange.

Serré, fourmillant, comme un million d'helminthes,
Dans nos cerveaux ribote un peuple de Démons,
Et, quand nous respirons, la Mort dans nos poumons
Descend, fleuve invisible, avec de sourdes plaintes.

Si le viol, le poison, le poignard, l'incendie,
N'ont pas encor brodé de leurs plaisants dessins
Le canevas banal de nos piteux destins,
C'est que notre âme, hélas! n'est pas assez hardie.

To the Reader

Folly, errors, greed, and vice
Inhabit our spirits and batter our bodies,
And we nurture our tender remorse
Like beggars fattening their lice.

Our sins are stubborn, our repentance hollow;
We demand a high price for our confessions,
Then gleefully return to our filthy ways,
Believing cheap tears will wash away the stains.

Reclining on his cushion of evil,
Satan Trismegistus, that wise alchemist,
Ceaselessly rocks our enchanted spirits
Until he vaporizes the rich metal of our wills.

The Devil tugs the strings that make us dance!
We're charmed by ghastly things;
Every day, lacking any sense of horror, we take
One step closer to Hell across the reeking darkness.

Like a poor wretch who kisses and gnaws at
The ravaged breasts of an old whore,
We steal furtive pleasures as we pass,
Squeezing them like rotten oranges.

Seething like a million maggots,
A Demon horde churns in our brains,
And when we breathe, Death, invisible river,
Plunges through our lungs with muffled cries.

If rape, poison, arson, knife
Haven't yet embroidered with pretty designs
The dull canvas of our melancholy destinies,
The problem, alas, is with our souls—they're not tough enough!

Mais parmi les chacals, les panthères, les lices,
Les singes, les scorpions, les vautours, les serpents,
Les monstres glapissants, hurlants, grognants, rampants,
Dans la ménagerie infâme de nos vices,

Il en est un plus laid, plus méchant, plus immonde!
Quoiqu'il ne pousse ni grands gestes ni grands cris,
Il ferait volontiers de la terre un débris
Et dans un bâillement avalerait le monde;

C'est l'Ennui! — L'œil chargé d'un pleur involontaire,
Il rêve d'échafauds en fumant son houka.
Tu le connais, lecteur, ce monstre délicat,
— Hypocrite lecteur, — mon semblable, — mon frère!

But among the jackals, panthers, hounds,
Monkeys, scorpions, serpents, vultures—
The yelping, baying, growling monsters crawling
Through the foul menagerie of our vices—

There's one more hideous, more wicked, more shameless!
Though he offers no grand gestures or loud cries,
He would willingly shatter the earth
And with a yawn swallow the world;

He's Ennui! —With filmy eyes,
He smokes his hookah and dreams of gallows.
You know him, reader, this refined monster
—Hypocrite reader—fellow creature—my brother!

I. Spleen et Idéal

Bénédiction

Lorsque, par un décret des puissances suprêmes,
Le Poète apparaît en ce monde ennuyé,
Sa mère épouvantée et pleine de blasphèmes
Crispe ses poings vers Dieu, qui la prend en pitié:

— "Ah! que n'ai-je mis bas tout un nœud de vipères,
Plutôt que de nourrir cette dérision!
Maudite soit la nuit aux plaisirs éphémères
Où mon ventre a conçu mon expiation!

Puisque tu m'as choisie entre toutes les femmes
Pour être le dégoût de mon triste mari,
Et que je ne puis pas rejeter dans les flammes,
Comme un billet d'amour, ce monstre rabougri,

Je ferai rejaillir ta haine qui m'accable
Sur l'instrument maudit de tes méchancetés,
Et je tordrai si bien cet arbre misérable,
Qu'il ne pourra pousser ses boutons empestés!"

Elle ravale ainsi l'écume de sa haine,
Et, ne comprenant pas les desseins éternels,
Elle-même prépare au fond de la Géhenne
Les bûchers consacrés aux crimes maternels.

Pourtant, sous la tutelle invisible d'un Ange,
L'Enfant déshérité s'enivre de soleil
Et dans tout ce qu'il boit et dans tout ce qu'il mange
Retrouve l'ambroisie et le nectar vermeil.

I. Spleen and Ideal

Benediction

When, by a decree of the supreme powers,
The Poet emerges into this dismal world,
His horrified mother, spouting blasphemies,
Shakes her fist at God, who takes pity on her.

—"Oh, why didn't I just birth a nest of vipers
Instead of this mockery!
Cursed be that night of fleeting pleasure
When my womb conceived my purgatory!

"Since You have chosen me over all other women
To be repugnant to my despairing husband,
And since I can't toss this stunted monster
Into the flames like an old love letter,

"I'll spew the hate that overwhelms me
On the cursed instrument of your malevolence
And twist this wretched tree so roughly
That it can't put forth its blighted buds!"

She swallows the foam of her hatred
And, without recognizing the eternal design,
Prepares in the depths of Hell
The sacred pyre of maternal crimes.

Nevertheless, guarded by an unseen Angel,
The outcast Child is enchanted by the sun
And finds ambrosia and scarlet nectar
In all that he eats and drinks.

Il joue avec le vent, cause avec le nuage,
Et s'enivre en chantant du chemin de la croix;
Et l'Esprit qui le suit dans son pèlerinage
Pleure de le voir gai comme un oiseau des bois.

Tous ceux qu'il veut aimer l'observent avec crainte,
Ou bien, s'enhardissant de sa tranquillité,
Cherchent à qui saura lui tirer une plainte,
Et font sur lui l'essai de leur férocité.

Dans le pain et le vin destinés à sa bouche
Ils mêlent de la cendre avec d'impurs crachats;
Avec hypocrisie ils jettent ce qu'il touche,
Et s'accusent d'avoir mis leurs pieds dans ses pas.

Sa femme va criant sur les places publiques:
"Puisqu'il me trouve assez belle pour m'adorer,
Je ferai le métier des idoles antiques,
Et comme elles je veux me faire redorer;

Et je me soûlerai de nard, d'encens, de myrrhe,
De génuflexions, de viandes et de vins,
Pour savoir si je puis dans un cœur qui m'admire
Usurper en riant les hommages divins!

Et, quand je m'ennuierai de ces farces impies,
Je poserai sur lui ma frêle et forte main;
Et mes ongles, pareils aux ongles des harpies,
Sauront jusqu'à son cœur se frayer un chemin.

Comme un tout jeune oiseau qui tremble et qui palpite,
J'arracherai ce cœur tout rouge de son sein,
Et, pour rassasier ma bête favorite
Je le lui jetterai par terre avec dédain!"

Vers le Ciel, où son œil voit un trône splendide,
Le Poète serein lève ses bras pieux
Et les vastes éclairs de son esprit lucide
Lui dérobent l'aspect des peuples furieux:

He frolics with the wind, converses with the clouds,
And, enraptured, sings along the way of the cross;
And the Spirit who attends his pilgrimage
Weeps to see him happy as a bird in a forest.

Those he would love avoid him in fear
Or, made bold by his innocence,
Test him with their cruelty
And try to wring from him a moan.

Into his bread and wine
They mix ashes and rancid spittle;
Hypocrites, they toss out whatever he touches
And claim to be terrified of treading in his footsteps.

His wife goes weeping through the streets:
"If he thinks I'm pretty enough to worship,
I'll play the role of the ancient idols,
And like them I want to be regilded;

"Kneeling, I'll revel in nard, incense, myrrh,
In meat and wine, to see if I can
With laughter snatch the homage due to God
That lives in the heart of the one who loves me!

"And when my pleasure in these farces fades,
I'll lay my frail, forceful hand on him;
And my nails, like those of harpies,
Will rip a path to his heart.

"From his breast I'll tear the bloody heart,
Throbbing and quivering like a young bird,
And scornfully cast it to the ground
To satisfy my favorite pet!"

The serene Poet lifts his pious arms
To Heaven, where he spies a splendid throne,
And the great flashes of his pure spirit
Hide the angry mob from his sight.

— "Soyez béni, mon Dieu, qui donnez la souffrance
Comme un divin remède à nos impuretés
Et comme la meilleure et la plus pure essence
Qui prépare les forts aux saintes voluptés!

Je sais que vous gardez une place au Poète
Dans les rangs bienheureux des saintes Légions,
Et que vous l'invitez à l'éternelle fête
Des Trônes, des Vertus, des Dominations.

Je sais que la douleur est la noblesse unique
Où ne mordront jamais la terre et les enfers,
Et qu'il faut pour tresser ma couronne mystique
Imposer tous les temps et tous les univers.

Mais les bijoux perdus de l'antique Palmyre,
Les métaux inconnus, les perles de la mer,
Par votre main montés, ne pourraient pas suffire
A ce beau diadème éblouissant et clair;

Car il ne sera fait que de pure lumière,
Puisée au foyer saint des rayons primitifs,
Et dont les yeux mortels, dans leur splendeur entière,
Ne sont que des miroirs obscurcis et plaintifs!"

La Voix

Mon berceau s'adossait à la bibliothèque,
Babel sombre, où roman, science, fabliau,
Tout, la cendre latine et la poussière grecque,
Se mêlaient. J'étais haut comme un in-folio.
Deux voix me parlaient. L'une, insidieuse et ferme,
Disait: "La Terre est un gâteau plein de douceur;
Je puis (et ton plaisir serait alors sans terme!)
Te faire un appétit d'une égale grosseur."
Et l'autre: "Viens! oh! viens voyager dans les rêves,
Au delà du possible, au delà du connu!"
Et celle-là chantait comme le vent des grèves,

—"Praise be to God, who has provided suffering
Like a divine cure for our impurities,
Like the finest, purest essence,
To prepare the strong for holy pleasures!

"I know that you have a place for the Poet
In the ranks of the legions of saints,
And that you invite him to the eternal festival
Of the Thrones, Powers, Dominions.

"I know suffering alone is noble
And may never be corrupted by Earth and Hell;
To fashion my mystical crown,
You must tax every era, every universe.

"But the lost jewels of ancient Palmyra,
The hidden metals, the pearls of the sea,
Set by your hand, would not be sufficient
For this brilliant, dazzling crown,

"Because it will be made of pure light,
Of primeval rays from the holy hearth,
Whereas the eyes of mortals in all their splendor
Are simply sad and tarnished mirrors!"

THE VOICE

My crib was next to the library,
Dark Babel where all was mingled: novels, science, fables,
Latin ashes, Greek dust.
I was as tall as a book.
Two voices spoke to me. One, sly and strong,
Said, "The Earth's a cake full of sweetness;
I can (and your pleasure will be boundless!)
Give you an appetite to match it."
The other: "Come, oh come voyage in dreams
At the edge of the possible, the edge of the known!"
And it sang like the wind along the shore,

15

Fantôme vagissant, on ne sait d'où venu,
Qui caresse l'oreille et cependant l'effraie.
Je te répondis: "Oui! douce voix!" C'est d'alors
Que date ce qu'on peut, hélas! nommer ma plaie
Et ma fatalité. Derrière les décors
De l'existence immense, au plus noir de l'abîme,
Je vois distinctement des mondes singuliers,
Et, de ma clairvoyance extatique victime,
Je traîne des serpents qui mordent mes souliers.
Et c'est depuis ce temps que, pareil aux prophètes,
J'aime si tendrement le désert et la mer;
Que je ris dans les deuils et pleure dans les fêtes,
Et trouve un goût suave au vin le plus amer;
Que je prends très souvent les faits pour des mensonges,
Et que, les yeux au ciel, je tombe dans des trous.
Mais la voix me console et dit: "Garde tes songes:
Les sages n'en ont pas d'aussi beaux que les fous!"

L'Albatros

Souvent, pour s'amuser, les hommes d'équipage
Prennent des albatros, vastes oiseaux des mers,
Qui suivent, indolents compagnons de voyage,
Le navire glissant sur les gouffres amers.

À peine les ont-ils déposés sur les planches,
Que ces rois de l'azur, maladroits et honteux,
Laissent piteusement leurs grandes ailes blanches
Comme des avirons traîner à côté d'eux.

Ce voyageur ailé, comme il est gauche et veule!
Lui, naguère si beau, qu'il est comique et laid!
L'un agace son bec avec un brûle-gueule,
L'autre mime, en boitant, l'infirme qui volait!

Le Poète est semblable au prince des nuées
Qui hante la tempête et se rit de l'archer;
Exilé sur le sol au milieu des huées,
Ses ailes de géant l'empêchent de marcher.

Wailing spirit, provenance unknown,
Who terrifies us while caressing our ears.
I replied, "Yes, sweet voice!" And from that moment,
Alas, stems my wound
And my fate. Behind the scenes
Of vast existence, darker than the abyss,
I see clearly the strange worlds,
And, ecstatic victim of my clairvoyance,
I drag behind me the serpents that bite my sandals.
And it's since that time that I, like the prophets,
Love so dearly the desert and the sea;
That I laugh in funerals and weep in festivals
And find a sweetness in the sourest wine;
That I often take facts for lies;
And that, my eyes on the sky, I stumble into holes.
But the Voice consoles me, saying, "Hold fast to your dreams;
The dreams of the wise are not as pretty as those of fools!"

The Albatross

Often, to amuse themselves, crewmen
Will take albatrosses, those great birds of the sea,
Who follow, indolent fellow voyagers,
The ships that glide through the bitter gulfs.

As soon as they set them on the deck,
These lords of the blue, clumsy and ashamed,
Let their huge white wings
Dangle pathetically to either side like oars.

How clumsy and lifeless this winged voyager is!
How ugly and comical the lovely soarer!
One sailor chafes its beak with a pipe;
Another, limping, mimics the cripple who once flew!

The Poet is like this prince of the clouds
Who haunts the storms and scoffs at the archer;
Exiled on the earth amid taunts,
His giant wings impede his steps.

ÉLÉVATION

Au-dessus des étangs, au-dessus des vallées,
Des montagnes, des bois, des nuages, des mers,
Par delà le soleil, par delà les éthers,
Par delà les confins des sphères étoilées,

Mon esprit, tu te meus avec agilité,
Et, comme un bon nageur qui se pâme dans l'onde,
Tu sillonnes gaiement l'immensité profonde
Avec une indicible et mâle volupté.

Envole-toi bien loin de ces miasmes morbides;
Va te purifier dans l'air supérieur,
Et bois, comme une pure et divine liqueur,
Le feu clair qui remplit les espaces limpides.

Derrière les ennuis et les vastes chagrins
Qui chargent de leur poids l'existence brumeuse,
Heureux celui qui peut d'une aile vigoureuse
S'élancer vers les champs lumineux et sereins;

Celui dont les pensers, comme des alouettes,
Vers les cieux le matin prennent un libre essor,
— Qui plane sur la vie, et comprend sans effort
Le langage des fleurs et des choses muettes!

CORRESPONDANCES

La Nature est un temple où de vivants piliers
Laissent parfois sortir de confuses paroles;
L'homme y passe à travers des forêts de symboles
Qui l'observent avec des regards familiers.

Comme de longs échos qui de loin se confondent
Dans une ténébreuse et profonde unité,
Vaste comme la nuit et comme la clarté,
Les parfums, les couleurs et les sons se répondent.

ELEVATION

Above the lakes, above the valleys,
The mountains, forests, clouds, and seas,
Beyond the sun, beyond the winds,
Beyond the confines of the starry spheres,

My spirit, you roam with limber ease,
And, like a fine swimmer plunging through the waves,
Joyfully soar across the immense gulf
With an indescribably masculine grace.

Fly far away from these morbid miasmas
To be purified in celestial airs
And drink, like a divine spirit,
The bright fire that fills the clear spaces.

Behind the ennuis and vast griefs
That weigh down our flimsy existence,
Happy is he who has ample wings
To set out over the serene and glowing fields;

He whose thoughts, like larks,
Soar freely into the morning sky
—Who floats across life and effortlessly understands
The language of the flowers and the silent things!

CORRESPONDENCES

Nature is a temple from whose living columns
Garbled words sometimes escape;
The man passes through forests of symbols
That watch him with a familiar gaze.

Like the long echoes that mingle in the distance,
In the deep, dark unity,
Vast as night, vast as day,
The scents, sounds, and colors correspond.

Doux comme les hautbois, verts comme les prairies,
Il est des parfums frais comme des chairs d'enfants,
— Et d'autres, corrompus, riches et triomphants,

Ayant l'expansion des choses infinies,
Comme l'ambre, le musc, le benjoin et l'encens,
Qui chantent les transports de l'esprit et des sens.

J'AIME LE SOUVENIR DE CES ÉPOQUES NUES

J'aime le souvenir de ces époques nues,
Dont Phœbus se plaisait à dorer les statues.
Alors l'homme et la femme en leur agilité
Jouissaient sans mensonge et sans anxiété,
Et, le ciel amoureux leur caressant l'échine,
Exerçaient la santé de leur noble machine.
Cybèle alors, fertile en produits généreux,
Ne trouvait point ses fils un poids trop onéreux,
Mais, louve au cœur gonflé de tendresses communes
Abreuvait l'univers à ses tétines brunes.
L'homme, élégant, robuste et fort, avait le droit
D'être fier des beautés qui le nommaient leur roi;
Fruits purs de tout outrage et vierges de gerçures,
Dont la chair lisse et ferme appelait les morsures!

Le Poète aujourd'hui, quand il veut concevoir
Ces natives grandeurs, aux lieux où se font voir
La nudité de l'homme et celle de la femme,
Sent un froid ténébreux envelopper son âme
Devant ce noir tableau plein d'épouvantement.
Ô monstruosités pleurant leur vêtement!
Ô ridicules troncs! torses dignes des masques!
Ô pauvres corps tordus, maigres, ventrus ou flasques,
Que le dieu de l'Utile, implacable et serein,
Enfants, emmaillota dans ses langes d'airain!
Et vous, femmes, hélas! pâles comme des cierges,
Que ronge et que nourrit la débauche, et vous, vierges,

Scents fresh as a baby's skin,
Sweet as oboes, green as prairies
—And the others, corrupt, rich, triumphant,

Possess the power of the infinite,
Like incense, ambergris, balsam, musk,
Which sing of the transports of the spirit and the senses.

I LOVE THE MEMORY OF THOSE ERAS OF NUDITY

I love the memory of those eras of nudity
When Phœbus took pleasure in gilding the statues.
When men and women, supple and strong,
Sported without shame or fear,
And, while the amorous sky caressed their loins,
Reveled in the health of their noble machines.
At that time Cybele, generous with her fruits,
Never thought her children too heavy a burden,
But, she-wolf with a heart full of love for all,
Suckled the universe at her brown nipples.
A man, elegant, robust, and strong, had the right
To be proud of the beauties who proclaimed him their king;
Unblemished fruits, free of scars,
Whose firm, supple flesh cried out to be bitten!

Today the Poet, when he wants to imagine
These native grandeurs, in those places where one sees
Men and women in the nude,
Feels a dark chill enfold his soul
Before the black, terror-filled tableau.
O monstrosities crying out for their clothes!
O ridiculous trunks! Torsos topped by masks!
O poor bodies, skinny, twisted, potbellied, grotesque,
Which the god of Usefulness, calm and serene,
Swaddled in brass from a young age.
And, alas, you women, pale as candles,
Gnawed on and nourished by debauchery, and you virgins,

Du vice maternel traînant l'hérédité
Et toutes les hideurs de la fécondité!

Nous avons, il est vrai, nations corrompues,
Aux peuples anciens des beautés inconnues:
Des visages rongés par les chancres du cœur,
Et comme qui dirait des beautés de langueur;
Mais ces inventions de nos muses tardives
N'empêcheront jamais les races maladives
De rendre à la jeunesse un hommage profond,
— À la sainte jeunesse, à l'air simple, au doux front,
À l'œil limpide et clair ainsi qu'une eau courante,
Et qui va répandant sur tout, insouciante
Comme l'azur du ciel, les oiseaux et les fleurs,
Ses parfums, ses chansons et ses douces chaleurs!

LES PHARES

Rubens, fleuve d'oubli, jardin de la paresse,
Oreiller de chair fraîche où l'on ne peut aimer,
Mais où la vie afflue et s'agite sans cesse,
Comme l'air dans le ciel et la mer dans la mer;

Léonard de Vinci, miroir profond et sombre,
Où des anges charmants, avec un doux souris
Tout chargé de mystère, apparaissent à l'ombre
Des glaciers et des pins qui ferment leur pays;

Rembrandt, triste hôpital tout rempli de murmures,
Et d'un grand crucifix décoré seulement,
Où la prière en pleurs s'exhale des ordures,
Et d'un rayon d'hiver traversé brusquement;

Michel-Ange, lieu vague où l'on voit des Hercules
Se mêler à des Christs, et se lever tout droits
Des fantômes puissants qui dans les crépuscules
Déchirent leur suaire en étirant leurs doigts;

Who bear the burden of your mothers' vice
And all the horrors of birth!

It's true that we degenerate races have
Beauties unknown to the ancient ones:
Faces ravaged by the wounds of the heart
And what one might call the charms of languor;
But these inventions of our uncivilized muses
Will never stop the unhealthy races
From paying profound homage to their youth
—To the holy youth, to the simple air, to the unruffled brow,
To the eye clear as running water
That spreads over all (carefree
As the birds, the flowers, the blue of the sky)
Its scents, its songs, its sweet warmth!

BEACONS

Rubens, river of oblivion, garden of indolence,
Pillow of cool flesh where you'll never find love,
But where life floods in and churns unceasingly,
Like the air in the sky and the tide in the sea;

Leonardo da Vinci, deep dark mirror
Where charming angels with soft, mysterious smiles
Appear in the shadows of the pines and glaciers
That shroud their country;

Rembrandt, sad hospital full of murmurs,
A great crucifix its only decoration,
Where a sparse ray of wintry light
Pierces heaps of filth from which tearful prayers rise;

Michelangelo, shadowy place where Titans
Mingle with Christs; where mighty phantoms
Rise, who in the twilight
Rip their shrouds and stretch their fingers;

Colères de boxeur, impudences de faune,
Toi qui sus ramasser la beauté des goujats,
Grand cœur gonflé d'orgueil, homme débile et jaune,
Puget, mélancolique empereur des forçats;

Watteau, ce carnaval où bien des cœurs illustres,
Comme des papillons, errent en flamboyant,
Décors frais et légers éclairés par des lustres
Qui versent la folie à ce bal tournoyant;

Goya, cauchemar plein de choses inconnues,
De fœtus qu'on fait cuire au milieu des sabbats,
De vieilles au miroir et d'enfants toutes nues,
Pour tenter les démons ajustant bien leurs bas;

Delacroix, lac de sang hanté des mauvais anges,
Ombragé par un bois de sapins toujours vert,
Où, sous un ciel chagrin, des fanfares étranges
Passent, comme un soupir étouffé de Weber;

Ces malédictions, ces blasphèmes, ces plaintes,
Ces extases, ces cris, ces pleurs, ces *Te Deum*,
Sont un écho redit par mille labyrinthes;
C'est pour les cœurs mortels un divin opium!

C'est un cri répété par mille sentinelles,
Un ordre renvoyé par mille porte-voix;
C'est un phare allumé sur mille citadelles,
Un appel de chasseurs perdus dans les grands bois!

Car c'est vraiment, Seigneur, le meilleur témoignage
Que nous puissions donner de notre dignité
Que cet ardent sanglot qui roule d'âge en âge
Et vient mourir au bord de votre éternité!

Rage of a boxer, impudence of a fawn,
You who find beauty in rough men,
Great heart full of pride; feeble, sallow man,
Puget, melancholy emperor of convicts;

Watteau, carnival where famous hearts,
Like butterflies, stray and preen,
Cool and airy scenes where the chandeliers
Anoint with madness the turning dancers;

Goya, nightmare full of unfathomable things,
Fetuses stewed in witches' Sabbaths,
Old people preening before mirrors and naked children,
Tightening their hose to tempt the demons;

Delacroix, lake of blood haunted by evil angels,
Shadowed by a forest of evergreen saplings,
Where, under a gloomy sky, uncanny fanfares
Pass, like Weber's muffled sighs.

These curses, blasphemies, moans,
Ecstasies, cries, tears, *Te Deum*s
Echo through a thousand labyrinths;
A divine opium for mortal hearts!

This is a cry repeated by a thousand sentinels,
An order barked through a thousand megaphones;
These are beacons lit on a thousand citadels,
The call of hunters lost in the vast forests!

Because in truth, Lord, this is the finest testament
To our nobility that our souls can offer,
These ardent sobs that roll from age to age
And founder on the shores of your eternity!

La Muse malade

Ma pauvre muse, hélas! qu'as-tu donc ce matin?
Tes yeux creux sont peuplés de visions nocturnes,
Et je vois tour à tour réfléchis sur ton teint
La folie et l'horreur, froides et taciturnes.

Le succube verdâtre et le rose lutin
T'ont-ils versé la peur et l'amour de leurs urnes?
Le cauchemar, d'un poing despotique et mutin
T'a-t-il noyée au fond d'un fabuleux Minturnes?

Je voudrais qu'exhalant l'odeur de la santé
Ton sein de pensers forts fût toujours fréquenté,
Et que ton sang chrétien coulât à flots rythmiques,

Comme les sons nombreux des syllabes antiques,
Où règnent tour à tour le père des chansons,
Phœbus, et le grand Pan, le seigneur des moissons.

La Muse vénale

Ô muse de mon cœur, amante des palais,
Auras-tu, quand Janvier lâchera ses Borées,
Durant les noirs ennuis des neigeuses soirées,
Un tison pour chauffer tes deux pieds violets?

Ranimeras-tu donc tes épaules marbrées
Aux nocturnes rayons qui percent les volets?
Sentant ta bourse à sec autant que ton palais
Récolteras-tu l'or des voûtes azurées?

Il te faut, pour gagner ton pain de chaque soir,
Comme un enfant de chœur, jouer de l'encensoir,
Chanter des *Te Deum* auxquels tu ne crois guère,

Ou, saltimbanque à jeun, étaler tes appas
Et ton rire trempé de pleurs qu'on ne voit pas,
Pour faire épanouir la rate du vulgaire.

THE SICK MUSE

Alas, poor muse! What ails you this morning?
Your hollow eyes are thronged with nocturnal visions,
And I see reflected one by one in your face
The madness and the horror, chilly and silent.

Have the green succubus and the pink pixie
Poured for you fear and love from their urns?
Has the nightmare, with a cruel dictatorial fist,
Drowned you in the depths of fabulous Swamps?

I wish your breast, bursting with health,
Was the steadfast dwelling place of noble thoughts,
And that your Christian blood had a rhythmic flow,

Like the numerous sounds of antique syllables,
Where Phœbus, father of songs, reigns
With great Pan, lord of the harvest.

MUSE FOR HIRE

O Muse of my heart, lover of palaces,
When January releases its North Winds, do you have
A burning log to thaw your purple feet
During the black ennuis of snowy evenings?

How will you warm your mottled shoulders
Under the moonlight that pierces the shutters?
When your purse is as empty as your belly,
Will you harvest the gold of the vaulted blue?

To earn your daily bread, you need
To swing a censer, like an altar boy,
And sing the *Te Deum* though you scarcely believe in it,

Or, young street performer, to sell your charms
And your laughter (tempered with secret tears)
To entertain the vulgar crowd.

LE MAUVAIS MOINE

Les cloîtres anciens sur leurs grandes murailles
Étalaient en tableaux la sainte Vérité,
Dont l'effet réchauffant les pieuses entrailles,
Tempérait la froideur de leur austérité.

En ces temps où du Christ florissaient les semailles,
Plus d'un illustre moine, aujourd'hui peu cité,
Prenant pour atelier le champ des funérailles,
Glorifiait la Mort avec simplicité.

— Mon âme est un tombeau que, mauvais cénobite,
Depuis l'éternité je parcours et j'habite;
Rien n'embellit les murs de ce cloître odieux.

Ô moine fainéant! quand saurai-je donc faire
Du spectacle vivant de ma triste misère
Le travail de mes mains et l'amour de mes yeux?

L'ENNEMI

Ma jeunesse ne fut qu'un ténébreux orage,
Traversé çà et là par de brillants soleils;
Le tonnerre et la pluie ont fait un tel ravage,
Qu'il reste en mon jardin bien peu de fruits vermeils.

Voilà que j'ai touché l'automne des idées,
Et qu'il faut employer la pelle et les râteaux
Pour rassembler à neuf les terres inondées,
Où l'eau creuse des trous grands comme des tombeaux.

Et qui sait si les fleurs nouvelles que je rêve
Trouveront dans ce sol lavé comme une grève
Le mystique aliment qui ferait leur vigueur?

— Ô douleur! ô douleur! Le Temps mange la vie,
Et l'obscur Ennemi qui nous ronge le cœur
Du sang que nous perdons croît et se fortifie!

The Wretched Monk

On the vast walls of ancient cloisters
Were arrayed images of holy Truth,
Whose influence, whetting pious appetites,
Tempered the chill of their austerity.

In those times when Christ's gospel was sowed,
More than one illustrious monk, seldom quoted today,
Taking the graveyard for inspiration,
Glorified Death with simplicity.

—My soul is a tomb where, wretched monk,
I wander and live eternally;
Nothing adorns the walls of this reeking cloister.

O idle monk! When will I learn to make
The living spectacle of my sad misery
The work of my hands and the love of my eyes?

The Enemy

My youth was nothing but a dark storm
Pierced now and then by brilliant sunbeams;
The thunder and rain created such havoc
That scarcely any ripe red fruits remain in my garden.

I've reached the autumn of my mind
And must use the shovel and rake
To reclaim the flooded land,
Where the water has carved gullies deep as graves.

And who knows if the new flowers I long for
Will find in the soil washed bare as a beach
The mysterious food that sustains their vigor.

—O sorrow! O sorrow! Time eats life,
And that hidden Enemy, who gnaws at our hearts,
Thrives on the blood he sucks from us!

Le Guignon

Pour soulever un poids si lourd,
Sisyphe, il faudrait ton courage!
Bien qu'on ait du cœur à l'ouvrage,
L'Art est long et le Temps est court.

Loin des sépultures célèbres,
Vers un cimetière isolé,
Mon cœur, comme un tambour voilé,
Va battant des marches funèbres.

— Maint joyau dort enseveli
Dans les ténèbres et l'oubli,
Bien loin des pioches et des sondes;

Mainte fleur épanche à regret
Son parfum doux comme un secret
Dans les solitudes profondes.

La Vie antérieure

J'ai longtemps habité sous de vastes portiques
Que les soleils marins teignaient de mille feux,
Et que leurs grands piliers, droits et majestueux,
Rendaient pareils, le soir, aux grottes basaltiques.

Les houles, en roulant les images des cieux,
Mêlaient d'une façon solennelle et mystique
Les tout-puissants accords de leur riche musique
Aux couleurs du couchant reflété par mes yeux.

C'est là que j'ai vécu dans les voluptés calmes,
Au milieu de l'azur, des vagues, des splendeurs
Et des esclaves nus, tout imprégnés d'odeurs,

Qui me rafraîchissaient le front avec des palmes,
Et dont l'unique soin était d'approfondir
Le secret douloureux qui me faisait languir.

Misfortune

To lift such a heavy load
Would take the courage of Sisyphus!
Even if one has the heart to work,
Art is long and Time is short.

Far from the celebrated tombs,
On its way to a lonely graveyard,
My heart, like a muffled drum,
Beats out funeral marches.

—Many a jewel lies buried
In darkness and oblivion,
Out of reach of probes and pickaxes;

Many a flower regretfully exhales
Scent like a sweet secret
In the profound solitude.

Former Life

For a long time I lived under vast colonnades
Tinted with a thousand fires by the sea's suns,
Whose great pillars, straight and majestic,
Made them seem, in the evenings, like grottoes of basalt.

The swells, rolling echoes of the sky,
Solemnly and mysteriously mingled
The power of their rich music
With the colors of the sunset reflected in my eyes.

I lived there in voluptuous repose,
In the midst of the blue, the waves, the splendors,
And the naked slaves, steeped in perfumes,

Who cooled my brow with palm fronds,
Their sole task to deepen
The secret sorrow in which I languished.

BOHÉMIENS EN VOYAGE

La tribu prophétique aux prunelles ardentes
Hier s'est mise en route, emportant ses petits
Sur son dos, ou livrant à leurs fiers appétits
Le trésor toujours prêt des mamelles pendantes.

Les hommes vont à pied sous leurs armes luisantes
Le long des chariots où les leurs sont blottis,
Promenant sur le ciel des yeux appesantis
Par le morne regret des chimères absentes.

Du fond de son réduit sablonneux, le grillon,
Les regardant passer, redouble sa chanson;
Cybèle, qui les aime, augmente ses verdures,

Fait couler le rocher et fleurir le désert
Devant ces voyageurs, pour lesquels est ouvert
L'empire familier des ténèbres futures.

L'HOMME ET LA MER

Homme libre, toujours tu chériras la mer!
La mer est ton miroir; tu contemples ton âme
Dans le déroulement infini de sa lame,
Et ton esprit n'est pas un gouffre moins amer.

Tu te plais à plonger au sein de ton image;
Tu l'embrasses des yeux et des bras, et ton cœur
Se distrait quelquefois de sa propre rumeur
Au bruit de cette plainte indomptable et sauvage.

Vous êtes tous les deux ténébreux et discrets:
Homme, nul n'a sondé le fond de tes abîmes;
Ô mer, nul ne connaît tes richesses intimes,
Tant vous êtes jaloux de garder vos secrets!

TRAVELING GYPSIES

The tribe of seers with passionate eyes
Set off yesterday, carrying their children
On their backs, or offering to their fierce appetites
The treasure always present in their fallen breasts.

The men on foot with their glinting weapons,
Beside the wagons where their kin are huddled,
Scan the skies with eyes made heavy
By mournful regret for vanished illusions.

From his hole in the sand, the cricket,
Watching them pass, sings louder;
Cybele, who loves them, makes the land greener,

Makes water spring from rocks, and makes the desert bloom
Before the travelers, for whom is opened wide
The familiar realm of shadowed destinies.

MAN AND THE SEA

Free man, you will always cherish the sea!
The sea is your mirror; you contemplate your soul
In the infinite rolling of the waves,
And your spirit is a gulf that is no less bitter.

You love to plunge into the breast of your image;
You embrace it with eyes and arms, and your heart
Is often distracted from its tidy murmur
By the clamor of this savage, unquenchable cry.

Both of you are shadowy and secretive:
Man, no one has plumbed the depths of your abyss;
O sea, no one knows the secret treasures
You guard so jealously!

Et cependant voilà des siècles innombrables
Que vous vous combattez sans pitié ni remord,
Tellement vous aimez le carnage et la mort,
Ô lutteurs éternels, ô frères implacables!

Don Juan aux Enfers

Quand Don Juan descendit vers l'onde souterraine
Et lorsqu'il eut donné son obole à Charon,
Un sombre mendiant, l'œil fier comme Antisthène,
D'un bras vengeur et fort saisit chaque aviron.

Montrant leurs seins pendants et leurs robes ouvertes,
Des femmes se tordaient sous le noir firmament,
Et, comme un grand troupeau de victimes offertes,
Derrière lui traînaient un long mugissement.

Sganarelle en riant lui réclamait ses gages,
Tandis que Don Luis avec un doigt tremblant
Montrait à tous les morts errant sur les rivages
Le fils audacieux qui railla son front blanc.

Frissonnant sous son deuil, la chaste et maigre Elvire,
Près de l'époux perfide et qui fut son amant,
Semblait lui réclamer un suprême sourire
Où brillât la douceur de son premier serment.

Tout droit dans son armure, un grand homme de pierre
Se tenait à la barre et coupait le flot noir;
Mais le calme héros, courbé sur sa rapière,
Regardait le sillage et ne daignait rien voir.

And yet for countless centuries
You have fought each other without pity or remorse,
So fiercely do you love carnage and death,
O eternal warriors, O unrelenting brothers!

DON JUAN IN HELL

When Don Juan descended to the underworld
And had given his obol to Charon,
A somber beggar, proud as Antisthenes,
With strong and vengeful arms seized the oars.

Women writhed under the dark sky,
Their open garments revealing fallen breasts,
And their howling trailed behind him
As if they were a great flock of sacrificial victims.

Sganarelle, laughing, demanded his wages,
While Don Luis with a trembling finger
Showed to all the dead wandering along the shores
The impudent son who'd mocked his white hair.

Shivering in her grief, thin, chaste Elvira,
Near her cheating husband who was fleeing his lover,
Seemed to implore from him one last smile
That recalled the sweetness of his first promises.

Upright in his armor, a great man of stone
Stood at the helm and cleaved the black tide;
But the calm hero, leaning on his sword,
Watched the wake without raising his eyes.

Châtiment de l'orgueil

En ces temps merveilleux où la Théologie
Fleurit avec le plus de sève et d'énergie,
On raconte qu'un jour un docteur des plus grands,
— Après avoir forcé les cœurs indifférents;
Les avoir remués dans leurs profondeurs noires;
Après avoir franchi vers les célestes gloires
Des chemins singuliers à lui-même inconnus,
Où les purs Esprits seuls peut-être étaient venus, —
Comme un homme monté trop haut, pris de panique,
S'écria, transporté d'un orgueil satanique:
"Jésus, petit Jésus! je t'ai poussé bien haut!
Mais, si j'avais voulu t'attaquer au défaut
De l'armure, ta honte égalerait ta gloire,
Et tu ne serais plus qu'un fœtus dérisoire!"

Immédiatement sa raison s'en alla.
L'éclat de ce soleil d'un crêpe se voila;
Tout le chaos roula dans cette intelligence,
Temple autrefois vivant, plein d'ordre et d'opulence,
Sous les plafonds duquel tant de pompe avait lui.
Le silence et la nuit s'installèrent en lui,
Comme dans un caveau dont la clef est perdue.
Dès lors il fut semblable aux bêtes de la rue,
Et, quand il s'en allait sans rien voir, à travers
Les champs, sans distinguer les étés des hivers,
Sale, inutile et laid comme une chose usée,
Il faisait des enfants la joie et la risée.

Punishment of Pride

In those marvelous times when Theology
Flourished with such sap and vigor,
They say that one day a great sage
—Having moved indifferent hearts
And stirred their dark depths;
After crossing, on the way to celestial glories,
Paths unknown even to him,
Which perhaps only the purest Spirits had reached—
Panicking, like one who has climbed too high,
Cried out, seized by a satanic pride,
"Jesus, little Jesus! I have exalted you!
But if I had wanted to attack the chink
In your armor, your shame would equal your glory,
And you would be nothing but a discarded fetus!"

Instantly his sanity departed.
The ray of sun veiled,
Chaos surged into his mind,
That living temple, which had been filled with order and opulence,
Within whose walls such pomp had glittered.
Night and silence took possession of it
Like a vault whose key is lost.
From that day, he was like the beasts in the street,
And as he wandered unseeing through
The fields, not knowing summer from winter,
Filthy, useless, and ugly, like a discarded thing,
He became a joke, the laughingstock of children.

La Beauté

Je suis belle, ô mortels! comme un rêve de pierre,
Et mon sein, où chacun s'est meurtri tour à tour,
Est fait pour inspirer au poète un amour
Éternel et muet ainsi que la matière.

Je trône dans l'azur comme un sphinx incompris;
J'unis un cœur de neige à la blancheur des cygnes;
Je hais le mouvement qui déplace les lignes,
Et jamais je ne pleure et jamais je ne ris.

Les poètes, devant mes grandes attitudes,
Que j'ai l'air d'emprunter aux plus fiers monuments,
Consumeront leurs jours en d'austères études;

Car j'ai, pour fasciner ces dociles amants,
De purs miroirs qui font toutes choses plus belles:
Mes yeux, mes larges yeux aux clartés éternelles!

L'Idéal

Ce ne seront jamais ces beautés de vignettes,
Produits avariés, nés d'un siècle vaurien,
Ces pieds à brodequins, ces doigts à castagnettes,
Qui sauront satisfaire un cœur comme le mien.

Je laisse à Gavarni, poète des chloroses,
Son troupeau gazouillant de beautés d'hôpital,
Car je ne puis trouver parmi ces pâles roses
Une fleur qui ressemble à mon rouge idéal.

Ce qu'il faut à ce cœur profond comme un abîme,
C'est vous, Lady Macbeth, âme puissante au crime,
Rêve d'Eschyle éclos au climat des autans;

Ou bien toi, grande Nuit, fille de Michel-Ange,
Qui tors paisiblement dans une pose étrange
Tes appas façonnés aux bouches des Titans!

BEAUTY

I am beautiful, O mortals, like a dream of stone!
And my breast, where each one bruises himself in turn,
Was created to inspire in a poet love
Eternal and silent as matter.

Enthroned in the blue like a mysterious sphinx,
I marry a heart of snow with the whiteness of swans;
I loathe the movement that mars the lines,
And I never weep and never laugh.

The poets, before my grand gestures,
Which I adopted from the proudest statues,
Spend their days in austere studies;

Because, to tantalize my tender lovers, I possess
Pure mirrors that make everything more beautiful:
My eyes, my enormous eyes of eternal brightness!

THE IDEAL

The pretty girls of vignettes,
Damaged products of a tarnished age,
With booted feet and castanets on fingers,
Will never satisfy a heart like mine.

I leave to Gavarni, poet of anemia,
His twittering flock of sickly beauties,
Because I can't find among these pale roses
A flower that matches my red ideal.

What this heart, deep as an abyss, requires
Is you, Lady Macbeth, your soul ready for crime;
Dream of Aeschylus, spawned by the sirocco;

Or you, great Night, daughter of Michelangelo,
Gently contorted in a curious pose,
Your charms crafted for the mouths of Titans!

La Géante

Du temps que la Nature en sa verve puissante
Concevait chaque jour des enfants monstrueux,
J'eusse aimé vivre auprès d'une jeune géante,
Comme aux pieds d'une reine un chat voluptueux.

J'eusse aimé voir son corps fleurir avec son âme
Et grandir librement dans ses terribles jeux;
Deviner si son cœur couve une sombre flamme
Aux humides brouillards qui nagent dans ses yeux;

Parcourir à loisir ses magnifiques formes;
Ramper sur le versant de ses genoux énormes,
Et parfois en été, quand les soleils malsains,

Lasse, la font s'étendre à travers la campagne,
Dormir nonchalamment à l'ombre de ses seins,
Comme un hameau paisible au pied d'une montagne.

Les Bijoux

La très chère était nue, et, connaissant mon cœur,
Elle n'avait gardé que ses bijoux sonores,
Dont le riche attirail lui donnait l'air vainqueur
Qu'ont dans leurs jours heureux les esclaves des Mores.

Quand il jette en dansant son bruit vif et moqueur,
Ce monde rayonnant de métal et de pierre
Me ravit en extase, et j'aime à la fureur
Les choses où le son se mêle à la lumière.

Elle était donc couchée et se laissait aimer,
Et du haut du divan elle souriait d'aise
À mon amour profond et doux comme la mer,
Qui vers elle montait comme vers sa falaise.

THE GIANTESS

In those times when Nature with her powerful spirit
Was giving birth daily to monstrous children,
I would have liked to live beside a young giantess,
Like a lazy cat at the feet of a queen.

I'd have liked to watch her body blossom in tandem with her soul
And grow unfettered in her terrifying frolics;
To know by the damp mists floating in her eyes
If her heart harbored a smoldering flame;

To explore at my leisure her magnificent form,
Climbing the slopes of her enormous knees;
And sometimes in summer, when the scorching sun

Forced her to stretch out across the countryside,
To sleep without a care in the shadow of her breasts,
Like a peaceful town at the foot of a mountain.

JEWELS

My darling was naked and, knowing my heart,
Was wearing only her noisiest jewels,
Whose expensive settings gave her a victorious air,
Like Moorish slaves on festival days.

When, dancing, it scatters its shimmering, mocking sound,
This scintillating universe of metal and gemstones
Transports me with delight; I love passionately
Those things in which sounds mingle with light.

She lay back and let herself be loved,
And from the height of the divan she smiled tenderly
Upon my love, deep and gentle as the sea,
Which mounted her as one mounts a cliff.

Les yeux fixés sur moi, comme un tigre dompté,
D'un air vague et rêveur elle essayait des poses,
Et la candeur unie à la lubricité
Donnait un charme neuf à ses métamorphoses;

Et son bras et sa jambe, et sa cuisse et ses reins,
Polis comme de l'huile, onduleux comme un cygne,
Passaient devant mes yeux clairvoyants et sereins;
Et son ventre et ses seins, ces grappes de ma vigne,

S'avançaient, plus câlins que les Anges du mal,
Pour troubler le repos où mon âme était mise,
Et pour la déranger du rocher de cristal
Où, calme et solitaire, elle s'était assise.

Je croyais voir unis par un nouveau dessin
Les hanches de l'Antiope au buste d'un imberbe,
Tant sa taille faisait ressortir son bassin.
Sur ce teint fauve et brun, le fard était superbe!

— Et la lampe s'étant résignée à mourir,
Comme le foyer seul illuminait la chambre,
Chaque fois qu'il poussait un flamboyant soupir,
Il inondait de sang cette peau couleur d'ambre!

LE MASQUE
STATUE ALLÉGORIQUE DANS LE GOÛT DE LA RENAISSANCE

À Ernest Christophe, statuaire.

Contemplons ce trésor de grâces florentines;
Dans l'ondulation de ce corps musculeux
L'Élégance et la Force abondent, sœurs divines.
Cette femme, morceau vraiment miraculeux,
Divinement robuste, adorablement mince,
Est faite pour trôner sur des lits somptueux
Et charmer les loisirs d'un pontife ou d'un prince.

Eyes fixed on mine, like a tamed tiger,
She tried out poses with a vague and dreamy air,
And that blend of candor and ardor
Gave a fresh charm to her shapeshifting.

And her arms and legs, and thighs and loins,
Gleaming like oil, sinuous as a swan,
Passed before my clear, serene eyes;
And her belly and breasts, these grapes of my vine,

Rose, more compelling than the Angels of evil,
To trouble the calm where my soul reposed,
To dislodge it from the crystal crag
Where, aloof and alone, it perched.

I believe I was witness to a new form:
The haunches of Antiope on the torso of a lad.
Her narrow waist set off her hips,
And on her fawn-brown skin the blush stood out superbly!

—And when the lamp resigned itself to death,
The room was lit only by the hearth.
Each time it gave a fiery sigh,
It flushed her amber skin with blood.

The Mask
Allegorical Statue in the Style of the Renaissance

To Ernest Christophe, sculptor

Let us gaze upon this treasure of Florentine grace;
In the ripples of the muscular body
Elegance and Strength abound, divine sisters.
This woman, truly miraculous specimen,
Divinely robust, adorably slender,
Is formed to be enthroned on sumptuous beds
And charm the leisure of a pontiff or a prince.

Aussi, vois ce souris fin et voluptueux
Où la Fatuité promène son extase;
Ce long regard sournois, langoureux et moqueur;
Ce visage mignard, tout encadré de gaze,
Dont chaque trait nous dit avec un air vainqueur:
"La Volupté m'appelle et l'Amour me couronne!"
À cet être doué de tant de majesté
Vois quel charme excitant la gentillesse donne!
Approchons, et tournons autour de sa beauté.

Ô blasphème de l'art! ô surprise fatale!
La femme au corps divin, promettant le bonheur,
Par le haut se termine en monstre bicéphale!

— Mais non! ce n'est qu'un masque, un décor suborneur,
Ce visage éclairé d'une exquise grimace,
Et, regarde, voici, crispée atrocement,
La véritable tête, et la sincère face
Renversée à l'abri de la face qui ment
Pauvre grande beauté! le magnifique fleuve
De tes pleurs aboutit dans mon cœur soucieux;
Ton mensonge m'enivre, et mon âme s'abreuve
Aux flots que la Douleur fait jaillir de tes yeux!

— Mais pourquoi pleure-t-elle? Elle, beauté parfaite,
Qui mettrait à ses pieds le genre humain vaincu,
Quel mal mystérieux ronge son flanc d'athlète?

— Elle pleure, insensé, parce qu'elle a vécu!
Et parce qu'elle vit! Mais ce qu'elle déplore
Surtout, ce qui la fait frémir jusqu'aux genoux,
C'est que demain, hélas! il faudra vivre encore!
Demain, après-demain et toujours! — comme nous!

—See too the delicate, voluptuous smile
Where Self-Satisfaction displays her ecstasy;
This lingering gaze, sly, languorous, mocking;
This dainty face framed in gauze,
Where each feature tells us, with a triumphant air:
"Pleasure calls me and love crowns me!"
To this being is given majesty:
See what delectable charms kindness has bestowed!
Let us gather round and circle this beauty.

O blasphemy of art! O fatal shock!
The woman's divine body, promise of joy,
Is topped by a two-headed monster!

—But no, it's nothing but a mask, a lesser decoration,
This face lit up by an exquisite grimace.
And look here, horribly contorted,
The real head, and the genuine face
On the side opposite the false face.
Poor glamorous beauty! The magnificent river
Of your tears courses into my anguished heart;
Your duplicity intoxicates me, and my soul is quenched
By the flood Sorrow pours from your eyes!

—But why does she weep? She, perfect beauty,
The vanquished humans at her feet.
What mysterious horror gnaws at her muscular flanks?

—She weeps, you fool, because she has lived,
And because she's still living! But what she deplores
Above all is what makes her knees tremble:
Tomorrow, alas, she must live again!
Tomorrow, the day after, and always—like us!

Hymne à la Beauté

Viens-tu du ciel profond ou sors-tu de l'abîme,
O Beauté? ton regard, infernal et divin,
Verse confusément le bienfait et le crime,
Et l'on peut pour cela te comparer au vin.

Tu contiens dans ton œil le couchant et l'aurore;
Tu répands des parfums comme un soir orageux;
Tes baisers sont un philtre et ta bouche une amphore
Qui font le héros lâche et l'enfant courageux.

Sors-tu du gouffre noir ou descends-tu des astres?
Le Destin charmé suit tes jupons comme un chien;
Tu sèmes au hasard la joie et les désastres,
Et tu gouvernes tout et ne réponds de rien.

Tu marches sur des morts, Beauté, dont tu te moques;
De tes bijoux l'Horreur n'est pas le moins charmant,
Et le Meurtre, parmi tes plus chères breloques,
Sur ton ventre orgueilleux danse amoureusement.

L'éphémère ébloui vole vers toi, chandelle,
Crépite, flambe et dit: Bénissons ce flambeau!
L'amoureux pantelant incliné sur sa belle
A l'air d'un moribond caressant son tombeau.

Que tu viennes du ciel ou de l'enfer, qu'importe,
Ô Beauté! monstre énorme, effrayant, ingénu!
Si ton œil, ton souris, ton pied, m'ouvrent la porte
D'un Infini que j'aime et n'ai jamais connu?

De Satan ou de Dieu, qu'importe? Ange ou Sirène,
Qu'importe, si tu rends, — fée aux yeux de velours,
Rythme, parfum, lueur, ô mon unique reine! —
L'univers moins hideux et les instants moins lourds?

Hymn to Beauty

Do you come from the depths of the sky or the abyss,
O Beauty? Your gaze, infernal and divine,
Bewilderingly mingles good and evil,
And so people compare you to wine.

You hold in your eyes sunset and sunrise;
You scatter perfumes like a stormy evening;
Your kisses are a potion, your mouth an amphora
Making the hero weak, the child brave.

Do you rise from the black pit or descend from the stars?
Enchanted Destiny follows your heels like a dog;
Willy-nilly, you spread joy and disaster,
Controlling all, responsible for none.

You walk on the dead, Beauty, mocking them;
Horror is not the least charming of your jewels,
And Murder, one of your most precious baubles,
Prances lovingly on your belly.

The dazzled moth flies to you, candle—
Crackles, ignites, and sings, "Bless this flame!"
Bending over his fair one's breast, the lover pants
Like a dying man caressing his tomb.

Who cares if you come from heaven or hell,
O Beauty, great monster, terrifying and innocent,
If your eye, your smile, your steps open the door
To an Infinity I crave but do not understand.

Who cares if you come from God or Satan, if you're Angel or Siren?
Fairy with velvet eyes, what does it matter if
With rhymes, perfumes, visions—O my solitary queen!—
You make the universe less ghastly, the moments less grim.

Parfum exotique

Quand, les deux yeux fermés, en un soir chaud d'automne,
Je respire l'odeur de ton sein chaleureux,
Je vois se dérouler des rivages heureux
Qu'éblouissent les feux d'un soleil monotone;

Une île paresseuse où la nature donne
Des arbres singuliers et des fruits savoureux;
Des hommes dont le corps est mince et vigoureux,
Et des femmes dont l'œil par sa franchise étonne.

Guidé par ton odeur vers de charmants climats,
Je vois un port rempli de voiles et de mâts
Encor tout fatigués par la vague marine,

Pendant que le parfum des verts tamariniers,
Qui circule dans l'air et m'enfle la narine,
Se mêle dans mon âme au chant des mariniers.

La Chevelure

Ô toison, moutonnant jusque sur l'encolure!
Ô boucles! Ô parfum chargé de nonchaloir!
Extase! Pour peupler ce soir l'alcôve obscure
Des souvenirs dormant dans cette chevelure,
Je la veux agiter dans l'air comme un mouchoir!

La langoureuse Asie et la brûlante Afrique,
Tout un monde lointain, absent, presque défunt,
Vit dans tes profondeurs, forêt aromatique!
Comme d'autres esprits voguent sur la musique,
Le mien, ô mon amour! nage sur ton parfum.

J'irai là-bas où l'arbre et l'homme, pleins de sève,
Se pâment longuement sous l'ardeur des climats;
Fortes tresses, soyez la houle qui m'enlève!
Tu contiens, mer d'ébène, un éblouissant rêve
De voiles, de rameurs, de flammes et de mâts:

Exotic Perfume

When with eyes closed, on a warm autumn evening,
I breathe the fragrance of your sultry breast,
I see unscrolling before me happy shores
That shimmer in the flames of an endless sun.

A lazy island upon which nature has bestowed
Rare trees and delectable fruits;
Men whose bodies are trim and vigorous,
And women who gaze at me with startling candor.

Guided by your fragrance to charming climes,
I see a port full of masts and sails
Still frazzled by the ocean wave,

While the perfume of the green tamarinds
That wafts through the air, making my nostrils flare,
Mingles in my soul with the song of the sailors.

Her Hair

O fleece, falling in ringlets to her shoulders.
O curls! O perfume suffused with forgetfulness.
Ecstasy! I long to shake it in the air like a scarf,
To fill my dark garret this evening
With memories that slumber in those locks.

Languorous Asia and scorching Africa—
A distant world, absent, all but vanished,
Lives in your depths, perfumed jungle!
As other spirits ride the swells of music,
Mine, O my love, floats in your perfume!

I will go where trees and men, full of sap,
Swoon in the ardor of the heat;
Strong tresses, be the swells that buoy me!
Ebony sea, you bear a dazzling dream
Of masts and oarsmen, pennants and sails:

Un port retentissant où mon âme peut boire
À grands flots le parfum, le son et la couleur;
Où les vaisseaux, glissant dans l'or et dans la moire,
Ouvrent leurs vastes bras pour embrasser la gloire
D'un ciel pur où frémit l'éternelle chaleur.

Je plongerai ma tête amoureuse d'ivresse
Dans ce noir océan où l'autre est enfermé;
Et mon esprit subtil que le roulis caresse
Saura vous retrouver, ô féconde paresse,
Infinis bercements du loisir embaumé!

Cheveux bleus, pavillon de ténèbres tendues,
Vous me rendez l'azur du ciel immense et rond;
Sur les bords duvetés de vos mèches tordues
Je m'enivre ardemment des senteurs confondues
De l'huile de coco, du musc et du goudron.

Longtemps! toujours! ma main dans ta crinière lourde
Sèmera le rubis, la perle et le saphir,
Afin qu'à mon désir tu ne sois jamais sourde!
N'es-tu pas l'oasis où je rêve, et la gourde
Où je hume à longs traits le vin du souvenir?

Je t'adore à l'égal de la voûte nocturne

Je t'adore à l'égal de la voûte nocturne,
Ô vase de tristesse, ô grande taciturne,
Et t'aime d'autant plus, belle, que tu me fuis,
Et que tu me parais, ornement de mes nuits,
Plus ironiquement accumuler les lieues
Qui séparent mes bras des immensités bleues.

Je m'avance à l'attaque, et je grimpe aux assauts,
Comme après un cadavre un chœur de vermisseaux,
Et je chéris, ô bête implacable et cruelle!
Jusqu'à cette froideur par où tu m'es plus belle!

A noisy harbor where my soul can drink
Deep drafts of perfumes, sounds, and colors;
Where the ships, gliding through gold and rippled silk,
Open their vast arms to embrace the glory
Of a pure sky shimmering with eternal heat.

Drunk on voluptuousness, I plunge my head
Into this dark sea where the other is imprisoned;
And my subtle spirit, caressed by the waves,
Will find you once more, O fruitful indolence,
Endless lulling of embalmed languor.

Blue hair, pavilion of long shadows,
You return to me the blue of the sky, immense and round;
Caught in the downy fringes of your twisted tresses,
I get avidly drunk on the mingled odors
Of coconut oil, musk, and tar.

Forever! Always! My hand will sow your heavy locks
With rubies, pearls, and sapphires
So you'll never be deaf to my desires!
Is this not the oasis where I dream, and the calabash
From which I drink long drafts of the wine of memory?

I ADORE YOU AS MUCH AS THE NOCTURNAL VAULT

I adore you as much as the nocturnal vault,
O vase of sadness, great silent one,
And I love you all the more, my beautiful, because you flee from me,
And, ornament of my nights, because ironically
You seem to increase the distance
That separates my embrace from the vast blue yonder.

I mount the attack, parrying assaults,
Like worms gathering around a corpse,
And I cherish, O calm, cruel beast,
The cool disdain that only makes you more beautiful!

TU METTRAIS L'UNIVERS ENTIER DANS TA RUELLE

Tu mettrais l'univers entier dans ta ruelle,
Femme impure! L'ennui rend ton âme cruelle.
Pour exercer tes dents à ce jeu singulier,
Il te faut chaque jour un cœur au râtelier.
Tes yeux, illuminés ainsi que des boutiques
Et des ifs flamboyants dans les fêtes publiques,
Usent insolemment d'un pouvoir emprunté,
Sans connaître jamais la loi de leur beauté.

Machine aveugle et sourde, en cruautés féconde!
Salutaire instrument, buveur du sang du monde,
Comment n'as-tu pas honte et comment n'as-tu pas
Devant tous les miroirs vu pâlir tes appas?
La grandeur de ce mal où tu te crois savante
Ne t'a donc jamais fait reculer d'épouvante,
Quand la nature, grande en ses desseins cachés,
De toi se sert, ô femme, ô reine des péchés,
— De toi, vil animal, — pour pétrir un génie?

Ô fangeuse grandeur! sublime ignominie!

SED NON SATIATA

Bizarre déité, brune comme les nuits,
Au parfum mélangé de musc et de havane,
Œuvre de quelque obi, le Faust de la savane,
Sorcière au flanc d'ébène, enfant des noirs minuits,

Je préfère au constance, à l'opium, au nuits,
L'élixir de ta bouche où l'amour se pavane;
Quand vers toi mes désirs partent en caravane,
Tes yeux sont la citerne où boivent mes ennuis.

Par ces deux grands yeux noirs, soupiraux de ton âme,
Ô démon sans pitié! verse-moi moins de flamme;
Je ne suis pas le Styx pour t'embrasser neuf fois,

YOU'D SLEEP WITH ANYONE

You'd sleep with anyone,
Foul woman! Ennui makes your soul perverse.
To keep your hand in at this strange game,
You need a new heart in the rack every day.
Your eyes, lit up like shopwindows,
Like trees strung with lanterns in outdoor festivals,
Insolently use a borrowed power,
With no awareness of their beauty.

Blind, unfeeling machine of overwhelming cruelty!
Instrument primed to drink the blood of the world,
Why aren't you ashamed; why haven't you paused
Before the mirrors to look upon your fading charms?
Why have you never realized the enormity
Of this evil you think you control?
When nature, with her grand designs,
Makes use of you, O woman, O queen of sins,
—Of you, vile animal—to give birth to a genius?

O ghastly grandeur, sublime disgrace!

SED NON SATIATA*

Strange goddess, brown as the dusk,
Your perfume mingles tobacco and musk,
Creation of some obi, Faust of the savannah,
Witch with ebony loins, child of black midnights.

I prefer the elixir of your mouth, where love strolls,
To burgundies or opium;
When my desires depart toward you in a caravan,
Your eyes are the well where my ennuis slake their thirst.

O pitiless demon, turn down the flame
In those huge black eyes through which your soul breathes.
I'm not the Styx to embrace you nine times.

---

* Still Unsatisfied

Hélas! et je ne puis, Mégère libertine,
Pour briser ton courage et te mettre aux abois,
Dans l'enfer de ton lit devenir Proserpine!

AVEC SES VÊTEMENTS ONDOYANTS ET NACRÉS

Avec ses vêtements ondoyants et nacrés,
Même quand elle marche on croirait qu'elle danse,
Comme ces longs serpents que les jongleurs sacrés
Au bout de leurs bâtons agitent en cadence.

Comme le sable morne et l'azur des déserts,
Insensibles tous deux à l'humaine souffrance,
Comme les longs réseaux de la houle des mers
Elle se développe avec indifférence.

Ses yeux polis sont faits de minéraux charmants,
Et dans cette nature étrange et symbolique
Où l'ange inviolé se mêle au sphinx antique,

Où tout n'est qu'or, acier, lumière et diamants,
Resplendit à jamais, comme un astre inutile,
La froide majesté de la femme stérile.

LE SERPENT QUI DANSE

Que j'aime voir, chère indolente,
        De ton corps si beau,
Comme une étoffe vacillante,
        Miroiter la peau!

Sur ta chevelure profonde
        Aux âcres parfums,
Mer odorante et vagabonde
        Aux flots bleus et bruns,

Alas, slatternly Megaera, I cannot
Become a Proserpine in the hell of your bed
To break your spirit and bring you to bay.

WITH HER RIPPLING MOTHER-OF-PEARL DRESSES

With her rippling mother-of-pearl dresses,
When she walks, you'd think she dances,
Like the long serpents swaying in rhythm
At the end of the holy charmers' wands.

Like the dismal sand and the blue of the deserts,
Both ignorant of human suffering;
Like the lacy nets on the sea swells,
She reveals herself with indifference.

Her polished eyes are forged of charming minerals,
And in her strange and symbolic nature
The unblemished angel merges with the ancient sphinx,

Where all is gold, steel, light, and diamonds,
Glittering eternally like a useless star—
The cold majesty of a sterile woman.

THE DANCING SERPENT

Darling lazybones
        With the gorgeous body,
How I love to see
        Your skin shimmering like silk.

Your thick hair
        With its bitter perfumes—
Restless, scented sea
        With waves of blue and brown.

Comme un navire qui s'éveille
Au vent du matin,
Mon âme rêveuse appareille
Pour un ciel lointain.

Tes yeux, où rien ne se révèle
De doux ni d'amer,
Sont deux bijoux froids où se mêle
L'or avec le fer.

À te voir marcher en cadence,
Belle d'abandon,
On dirait un serpent qui danse
Au bout d'un bâton.

Sous le fardeau de ta paresse
Ta tête d'enfant
Se balance avec la mollesse
D'un jeune éléphant,

Et ton corps se penche et s'allonge
Comme un fin vaisseau
Qui roule bord sur bord et plonge
Ses vergues dans l'eau.

Comme un flot grossi par la fonte
Des glaciers grondants,
Quand l'eau de ta bouche remonte
Au bord de tes dents,

Je crois boire un vin de Bohême,
Amer et vainqueur,
Un ciel liquide qui parsème
D'étoiles mon cœur!

Like a vessel that awakens
     To the morning wind,
My dreaming soul sets sail
     For a distant sky.

Your eyes, revealing nothing
     Of bitter or of sweet,
Are two cold jewels where
     Gold mingles with iron.

Seeing your rhythmic step,
     Lovely abandonment,
One might say a serpent was dancing
     At the end of a charmer's wand.

Weighed down by indolence,
     Your childlike head
Sways gently to and fro
     Like that of a young elephant,

And your body tips and turns
     Like a slender ship
That rolls from side to side and dips
     Its gunnels in the waves.

When the water of your mouth rises
     Against your teeth
Like a stream swollen by the thaw
     Of grinding glaciers,

I imagine I'm drinking a Bohemian wine,
     Potent and bitter,
A liquid sky that sprinkles
     Stars across my heart!

UNE CHAROGNE

Rappelez-vous l'objet que nous vîmes, mon âme,
    Ce beau matin d'été si doux:
Au détour d'un sentier une charogne infâme
    Sur un lit semé de cailloux,

Les jambes en l'air, comme une femme lubrique,
    Brûlante et suant les poisons,
Ouvrait d'une façon nonchalante et cynique
    Son ventre plein d'exhalaisons.

Le soleil rayonnait sur cette pourriture,
    Comme afin de la cuire à point,
Et de rendre au centuple à la grande Nature
    Tout ce qu'ensemble elle avait joint;

Et le ciel regardait la carcasse superbe
    Comme une fleur s'épanouir.
La puanteur était si forte, que sur l'herbe
    Vous crûtes vous évanouir.

Les mouches bourdonnaient sur ce ventre putride,
    D'où sortaient de noirs bataillons
De larves, qui coulaient comme un épais liquide
    Le long de ces vivants haillons.

Tout cela descendait, montait comme une vague
    Ou s'élançait en pétillant;
On eût dit que le corps, enflé d'un souffle vague,
    Vivait en se multipliant.

Et ce monde rendait une étrange musique,
    Comme l'eau courante et le vent,
Ou le grain qu'un vanneur d'un mouvement rythmique
    Agite et tourne dans son van.

A CARCASS

My love, do you remember the thing we saw
    That soft, gorgeous summer morning:
At a bend in the path, a foul carcass
    Lay on a bed of stones.

Feet in the air like a lascivious woman,
    Fuming and oozing poisons,
Shameless and nonchalant, it offered
    Its belly swollen with gases.

The sun shone down on this rotting horror
    As if to roast it to a turn
And give great Nature back a hundredfold
    Everything she had gathered;

And the sky watched the lovely carcass
    Opening like a flower;
The stench so frightful you thought
    You might faint away on the grass.

Flies buzzed on the putrid belly
    From which black battalions of maggots
Squirmed out like a thick liquid
    Along the living tatters.

All this rose and fell like a wave,
    Or was poured out, rustling.
You could imagine that this multitude
    Animated the corpse with a subtle breath.

And a strange music ran through the world
    Like running water and the wind,
Or like the grain a winnower with rhythmic movements
    Shifts and turns in his fan.

Les formes s'effaçaient et n'étaient plus qu'un rêve,
    Une ébauche lente à venir
Sur la toile oubliée, et que l'artiste achève
    Seulement par le souvenir.

  Derrière les rochers une chienne inquiète
    Nous regardait d'un œil fâché,
Épiant le moment de reprendre au squelette
    Le morceau qu'elle avait lâché.

— Et pourtant vous serez semblable à cette ordure,
    À cette horrible infection,
Étoile de mes yeux, soleil de ma nature,
    Vous, mon ange et ma passion!

Oui! telle vous serez, ô la reine des grâces,
    Après les derniers sacrements,
Quand vous irez, sous l'herbe et les floraisons grasses,
    Moisir parmi les ossements.

Alors, ô ma beauté! dites à la vermine
    Qui vous mangera de baisers,
Que j'ai gardé la forme et l'essence divine
    De mes amours décomposés!

DE PROFUNDIS CLAMAVI

J'implore ta pitié, Toi, l'unique que j'aime,
Du fond du gouffre obscur où mon cœur est tombé.
C'est un univers morne à l'horizon plombé,
Où nagent dans la nuit l'horreur et le blasphème;

Un soleil sans chaleur plane au-dessus six mois,
Et les six autres mois la nuit couvre la terre;
C'est un pays plus nu que la terre polaire;
— Ni bêtes, ni ruisseaux, ni verdure, ni bois!

The forms diminish and seem no more than a dream,
	Or a faint sketch
On a forgotten canvas,
	Which the painter completes by memory alone.

Behind the rocks a restless dog
	Watched us with avid eyes,
Waiting till she could resume ransacking
	The morsel she'd abandoned.

—And someday you too will be like this corruption,
	This ghastly decay,
Star of my eyes, sun of my being,
	You, my angel and my passion!

Yes! So you will be, O queen of grace,
	After the last sacraments,
When you lie beneath the grass and the plump flowers,
	Moldering among the bones.

Then, O my beauty, say to the worms
	Who devour you with kisses
That I have preserved the form and the divine essence
	Of my decaying lovers!

De Profundis Clamavi*

I cry out to You, the only one I love,
From the dark pit where my heart has foundered—
A dismal world with a leaden horizon,
Where horror and blasphemy lurk in the night;

A cold sun shines for half the year;
The other half, night covers the earth.
It's a country bleaker than a polar landscape,
Without animals or rivers, plants or trees!

---

* Out of the Depths I Have Cried

Or il n'est pas d'horreur au monde qui surpasse
La froide cruauté de ce soleil de glace
Et cette immense nuit semblable au vieux Chaos;

Je jalouse le sort des plus vils animaux
Qui peuvent se plonger dans un sommeil stupide,
Tant l'écheveau du temps lentement se dévide!

LE VAMPIRE

Toi qui, comme un coup de couteau,
Dans mon cœur plaintif es entrée;
Toi qui, forte comme un troupeau
De démons, vins, folle et parée,

De mon esprit humilié
Faire ton lit et ton domaine;
— Infâme à qui je suis lié
Comme le forçat à la chaîne,

Comme au jeu le joueur têtu,
Comme à la bouteille l'ivrogne,
Comme aux vermines la charogne
— Maudite, maudite sois-tu!

J'ai prié le glaive rapide
De conquérir ma liberté,
Et j'ai dit au poison perfide
De secourir ma lâcheté.

Hélas! le poison et le glaive
M'ont pris en dédain et m'ont dit:
"Tu n'es pas digne qu'on t'enlève
À ton esclavage maudit,

Imbécile! — de son empire
Si nos efforts te délivraient,
Tes baisers ressusciteraient
Le cadavre de ton vampire!"

No horror in the world can surpass
The cold cruelty of the icy sun
And the vast night like ancient Chaos;

I envy the humblest animals,
Who can plunge themselves into a stupor
While the skein of time slowly unwinds.

THE VAMPIRE

You who, like the stab of a blade,
Entered my sorrowing heart;
You who arrived strong as a horde
Of wild, gaudy demons,

To make my humiliated spirit
Your bed and your domain.
—Harlot I'm tethered to
Like a convict to a chain,

Like the stubborn gambler to his dice,
Like the drunkard to his bottle,
Like maggots to the corpse
—I curse you, I curse you!

I begged the swift knife
To set me free
And treacherous poison
To counter my cowardice.

Alas! the poison and the knife
Told me contemptuously,
"You don't deserve to be freed
From your accursed slavery.

"Fool! —If our struggles
Freed you from her empire,
Your kisses would revive
The corpse of your vampire!"

LE LÉTHÉ

Viens sur mon cœur, âme cruelle et sourde,
Tigre adoré, monstre aux airs indolents;
Je veux longtemps plonger mes doigts tremblants
Dans l'épaisseur de ta crinière lourde;

Dans tes jupons remplis de ton parfum
Ensevelir ma tête endolorie,
Et respirer, comme une fleur flétrie,
Le doux relent de mon amour défunt.

Je veux dormir! dormir plutôt que vivre!
Dans un sommeil aussi doux que la mort,
J'étalerai mes baisers sans remord
Sur ton beau corps poli comme le cuivre.

Pour engloutir mes sanglots apaisés
Rien ne me vaut l'abîme de ta couche;
L'oubli puissant habite sur ta bouche,
Et le Léthé coule dans tes baisers.

À mon destin, désormais mon délice,
J'obéirai comme un prédestiné;
Martyr docile, innocent condamné,
Dont la ferveur attise le supplice,

Je sucerai, pour noyer ma rancœur,
Le népenthès et la bonne ciguë
Aux bouts charmants de cette gorge aiguë
Qui n'a jamais emprisonné de cœur.

LETHE

Rest on my heart, cruel uncaring soul,
Beloved tiger, indolent beast;
I long to spend hours plunging my trembling fingers
Into the thickness of your heavy mane;

To bury my aching head
In the petticoats full of your perfume
And breathe the ripe scent,
Like a withered flower, of the love I'd left.

I want to sleep! to sleep more than to live!
In a slumber sweet as death,
I'll scatter my remorseless kisses
Across your lovely body, polished like copper.

To swallow my stifled sobs,
Nothing equals the abyss of your bed;
Potent oblivion lives on your lips,
And Lethe flows in your kisses.

As if it's preordained, I'll obey
My destiny, from now on my delight;
Calm martyr, condemned innocent,
My fervor heightens my torture.

To drown my rancor,
I'll suck the good hemlock and nepenthe
From the pretty tips of your pointed breasts,
Which have never imprisoned a heart.

UNE NUIT QUE J'ÉTAIS PRÈS D'UNE AFFREUSE JUIVE

Une nuit que j'étais près d'une affreuse Juive,
Comme au long d'un cadavre un cadavre étendu,
Je me pris à songer près de ce corps vendu
À la triste beauté dont mon désir se prive.

Je me représentai sa majesté native,
Son regard de vigueur et de grâces armé,
Ses cheveux qui lui font un casque parfumé,
Et dont le souvenir pour l'amour me ravive.

Car j'eusse avec ferveur baisé ton noble corps,
Et depuis tes pieds frais jusqu'à tes noires tresses
Déroulé le trésor des profondes caresses,

Si, quelque soir, d'un pleur obtenu sans effort
Tu pouvais seulement, ô reine des cruelles!
Obscurcir la splendeur de tes froides prunelles.

REMORDS POSTHUME

Lorsque tu dormiras, ma belle ténébreuse,
Au fond d'un monument construit en marbre noir,
Et lorsque tu n'auras pour alcôve et manoir
Qu'un caveau pluvieux et qu'une fosse creuse;

Quand la pierre, opprimant ta poitrine peureuse
Et tes flancs qu'assouplit un charmant nonchaloir,
Empêchera ton cœur de battre et de vouloir,
Et tes pieds de courir leur course aventureuse,

Le tombeau, confident de mon rêve infini
(Car le tombeau toujours comprendra le poète),
Durant ces grandes nuits d'où le somme est banni,

Te dira: "Que vous sert, courtisane imparfaite,
De n'avoir pas connu ce que pleurent les morts?"
— Et le ver rongera ta peau comme un remords.

ONE NIGHT I LAY BESIDE A GHASTLY JEWESS

One night I lay beside a ghastly Jewess,
Like a corpse stretched out beside a corpse,
And next to that purchased body, my thoughts strayed to
The melancholy beauty my desire deprived me of.

I pictured her effortless majesty,
Her bold and graceful glance,
Her hair that forms a perfumed helm,
And that memory wakened me to love once more.

Because I would have avidly kissed your noble body,
From your cold feet to your black hair,
And unleashed the treasure of deep caresses,

If one evening, O queen of cruelty,
You could have with a single easy tear
Softened the glitter in your chilly eyes.

POSTHUMOUS REMORSE

When you sleep, my dusky beauty,
In a tomb of black marble,
And when you have for alcove and mansion
A rainswept vault and a hollow grave;

When the tombstone, pressing on your frightened breast
And on your flanks (which have assumed a charming nonchalance),
Keeps your heart from beating and hoping,
And keeps your feet from their wandering ways;

During the long nights from which all sleep is banished,
The tomb, which shares my endless dream
(Because the tomb always understands the poet),

Will say, "What use is it to you, sullied whore,
That you have never known why the dead weep?"
—And the worm will gnaw at your skin like remorse.

Le Chat

Viens, mon beau chat, sur mon cœur amoureux;
    Retiens les griffes de ta patte,
Et laisse-moi plonger dans tes beaux yeux,
    Mêlés de métal et d'agate.

Lorsque mes doigts caressent à loisir
    Ta tête et ton dos élastique,
Et que ma main s'enivre du plaisir
    De palper ton corps électrique,

Je vois ma femme en esprit. Son regard,
    Comme le tien, aimable bête,
Profond et froid, coupe et fend comme un dard,

    Et, des pieds jusques à la tête,
Un air subtil, un dangereux parfum,
    Nagent autour de son corps brun.

Duellum

Deux guerriers ont couru l'un sur l'autre, leurs armes
Ont éclaboussé l'air de lueurs et de sang.
Ces jeux, ces cliquetis du fer sont les vacarmes
D'une jeunesse en proie à l'amour vagissant.

Les glaives sont brisés! comme notre jeunesse,
Ma chère! Mais les dents, les ongles acérés,
Vengent bientôt l'épée et la dague traîtresse.
— Ô fureur des cœurs mûrs par l'amour ulcérés!

Dans le ravin hanté des chats-pards et des onces
Nos héros, s'étreignant méchamment, ont roulé,
Et leur peau fleurira l'aridité des ronces.

— Ce gouffre, c'est l'enfer, de nos amis peuplé!
Roulons-y sans remords, amazone inhumaine,
Afin d'éterniser l'ardeur de notre haine!

THE CAT

Come, pretty cat, into my loving heart:
    Sheathe your claws
And let me plunge into your gorgeous eyes
    Of metal and agate mingled.

When my fingers languidly caress
    Your head and supple spine,
And my hand tingles with pleasure
    As it fondles your electric body,

I see my lover in spirit. Her look,
    Like yours, friendly beast,
Deep and cold, cuts and pierces like a dart.

    And from head to foot
A subtle air, a dangerous perfume,
    Floats about her brown body.

DUELLUM*

Two warriors ran toward each other, weapons
Spangling the air with glitter and blood.
These jousts, this clash of steel—the din
Of youth prey to agonized love.

The blades are broken! like our youth,
My dear! But the teeth, the sharp nails
Will soon avenge the sword and treacherous dagger.
—O fervor of bitter hearts for ulcerous love!

Into the ravine haunted by leopards and lynxes
Our heroes tumbled, locked in evil embrace,
And their flesh will make the dry brambles bloom.

—This pit, it's hell, full of our friends!
Tumble into it without shame, cruel amazon,
So the ardor of our hatred lasts forever.

---

* Duel

69

LE BALCON

Mère des souvenirs, maîtresse des maîtresses,
Ô toi, tous mes plaisirs! ô toi, tous mes devoirs!
Tu te rappelleras la beauté des caresses,
La douceur du foyer et le charme des soirs,
Mère des souvenirs, maîtresse des maîtresses!

Les soirs illuminés par l'ardeur du charbon,
Et les soirs au balcon, voilés de vapeurs roses.
Que ton sein m'était doux! que ton cœur m'était bon!
Nous avons dit souvent d'impérissables choses
Les soirs illuminés par l'ardeur du charbon.

Que les soleils sont beaux dans les chaudes soirées!
Que l'espace est profond! que le cœur est puissant!
En me penchant vers toi, reine des adorées,
Je croyais respirer le parfum de ton sang.
Que les soleils sont beaux dans les chaudes soirées!

La nuit s'épaississait ainsi qu'une cloison,
Et mes yeux dans le noir devinaient tes prunelles,
Et je buvais ton souffle, ô douceur! ô poison!
Et tes pieds s'endormaient dans mes mains fraternelles.
La nuit s'épaississait ainsi qu'une cloison.

Je sais l'art d'évoquer les minutes heureuses,
Et revis mon passé blotti dans tes genoux.
Car à quoi bon chercher tes beautés langoureuses
Ailleurs qu'en ton cher corps et qu'en ton cœur si doux?
Je sais l'art d'évoquer les minutes heureuses!

Ces serments, ces parfums, ces baisers infinis,
Renaîtront-ils d'un gouffre interdit à nos sondes,
Comme montent au ciel les soleils rajeunis
Après s'être lavés au fond des mers profondes?
— Ô serments! ô parfums! ô baisers infinis!

The Balcony

Mother of memories, mistress of mistresses,
O you all my pleasures, O you all my toils!
You recall the beauty of caresses,
The charming evenings and restful fireside,
Mother of memories, mistress of mistresses!

The evenings lit by glowing embers,
The evenings on the balcony, veiled in rosy mists;
How soft your breast! how kind your heart!
We spoke often of imperishable things,
The evenings lit by glowing embers.

How pretty the sunsets in the warm evenings!
How vast is space; how potent the heart!
As I leaned toward you, queen of the adored,
I thought I breathed the perfume of your blood.
How pretty the sunsets in the warm evenings!

The night thickened, enclosing us like a screen,
And my eyes in the darkness sensed your gaze.
I drank your sighs, O sweetness, O poison!
And your feet slumbered in my friendly hands.
The night thickened, enclosing us like a screen.

I know the art of conjuring happy moments,
And buried in your lap I relive my past.
What good is it to search for your languid beauty
Other than in your sweet body and tender heart?
I know the art of conjuring happy moments!

Will these promises, perfumes, ceaseless kisses
Be reborn from a gulf we can never sound,
Like fresh suns rising in the sky
After being dipped in the depths of the sea?
—O promises! O perfumes! O ceaseless kisses!

LE POSSÉDÉ

Le soleil s'est couvert d'un crêpe. Comme lui,
Ô Lune de ma vie! emmitoufle-toi d'ombre;
Dors ou fume à ton gré; sois muette, sois sombre,
Et plonge tout entière au gouffre de l'Ennui;

Je t'aime ainsi! Pourtant, si tu veux aujourd'hui,
Comme un astre éclipsé qui sort de la pénombre,
Te pavaner aux lieux que la Folie encombre,
C'est bien! Charmant poignard, jaillis de ton étui!

Allume ta prunelle à la flamme des lustres!
Allume le désir dans les regards des rustres!
Tout de toi m'est plaisir, morbide ou pétulant;

Sois ce que tu voudras, nuit noire, rouge aurore;
Il n'est pas une fibre en tout mon corps tremblant
Qui ne crie: *Ô mon cher Belzébuth, je t'adore!*

UN FANTÔME

I. LES TÉNÈBRES

Dans les caveaux d'insondable tristesse
Où le Destin m'a déjà relégué;
Où jamais n'entre un rayon rose et gai;
Où, seul avec la Nuit, maussade hôtesse,

Je suis comme un peintre qu'un Dieu moqueur
Condamne à peindre, hélas! sur les ténèbres;
Où, cuisinier aux appétits funèbres,
Je fais bouillir et je mange mon cœur,

Par instants brille, et s'allonge, et s'étale
Un spectre fait de grâce et de splendeur.
À sa rêveuse allure orientale,

The Possessed

The sun is shrouded. Like him—
O Moon of my life!—cloak yourself in shadow;
Sleep or smoke at your leisure; be silent, be somber,
And plunge yourself whole into the pit of Ennui;

I love you thus! Nevertheless, if today you wish
To stroll in the places thronged by Madness,
Like an eclipsed star emerging from its shadow,
That would be fine! Charming dagger, leap from your sheath!

Set your eyes alight in the flames of the chandeliers!
Set desire alight in the leers of the ruffians!
Morbid or petulant, all of you pleases me;

Be what you will, black night, red dawn;
Every fiber of my trembling being
Cries, "O my sweet Beelzebub, I adore you!"

A Phantom

I. Shadows

In the vaults of unfathomable sadness
To which Fate has banished me;
Where no joyful, rosy beam can enter;
Where, alone with my sullen hostess, Night,

I am, alas, like the artist whom a mocking God
Condemns to paint on the shadows;
Where, chef with macabre tastes,
I stew and eat my heart,

Sometimes there glimmers, and grows and spreads,
A specter formed of grace and splendor;
When it reaches its full height,

Quand il atteint sa totale grandeur,
Je reconnais ma belle visiteuse:
C'est Elle! noire et pourtant lumineuse.

II. LE PARFUM

Lecteur, as-tu quelquefois respiré
Avec ivresse et lente gourmandise
Ce grain d'encens qui remplit une église,
Ou d'un sachet le musc invétéré?

Charme profond, magique, dont nous grise
Dans le présent le passé restauré!
Ainsi l'amant sur un corps adoré
Du souvenir cueille la fleur exquise.

De ses cheveux élastiques et lourds,
Vivant sachet, encensoir de l'alcôve,
Une senteur montait, sauvage et fauve,

Et des habits, mousseline ou velours,
Tout imprégnés de sa jeunesse pure,
Se dégageait un parfum de fourrure.

III. LE CADRE

Comme un beau cadre ajoute à la peinture,
Bien qu'elle soit d'un pinceau très vanté,
Je ne sais quoi d'étrange et d'enchanté
En l'isolant de l'immense nature,

Ainsi bijoux, meubles, métaux, dorure,
S'adaptaient juste à sa rare beauté;
Rien n'offusquait sa parfaite clarté,
Et tout semblait lui servir de bordure.

Même on eût dit parfois qu'elle croyait
Que tout voulait l'aimer; elle noyait
Sa nudité voluptueusement

I recognize my lovely visitor
By its dreamy oriental allure.
It's Her! dark yet shining.

II. PERFUME

Reader, have you at times inhaled
With gentle, drunken greed
An ancient sachet of musk
Or the morsel of incense that fills a church,

Deep and magical charm with which the past,
Restored to life, intoxicates us!
Thus the lover, from a cherished body,
Plucks memory's exquisite flower.

From her heavy, supple tresses,
Living sachet, censer of the bedroom,
A scent rises, savage and wild,

And her garments, muslin or velvet,
Saturated with her pure youth,
Release the odor of fur.

III. FRAME

As a handsome frame on a painting—
Even one from a master's brush—
Adds something strange and enchanting
By isolating it from the immensity of nature,

So jewels, furniture, metals, gilding
Perfectly suited her rare beauty;
Nothing dimmed her flawless splendor,
And all things seemed to serve as frame for her.

You might even have said she believed
That all would wish to love her; voluptuously
She drowned her nakedness

Dans les baisers du satin et du linge,
Et, lente ou brusque, à chaque mouvement
Montrait la grâce enfantine du singe.

IV. Le Portrait

La Maladie et la Mort font des cendres
De tout le feu qui pour nous flamboya.
De ces grands yeux si fervents et si tendres,
De cette bouche où mon cœur se noya,

De ces baisers puissants comme un dictame,
De ces transports plus vifs que des rayons,
Que reste-t-il? C'est affreux, ô mon âme!
Rien qu'un dessin fort pâle, aux trois crayons,

Qui, comme moi, meurt dans la solitude,
Et que le Temps, injurieux vieillard,
Chaque jour frotte avec son aile rude…

Noir assassin de la Vie et de l'Art,
Tu ne tueras jamais dans ma mémoire
Celle qui fut mon plaisir et ma gloire!

JE TE DONNE CES VERS AFIN QUE SI MON NOM

Je te donne ces vers afin que si mon nom
Aborde heureusement aux époques lointaines,
Et fait rêver un soir les cervelles humaines,
Vaisseau favorisé par un grand aquilon,

Ta mémoire, pareille aux fables incertaines,
Fatigue le lecteur ainsi qu'un tympanon,
Et par un fraternel et mystique chaînon
Reste comme pendue à mes rimes hautaines;

Être maudit à qui, de l'abîme profond
Jusqu'au plus haut du ciel, rien, hors moi, ne répond!
— Ô toi qui, comme une ombre à la trace éphémère,

In kisses of satin and linen
And, slow or sudden, in all of her movements,
Displayed the childlike grace of a monkey.

IV. Portrait

Disease and Death make ashes
Of all the fires that raged for us,
Of the huge eyes, fervent and tender,
Of your mouth where my heart foundered,

Of the kisses strong as potions,
Of pleasures more vivid than sunbeams.
What remains? O my soul, it's terrifying!
Nothing but a pale pencil drawing in three tones,

Which, like me, is perishing in solitude,
And which Time, contemptuous old man,
Brushes each day with his rough wing . . .

Dark assassin of Life and Art,
You will never kill in my memory
Her from whom my pleasure and glory came!

I GIVE YOU THESE VERSES SO THAT IF MY NAME

I give you these verses so that if my name,
Vessel favored by the great north wind,
By good fortune comes to shore in distant epochs
And some evening allows human minds to dream,

Your memory, like half-forgotten fables,
Torments the reader like a dulcimer,
And by a mystical brotherly bond
Remains suspended in my haughty rhymes;

Cursed being to whom nothing responds,
From the pits of hell to the heights of heaven, except me;
—O you who, like a fleeting shadow,

Foules d'un pied léger et d'un regard serein
Les stupides mortels qui t'ont jugée amère,
Statue aux yeux de jais, grand ange au front d'airain!

SEMPER EADEM

"D'où vous vient, disiez-vous, cette tristesse étrange,
Montant comme la mer sur le roc noir et nu?"
— Quand notre cœur a fait une fois sa vendange
Vivre est un mal. C'est un secret de tous connu,

Une douleur très simple et non mystérieuse
Et, comme votre joie, éclatante pour tous.
Cessez donc de chercher, ô belle curieuse!
Et, bien que votre voix soit douce, taisez-vous!

Taisez-vous, ignorante! âme toujours ravie!
Bouche au rire enfantin! Plus encor que la Vie,
La Mort nous tient souvent par des liens subtils.

Laissez, laissez mon cœur s'enivrer d'un *mensonge*,
Plonger dans vos beaux yeux comme dans un beau songe
Et sommeiller longtemps à l'ombre de vos cils!

TOUT ENTIÈRE

Le Démon, dans ma chambre haute
Ce matin est venu me voir,
Et, tâchant à me prendre en faute
Me dit: "Je voudrais bien savoir

Parmi toutes les belles choses
Dont est fait son enchantement,
Parmi les objets noirs ou roses
Qui composent son corps charmant,

Trample lightly and with serene gaze
The stupid mortals who have found you repugnant,
Statue with eyes of jet, great angel with a brow of bronze!

SEMPER EADEM*

"Where did this strange sadness come from," you asked,
"Rising like the sea on the bare black rock?"
—When our hearts have finished their harvest,
Living becomes evil! It's an open secret,

A simple sadness, without mystery,
And, like your joy, obvious to everyone.
So stop searching, O beautiful and curious one!
And be silent, though your voice is sweet!

Be silent, simpleton! Soul forever in raptures!
Mouth of innocent laughter! Greater than Life,
Death often binds us with subtle threads.

Let, O let my heart get drunk on a *lie*,
Plunge into your lovely eyes as if into a lovely dream,
And slumber endlessly in the shade of your lashes!

ALL OF HER

The Demon came to see me this morning
In my lofty garret
And, as if accusing me,
Said, "I really need to know—

"Among all the pretty things
That have made her your enchantress,
Among the pink and black parts
That make up her charming body,

---

* Ever the Same

79

Quel est le plus doux." — Ô mon âme!
Tu répondis à l'Abhorré:
"Puisqu'en Elle tout est dictame
Rien ne peut être préféré.

Lorsque tout me ravit, j'ignore
Si quelque chose me séduit.
Elle éblouit comme l'Aurore
Et console comme la Nuit;

Et l'harmonie est trop exquise,
Qui gouverne tout son beau corps,
Pour que l'impuissante analyse
En note les nombreux accords.

Ô métamorphose mystique
De tous mes sens fondus en un!
Son haleine fait la musique,
Comme sa voix fait le parfum!"

QUE DIRAS-TU CE SOIR, PAUVRE ÂME SOLITAIRE

Que diras-tu ce soir, pauvre âme solitaire,
Que diras-tu, mon cœur, cœur autrefois flétri,
À la très belle, à la très bonne, à la très chère,
Dont le regard divin t'a soudain refleuri?

— Nous mettrons notre orgueil à chanter ses louanges:
Rien ne vaut la douceur de son autorité;
Sa chair spirituelle a le parfum des Anges,
Et son œil nous revêt d'un habit de clarté.

Que ce soit dans la nuit et dans la solitude,
Que ce soit dans la rue et dans la multitude,
Son fantôme dans l'air danse comme un flambeau.

Parfois il parle et dit: "Je suis belle, et j'ordonne
Que pour l'amour de moi vous n'aimiez que le Beau;
Je suis l'Ange gardien, la Muse et la Madone."

"Which is the sweetest?" —O my soul!
You responded to the Ghoul:
"Because She's made entirely of flowers,
No part is finer than any other.

"If I'm ravished by everything, I can't say
One thing seduces me more than another.
She dazzles like the Dawn
And comforts like the Night;

"And the harmony that governs
Her lovely body is too exquisite
For my sterile reason
To discern all the intricate chords.

"O mystical metamorphosis
Where all my senses fuse into one!
Her breath is music,
Her voice perfume!"

WHAT DO YOU SAY THIS EVENING, POOR SOLITARY SOUL

What do you say this evening, poor solitary soul;
What do you say, my heart, heart once withered,
To the kindest, dearest, loveliest of all,
Whose divine glance suddenly revived you?

—We will proudly turn to singing her praises:
Nothing is sweeter than to submit to her;
Her divine flesh is scented like Angels,
And her glance clothes us in a garment of light.

In the nights, in solitude,
In the streets, in the crowds,
Her spirit dances in the air like a torch,

And sometimes it speaks, saying, "I am beautiful, and I decree
That for love of me you will love only the Beautiful;
I am the Guardian Angel, the Muse, the Madonna."

Le Flambeau vivant

Ils marchent devant moi, ces Yeux pleins de lumières,
Qu'un Ange très savant a sans doute aimantés;
Ils marchent, ces divins frères qui sont mes frères,
Secouant dans mes yeux leurs feux diamantés.

Me sauvant de tout piège et de tout péché grave,
Ils conduisent mes pas dans la route du Beau;
Ils sont mes serviteurs et je suis leur esclave;
Tout mon être obéit à ce vivant flambeau.

Charmants Yeux, vous brillez de la clarté mystique
Qu'ont les cierges brûlant en plein jour; le soleil
Rougit, mais n'éteint pas leur flamme fantastique;

Ils célèbrent la Mort, vous chantez le Réveil;
Vous marchez en chantant le réveil de mon âme,
Astres dont nul soleil ne peut flétrir la flamme!

À celle qui est trop gaie

Ta tête, ton geste, ton air
Sont beaux comme un beau paysage;
Le rire joue en ton visage
Comme un vent frais dans un ciel clair.

Le passant chagrin que tu frôles
Est ébloui par la santé
Qui jaillit comme une clarté
De tes bras et de tes épaules.

Les retentissantes couleurs
Dont tu parsèmes tes toilettes
Jettent dans l'esprit des poètes
L'image d'un ballet de fleurs.

THE LIVING TORCH

They walk before me, Eyes full of light,
Those whom a very wise Angel has doubtless hypnotized;
They walk, these divine brothers who are my brothers,
Casting their diamond fires into my eyes.

Saving me from every snare and terrible sin,
They guide my steps along the path of Beauty;
They are my servants; I am their slave,
And my being obeys this living torch.

Charming Eyes, you twinkle with that mystical clarity
With which candles burn in plain day; the sun
Reddens, but does not dim their eerie flame;

They celebrate Death, you sing the Rebirth;
You walk and sing the rebirth of my soul,
Stars whose flame no sun can quench!

TO THAT GIRL WHO'S TOO HAPPY

Your head, your gestures, your attitude
Are as lovely as a charming countryside;
Laughter frolics over your face
Like a fresh wind in a clear sky.

The gloomy passerby you brush against
Is dazzled by the health
That radiates like light
From your arms and shoulders.

The chiming colors
Scattered across your garments
Spawn in the minds of poets
The image of a ballet of flowers.

Ces robes folles sont l'emblème
De ton esprit bariolé;
Folle dont je suis affolé,
Je te hais autant que je t'aime!

Quelquefois dans un beau jardin
Où je traînais mon atonie,
J'ai senti, comme une ironie,
Le soleil déchirer mon sein;

Et le printemps et la verdure
Ont tant humilié mon cœur,
Que j'ai puni sur une fleur
L'insolence de la Nature.

Ainsi je voudrais, une nuit,
Quand l'heure des voluptés sonne,
Vers les trésors de ta personne,
Comme un lâche, ramper sans bruit,

Pour châtier ta chair joyeuse,
Pour meurtrir ton sein pardonné,
Et faire à ton flanc étonné
Une blessure large et creuse,

Et, vertigineuse douceur!
À travers ces lèvres nouvelles,
Plus éclatantes et plus belles,
T'infuser mon venin, ma sœur!

These mad dresses echo
Your motley spirit;
Crazy woman I'm crazy about,
I love you and I loathe you!

Sometimes in a pretty garden
Where I dragged my listless despair,
I have sensed the sun
Tearing at my chest like mockery;

And springtime and greenery
So humiliated my heart
That I punished a flower
For the insolence of Nature.

So I'd like, one night,
When the hour of pleasure sounds,
To creep silently, like a coward,
Toward the charms of your body,

To torment your joyous flesh,
To bruise your blessed breast,
And make in your astonished flank
A deep, wide wound,

And, giddy sweetness,
Through those new lips,
More vivid and beautiful,
To infuse my venom, my sister!

RÉVERSIBILITÉ

Ange plein de gaieté, connaissez-vous l'angoisse,
La honte, les remords, les sanglots, les ennuis,
Et les vagues terreurs de ces affreuses nuits
Qui compriment le cœur comme un papier qu'on froisse?
Ange plein de gaieté, connaissez-vous l'angoisse?

Ange plein de bonté, connaissez-vous la haine,
Les poings crispés dans l'ombre et les larmes de fiel,
Quand la Vengeance bat son infernal rappel,
Et de nos facultés se fait le capitaine?
Ange plein de bonté, connaissez-vous la haine?

Ange plein de santé, connaissez-vous les Fièvres,
Qui, le long des grands murs de l'hospice blafard,
Comme des exilés, s'en vont d'un pied traînard,
Cherchant le soleil rare et remuant les lèvres?
Ange plein de santé, connaissez-vous les Fièvres?

Ange plein de beauté, connaissez-vous les rides,
Et la peur de vieillir, et ce hideux tourment
De lire la secrète horreur du dévouement
Dans des yeux où longtemps burent nos yeux avide!
Ange plein de beauté, connaissez-vous les rides?

Ange plein de bonheur, de joie et de lumières,
David mourant aurait demandé la santé
Aux émanations de ton corps enchanté;
Mais de toi je n'implore, ange, que tes prières,
Ange plein de bonheur, de joie et de lumières!

REVERSIBILITY

Angel full of joy, do you know anguish,
Shame, remorse, tears, ennuis,
And the vague terrors of frightening nights
That crumple the heart like paper?
Angel full of joy, do you know anguish?

Angel full of kindness, do you know hate,
The clenched fists in the shadows, the bitter tears,
When Vengeance beats out his infernal summons
And becomes the captain of our faculties?
Angel full of kindness, do you know hate?

Angel full of health, do you know Fevers,
Which shuffle along the great halls
Of the pale hospice like exiles,
Muttering as they seek a rare sunbeam?
Angel full of health, do you know Fevers?

Angel full of beauty, do you know wrinkles,
And the fear of growing old, and the ghastly torment
Of reading in the eyes of the one you once adored
Horror at seeing love turn to devotion?
Angel full of beauty, do you know wrinkles?

Angel full of happiness, of joy and light,
Dying David would have appealed to
Your enchanted body, begging for health;
But from you, angel, I ask only for prayers,
Angel full of happiness, of joy and light!

CONFESSION

Une fois, une seule, aimable et douce femme,
    À mon bras votre bras poli
S'appuya (sur le fond ténébreux de mon âme
    Ce souvenir n'est point pâli);

Il était tard; ainsi qu'une médaille neuve
    La pleine lune s'étalait,
Et la solennité de la nuit, comme un fleuve,
    Sur Paris dormant ruisselait.

Et le long des maisons, sous les portes cochères,
    Des chats passaient furtivement,
L'oreille au guet, ou bien, comme des ombres chères,
    Nous accompagnaient lentement.

Tout à coup, au milieu de l'intimité libre
    Éclose à la pâle clarté,
De vous, riche et sonore instrument où ne vibre
    Que la radieuse gaieté,

De vous, claire et joyeuse ainsi qu'une fanfare
    Dans le matin étincelant,
Une note plaintive, une note bizarre
    S'échappa, tout en chancelant

Comme une enfant chétive, horrible, sombre, immonde,
    Dont sa famille rougirait,
Et qu'elle aurait longtemps, pour la cacher au monde,
    Dans un caveau mise au secret.

Pauvre ange, elle chantait, votre note criarde:
    "Que rien ici-bas n'est certain,
Et que toujours, avec quelque soin qu'il se farde,
    Se trahit l'égoïsme humain;

CONFESSION

Once, just once, kind and gentle woman,
    You laid your smooth arm on mine
(And in the dark depths of my soul
    That memory has never paled);

It was late; the full moon shone
    Like a new-minted medal,
And the solemn night
    Rolled like a river over slumbering Paris.

And across the houses, under the arches,
    Cats passed furtively, ears pricked,
Or, like friendly ghosts,
    Softly followed us.

Suddenly, in the midst of the casual intimacy
    Born of that clear light,
From you, rich and sonorous instrument where
    Only joyful radiance shimmers,

From you, clear and glad as a fanfare
    In the shimmering dawn,
A strangely plaintive note
    Rang out, faltering,

Like a puny child, sullen, filthy, awful,
    An embarrassment to his family,
Which has long hidden him away from the world
    In a secret cellar!

Poor angel, she sang that discordant note:
    "Down here, nothing is certain,
And, no matter how carefully it masks itself,
    Human selfishness always emerges.

Que c'est un dur métier que d'être belle femme,
        Et que c'est le travail banal
De la danseuse folle et froide qui se pâme
        Dans son sourire machinal;

Que bâtir sur les cœurs est une chose sotte;
        Que tout craque, amour et beauté,
Jusqu'à ce que l'Oubli les jette dans sa hotte
        Pour les rendre à l'Éternité!"

J'ai souvent évoqué cette lune enchantée,
        Ce silence et cette langueur,
Et cette confidence horrible chuchotée
        Au confessionnal du cœur.

L'Aube spirituelle

Quand chez les débauchés l'aube blanche et vermeille
Entre en société de l'Idéal rongeur,
Par l'opération d'un mystère vengeur
Dans la brute assoupie un ange se réveille.

Des Cieux Spirituels l'inaccessible azur,
Pour l'homme terrassé qui rêve encore et souffre,
S'ouvre et s'enfonce avec l'attirance du gouffre.
Ainsi, chère Déesse, Être lucide et pur,

Sur les débris fumeux des stupides orgies
Ton souvenir plus clair, plus rose, plus charmant,
À mes yeux agrandis voltige incessamment.

Le soleil a noirci la flamme des bougies;
Ainsi, toujours vainqueur, ton fantôme est pareil,
Âme resplendissante, à l'immortel soleil!

"It's hard work being a pretty woman;
       And it's tiresome being a frivolous dancer,
Cold, who fades away
       With a mechanical smile;

"It's foolish to build on hearts,
       Which all things crack, love and beauty,
Till Oblivion sticks them in his basket,
       Saving them for Eternity!"

I often remember that enchanted moon,
       That silence and languor,
And that terrible, tragic secret, whispered
       In the confessional of the heart.

Spiritual Dawn

When the reveler is roused by the white and crimson dawn,
Accompanied by the Ideal that gnaws at his heart,
By the decree of a mysterious, vengeful law,
An angel awakens in the drowsy brute.

For the crushed man who still dreams and suffers,
The inaccessible blue of the Spiritual Heavens
Opens, yawning with the allure of a gulf.
So, dear Goddess, clear, pure Being,

On the smoking debris of idiotic orgies,
Your memory, clearer, rosier, more charming,
Rises incessantly before my widening eyes.

The sun has dimmed the flames of the candles;
So, always victorious, your ghost, splendid soul,
Is like the immortal sun!

Harmonie du soir

Voici venir les temps où vibrant sur sa tige
Chaque fleur s'évapore ainsi qu'un encensoir;
Les sons et les parfums tournent dans l'air du soir;
Valse mélancolique et langoureux vertige!

Chaque fleur s'évapore ainsi qu'un encensoir;
Le violon frémit comme un cœur qu'on afflige;
Valse mélancolique et langoureux vertige!
Le ciel est triste et beau comme un grand reposoir.

Le violon frémit comme un cœur qu'on afflige,
Un cœur tendre, qui hait le néant vaste et noir!
Le ciel est triste et beau comme un grand reposoir;
Le soleil s'est noyé dans son sang qui se fige.

Un cœur tendre, qui hait le néant vaste et noir,
Du passé lumineux recueille tout vestige!
Le soleil s'est noyé dans son sang qui se fige . . .
Ton souvenir en moi luit comme un ostensoir!

Le Flacon

Il est de forts parfums pour qui toute matière
Est poreuse. On dirait qu'ils pénètrent le verre.
En ouvrant un coffret venu de l'Orient
Dont la serrure grince et rechigne en criant,

Ou dans une maison déserte quelque armoire
Pleine de l'âcre odeur des temps, poudreuse et noire,
Parfois on trouve un vieux flacon qui se souvient,
D'où jaillit toute vive une âme qui revient.

Mille pensers dormaient, chrysalides funèbres,
Frémissant doucement dans les lourdes ténèbres,
Qui dégagent leur aile et prennent leur essor,
Teintés d'azur, glacés de rose, lamés d'or.

EVENING HARMONY

Now comes the time when, trembling on its stem,
Every flower fumes like a censer;
Sounds and perfumes turn in the evening air:
Melancholy waltz, languid vertigo!

Every flower fumes like a censer;
The violin trembles like a tormented heart:
Melancholy waltz, languid vertigo!
The sky is sad and lovely, a vast altar.

The violin trembles like a tormented heart,
A tender heart that loathes the black void!
The sky is sad and lovely, a vast altar;
The sun has drowned in its congealing blood.

A tender heart that loathes the black void
Gathers every vestige of the luminous past!
The sun has drowned in its congealing blood ...
Your memory in me glows like communion.

THE BOTTLE

Certain powerful perfumes can penetrate every object.
Some say they can even enter glass.
Sometimes, opening an old coffer from the Orient
Whose creaking lock grates and whines,

Or, in an empty house, some cupboard
Full of the acrid odor of time, dark and dusty,
You find an old bottle filled with memories,
From which springs a soul, full of life.

A thousand memories sleep, funereal chrysalises;
Trembling softly in the dense shadows,
They free their wings and take flight,
Tinted blue, glazed with rose, gilded.

Voilà le souvenir enivrant qui voltige
Dans l'air troublé; les yeux se ferment; le Vertige
Saisit l'âme vaincue et la pousse à deux mains
Vers un gouffre obscurci de miasmes humains;

Il la terrasse au bord d'un gouffre séculaire,
Où, Lazare odorant déchirant son suaire,
Se meut dans son réveil le cadavre spectral
D'un vieil amour ranci, charmant et sépulcral.

Ainsi, quand je serai perdu dans la mémoire
Des hommes, dans le coin d'une sinistre armoire
Quand on m'aura jeté, vieux flacon désolé,
Décrépit, poudreux, sale, abject, visqueux, fêlé,

Je serai ton cercueil, aimable pestilence!
Le témoin de ta force et de ta virulence,
Cher poison préparé par les anges! liqueur
Qui me ronge, ô la vie et la mort de mon cœur!

LE POISON

Le vin sait revêtir le plus sordide bouge
    D'un luxe miraculeux,
Et fait surgir plus d'un portique fabuleux
    Dans l'or de sa vapeur rouge,
Comme un soleil couchant dans un ciel nébuleux.

L'opium agrandit ce qui n'a pas de bornes,
    Allonge l'illimité,
Approfondit le temps, creuse la volupté,
    Et de plaisirs noirs et mornes
Remplit l'âme au delà de sa capacité.

Here is the bewitching memory that flutters
In the troubled air; the eyes close; Vertigo
Seizes the vanquished soul and shoves it with both hands
Toward a chasm writhing with human miasmas;

He casts it down at the edge of an ancient pit
Where, reeking Lazarus shrugging off his shroud,
The spectral cadaver of rancid old love
Stirs, charming and sepulchral.

So, when I'm lost to human memory,
In the corner of a grim cupboard
Where someone has thrown me, sad old bottle,
Decrepit, dusty, sticky, cracked, filthy, forgotten,

I will be your coffin, gentle pestilence!
The witness of your power and potency,
Cherished poison prepared by angels! Liquor
That consumes me, O life and death of my heart!

Poison

Wine can bestow miraculous luxury
    Upon the most sordid hovel
And make fabulous doorways appear
    In the gold of its red mist,
Like a setting sun in a cloudy sky.

Opium swells that which has no boundaries,
    Lengthens the limitless,
Deepens time, mines voluptuousness,
    And with dark and dismal pleasures
Refills the soul to the brim.

Tout cela ne vaut pas le poison qui découle
　　　De tes yeux, de tes yeux verts,
Lacs où mon âme tremble et se voit à l'envers . . .
　　　Mes songes viennent en foule
Pour se désaltérer à ces gouffres amers.

Tout cela ne vaut pas le terrible prodige
　　　De ta salive qui mord,
Qui plonge dans l'oubli mon âme sans remords,
　　　Et charriant le vertige,
La roule défaillante aux rives de la mort!

CIEL BROUILLÉ

On dirait ton regard d'une vapeur couvert;
Ton œil mystérieux (est-il bleu, gris ou vert?)
Alternativement tendre, rêveur, cruel,
Réfléchit l'indolence et la pâleur du ciel.

Tu rappelles ces jours blancs, tièdes et voilés,
Qui font se fondre en pleurs les cœurs ensorcelés,
Quand, agités d'un mal inconnu qui les tord,
Les nerfs trop éveillés raillent l'esprit qui dort.

Tu ressembles parfois à ces beaux horizons
Qu'allument les soleils des brumeuses saisons . . .
Comme tu resplendis, paysage mouillé
Qu'enflamment les rayons tombant d'un ciel brouillé!

Ô femme dangereuse, ô séduisants climats!
Adorerai-je aussi ta neige et vos frimas,
Et saurai-je tirer de l'implacable hiver
Des plaisirs plus aigus que la glace et le fer?

But none of these matches the poison that drips
  From your eyes, your green eyes,
Lakes where my soul trembles to see itself reversed . . .
  My dreams crowd in
To quench their thirst in these bitter gulfs.

And none matches the terrible miracle
  Of your deadly saliva,
Which plunges my remorseless soul into forgetfulness
  And dashes it, swooning,
On death's shore!

Overcast Sky

Your gaze is shrouded in mist;
Your mysterious eyes (are they blue, gray, green?),
By turns tender, dreamy, cruel,
Echo the indolence and pallor of the sky.

You bring to mind those warm, white, windy days
When bewitched hearts founder in tears;
When, stirred and twisted by an unknown evil,
The jangling nerves torment the slumbering spirit.

You sometimes seem like those lovely horizons
Lit up by the suns of misty seasons . . .
How splendid you are, foggy landscape
Set ablaze by the rays falling from the cloudy sky!

O dangerous woman, O seductive weather!
Will I also adore your frost and snow,
And will I glean from that endless winter
Pleasures more piercing than ice and iron?

Le Chat

I.

Dans ma cervelle se promène,
Ainsi qu'en son appartement,
Un beau chat, fort, doux et charmant.
Quand il miaule, on l'entend à peine,

Tant son timbre est tendre et discret;
Mais que sa voix s'apaise ou gronde,
Elle est toujours riche et profonde.
C'est là son charme et son secret.

Cette voix, qui perle et qui filtre
Dans mon fonds le plus ténébreux,
Me remplit comme un vers nombreux
Et me réjouit comme un philtre.

Elle endort les plus cruels maux
Et contient toutes les extases;
Pour dire les plus longues phrases,
Elle n'a pas besoin de mots.

Non, il n'est pas d'archet qui morde
Sur mon cœur, parfait instrument,
Et fasse plus royalement
Chanter sa plus vibrante corde,

Que ta voix, chat mystérieux,
Chat séraphique, chat étrange,
En qui tout est, comme en un ange,
Aussi subtil qu'harmonieux!

THE CAT

I.

As though it's his apartment,
A pretty cat paces through my skull,
Strong, gentle, charming.
I hardly hear him when he mews,

His voice so soft and tender;
But when he purrs or growls,
It's always rich and deep.
That's his charm, his secret.

That voice, which drips and trickles
Into my darkest depths,
Fills me like a harmonious verse
And revives me like a tonic.

It soothes the sharpest pains
And harbors every ecstasy;
He has no need of words
To utter the longest sentences.

No, there is no bow that can play
My heart, perfect instrument,
And make its most vibrant chord
Sound more majestic

Than your voice, mysterious cat,
Seraphic and strange,
In whom, like an angel,
Everything is as subtle as it is harmonious.

II.

De sa fourrure blonde et brune
Sort un parfum si doux, qu'un soir
J'en fus embaumé, pour l'avoir
Caressée une fois, rien qu'une.

C'est l'esprit familier du lieu;
Il juge, il préside, il inspire
Toutes choses dans son empire;
Peut-être est-il fée, est-il dieu?

Quand mes yeux, vers ce chat que j'aime
Tirés comme par un aimant,
Se retournent docilement
Et que je regarde en moi-même,

Je vois avec étonnement
Le feu de ses prunelles pâles,
Clairs fanaux, vivantes opales,
Qui me contemplent fixement.

LE BEAU NAVIRE

Je veux te raconter, ô molle enchanteresse!
Les diverses beautés qui parent ta jeunesse;
    Je veux te peindre ta beauté,
Où l'enfance s'allie à la maturité.

Quand tu vas balayant l'air de ta jupe large,
Tu fais l'effet d'un beau vaisseau qui prend le large,
    Chargé de toile, et va roulant
Suivant un rythme doux, et paresseux, et lent.

Sur ton cou large et rond, sur tes épaules grasses,
Ta tête se pavane avec d'étranges grâces;
    D'un air placide et triomphant
Tu passes ton chemin, majestueuse enfant.

II.

From his gold and brown fur
Rises a perfume so gentle that one evening
I was anointed by its balm
After having caressed it once—just once!

He's the familiar spirit of the place;
He judges, presides over, inspires
All things in his empire;
He might well be a spirit, a god.

When my eyes, drawn like a magnet
Toward this cat I love,
Return tenderly to myself,
And I peer into my being,

I see with astonishment
The fire of his pale pupils
Gazing back at me:
Clear beacons, living opals.

The Beautiful Ship

I want to tell you, indolent enchantress,
About all the beauties that adorn your youth;
    I want to paint your beauty,
In which the child joins with the woman.

When you sweep the air with your long skirts,
You're like a lovely vessel taking to sea
    Under full sail, rolling languidly
To a slow and gentle rhythm.

On your tall, round neck, on your plump shoulders,
Your head preens with strange grace;
    With a calm, triumphant air,
You go on your way, majestic child.

Je veux te raconter, ô molle enchanteresse!
Les diverses beautés qui parent ta jeunesse;
  Je veux te peindre ta beauté,
Où l'enfance s'allie à la maturité.

Ta gorge qui s'avance et qui pousse la moire,
Ta gorge triomphante est une belle armoire
  Dont les panneaux bombés et clairs
Comme les boucliers accrochent des éclairs;

Boucliers provoquants, armés de pointes roses!
Armoire à doux secrets, pleine de bonnes choses,
  De vins, de parfums, de liqueurs
Qui feraient délirer les cerveaux et les cœurs!

Quand tu vas balayant l'air de ta jupe large,
Tu fais l'effet d'un beau vaisseau qui prend le large,
  Chargé de toile, et va roulant
Suivant un rythme doux, et paresseux, et lent.

Tes nobles jambes, sous les volants qu'elles chassent,
Tourmentent les désirs obscurs et les agacent,
  Comme deux sorcières qui font
Tourner un philtre noir dans un vase profond.

Tes bras, qui se joueraient des précoces hercules,
Sont des boas luisants les solides émules,
  Faits pour serrer obstinément,
Comme pour l'imprimer dans ton cœur, ton amant.

Sur ton cou large et rond, sur tes épaules grasses,
Ta tête se pavane avec d'étranges grâces;
  D'un air placide et triomphant
Tu passes ton chemin, majestueuse enfant.

I want to tell you, indolent enchantress,
About all the beauties that adorn your youth;
    I want to paint your beauty,
In which the child joins with the woman.

Your breasts thrust and press against the silk—
Your triumphant bosom is a lovely armoire
    Whose cleanly curved panels
Catch the light like shields;

Provocative shields, armed with rosy tips!
Armoire of sweet secrets, full of fine things,
    Wines, perfumes, liquors,
Offering delirium to the heart and mind!

When you sweep the air with your long skirts,
You're like a lovely vessel taking to sea
    Under full sail, rolling lazily
To a slow and gentle rhythm.

Your noble legs under the skirts they pursue
Give rise to obscure desires, tormenting,
    Like two witches who
Stir a dark potion in a deep cauldron.

Your arms would make sport of the infant Hercules;
They're two shining serpents
    Made to imprison your lover
Securely in your heart.

On your tall, round neck, on your plump shoulders,
Your head preens with strange grace;
    With a calm, triumphant air,
You go on your way, majestic child.

L'Invitation au voyage

Mon enfant, ma sœur,
Songe à la douceur
D'aller là-bas vivre ensemble!
Aimer à loisir,
Aimer et mourir
Au pays qui te ressemble!
Les soleils mouillés
De ces ciels brouillés
Pour mon esprit ont les charmes
Si mystérieux
De tes traîtres yeux,
Brillant à travers leurs larmes.

Là, tout n'est qu'ordre et beauté,
Luxe, calme et volupté.

Des meubles luisants,
Polis par les ans,
Décoreraient notre chambre;
Les plus rares fleurs
Mêlant leurs odeurs
Aux vagues senteurs de l'ambre,
Les riches plafonds,
Les miroirs profonds,
La splendeur orientale,
Tout y parlerait
À l'âme en secret
Sa douce langue natale.

Là, tout n'est qu'ordre et beauté,
Luxe, calme et volupté.

Vois sur ces canaux
Dormir ces vaisseaux
Dont l'humeur est vagabonde;
C'est pour assouvir
Ton moindre désir

Invitation to the Voyage

    My child, my sister,
    Think how sweet it would be
To go there and live together!
    To love at our leisure,
    To love and die
In a land that suits you.
    The damp suns
    Of those misty skies
Offer charms for my spirit
    As mysterious
    As your treacherous eyes
Glittering through tears.

In that place are only order and beauty,
Luxury, peace, and pleasure.

    Gleaming furniture,
    Burnished by the years,
Will decorate our bedroom;
    The rarest flowers
    Mingling their perfume
With scented waves of ambergris;
    The ornate ceilings,
    The deep mirrors,
The oriental splendor—
    All will speak secretly
    To the soul
In its sweet mother tongue.

In that place are only order and beauty,
Luxury, peace, and pleasure.

    See on the canals
    The sleeping ships
With their vagabond hearts;
    They have come from the ends of the earth
    To satisfy

Qu'ils viennent du bout du monde.
— Les soleils couchants
Revêtent les champs,
Les canaux, la ville entière,
D'hyacinthe et d'or;
Le monde s'endort
Dans une chaude lumière.

Là, tout n'est qu'ordre et beauté,
Luxe, calme et volupté.

L'IRRÉPARABLE

I.

Pouvons-nous étouffer le vieux, le long Remords,
Qui vit, s'agite et se tortille,
Et se nourrit de nous comme le ver des morts,
Comme du chêne la chenille?
Pouvons-nous étouffer l'implacable Remords?

Dans quel philtre, dans quel vin, dans quelle tisane,
Noierons-nous ce vieil ennemi,
Destructeur et gourmand comme la courtisane,
Patient comme la fourmi?
Dans quel philtre? — dans quel vin? — dans quelle tisane?

Dis-le, belle sorcière, oh! dis, si tu le sais,
À cet esprit comblé d'angoisse
Et pareil au mourant qu'écrasent les blessés,
Que le sabot du cheval froisse,
Dis-le, belle sorcière, oh! dis, si tu le sais,

À cet agonisant que le loup déjà flaire
Et que surveille le corbeau,
À ce soldat brisé! s'il faut qu'il désespère
D'avoir sa croix et son tombeau;
Ce pauvre agonisant que déjà le loup flaire!

Your least desire.
     —The setting suns
     Anoint with purple and gold
The fields, the canals,
     The whole city;
     The world slumbers
In that warm light.

In that place are only order and beauty,
Luxury, peace, and pleasure.

THE IRREPARABLE

I.

Can we stifle the ancient, lingering Remorse
     That lives, stirs, writhes,
And feeds on us like a worm on a corpse,
     Like a grub on an oak?
Can we stifle the implacable Remorse?

In which potion, wine, tisane
     Can we drown this old enemy,
Ruthless and ravenous as a whore,
     Persistent as an ant?
In which potion?—in which wine?—in which tisane?

Say it, beautiful witch! oh say it if you know it,
     To this spirit filled with anguish,
A dying man crushed by the wounded,
     Trampled under horses' hooves,
Say it, beautiful witch! oh say it if you know it,

To this dying man, whom the wolf already scents,
     Whom the crow watches,
To this crushed soldier! if he should despair
     Of having his cross and his tomb;
This poor dying man whom the wolf already scents.

Peut-on illuminer un ciel bourbeux et noir?
    Peut-on déchirer des ténèbres
Plus denses que la poix, sans matin et sans soir,
    Sans astres, sans éclairs funèbres?
Peut-on illuminer un ciel bourbeux et noir?

L'Espérance qui brille aux carreaux de l'Auberge
    Est soufflée, est morte à jamais!
Sans lune et sans rayons, trouver où l'on héberge
    Les martyrs d'un chemin mauvais!
Le Diable a tout éteint aux carreaux de l'Auberge!

Adorable sorcière, aimes-tu les damnés?
    Dis, connais-tu l'irrémissible?
Connais-tu le Remords, aux traits empoisonnés,
    À qui notre cœur sert de cible?
Adorable sorcière, aimes-tu les damnés?

L'Irréparable ronge avec sa dent maudite
    Notre âme, piteux monument,
Et souvent il attaque, ainsi que le termite,
    Par la base le bâtiment.
L'Irréparable ronge avec sa dent maudite!

II.

— J'ai vu parfois, au fond d'un théâtre banal
    Qu'enflammait l'orchestre sonore,
Une fée allumer dans un ciel infernal
    Une miraculeuse aurore;
J'ai vu parfois au fond d'un théâtre banal

Un être, qui n'était que lumière, or et gaze,
    Terrasser l'énorme Satan;
Mais mon cœur, que jamais ne visite l'extase,
    Est un théâtre où l'on attend
Toujours, toujours en vain, l'Être aux ailes de gaze!

Can you fill this black and grimy sky with light?
    Can you rip aside the darkness,
Denser than pitch, with no morning or evening,
    With no stars, no ominous lightning?
Can you fill this black and grimy sky with light?

The Hope that flickered in the windows of the Inn
    Is snuffed, is gone forever!
To find a lodging with no moon, with no light—
    Martyrs on an evil path!
The Devil has snuffed all the lights of the Inn!

Adorable witch, do you love these condemned souls?
    Tell me, do you know the irredeemable?
Do you know Remorse with her poison darts,
    For whom our hearts serve as a target?
Adorable witch, do you love these condemned souls?

With cursed teeth, the Irreparable gnaws
    At our soul, pitiful monument,
And often, like a termite,
    Attacks the base of the structure.
With cursed teeth, the Irreparable gnaws!

II.

I've sometimes seen, at the back of a popular theater
    Enlivened by the sonorous orchestra,
A fairy beneath a hellish sky
    Create a miraculous sunrise;
I've sometimes seen, at the back of a popular theater,

A being made of light and gold and gauze
    Cast down the enormous Satan.
But my heart, which ecstasy never enters,
    Is a theater where one waits in vain,
Always in vain, for the Being with wings of gauze!

CAUSERIE

Vous êtes un beau ciel d'automne, clair et rose!
Mais la tristesse en moi monte comme la mer,
Et laisse, en refluant, sur ma lèvre morose
Le souvenir cuisant de son limon amer.

— Ta main se glisse en vain sur mon sein qui se pâme;
Ce qu'elle cherche, amie, est un lieu saccagé
Par la griffe et la dent féroce de la femme.
Ne cherchez plus mon cœur; les bêtes l'ont mangé.

Mon cœur est un palais flétri par la cohue;
On s'y soûle, on s'y tue, on s'y prend aux cheveux!
— Un parfum nage autour de votre gorge nue!...

Ô Beauté, dur fléau des âmes, tu le veux!
Avec tes yeux de feu, brillants comme des fêtes,
Calcine ces lambeaux qu'ont épargnés les bêtes!

CHANT D'AUTOMNE

I.

Bientôt nous plongerons dans les froides ténèbres;
Adieu, vive clarté de nos étés trop courts!
J'entends déjà tomber avec des chocs funèbres
Le bois retentissant sur le pavé des cours.

Tout l'hiver va rentrer dans mon être: colère,
Haine, frissons, horreur, labeur dur et forcé,
Et, comme le soleil dans son enfer polaire,
Mon cœur ne sera plus qu'un bloc rouge et glacé.

J'écoute en frémissant chaque bûche qui tombe;
L'échafaud qu'on bâtit n'a pas d'écho plus sourd.
Mon esprit est pareil à la tour qui succombe
Sous les coups du bélier infatigable et lourd.

CONVERSATION

You are a lovely autumn sky, rosy and clear,
But the sadness in me rises like the sea,
And as it ebbs leaves on my sorrowful lips
The searing memory of its bitter slime.

—Your hand glides in vain across my swooning breast;
The shelter it seeks, darling, has been ransacked
By a woman's claws and ferocious teeth.
Abandon your search for my heart; the beasts have eaten it.

My heart is a palace plundered by the rabble,
Where they get drunk, slaughter, rip out each other's hair,
—A perfume floats about your naked throat! . . .

O Beauty, cruel scourge of souls, you desire it!
With your fiery eyes, brilliant as festivals,
Burn these shreds the beasts have spared!

AUTUMN SONG

I.

Soon we'll plunge into the chilly darkness;
Farewell, clear brightness of too-short summers!
Already I hear the dreary drumbeat
Of firewood clattering on the cobbles of the courtyard.

All of winter will enter my being—fury,
Fear, hatred, horror, terrible forced labor—
And, like the sun in its polar hell,
My heart will be nothing but an icy red block.

Each toppling log sends a shudder through me;
The raising of a gallows wouldn't sound as grim.
My spirit is like a tower that succumbs
To the heavy blows of a tireless battering ram.

Il me semble, bercé par ce choc monotone,
Qu'on cloue en grande hâte un cercueil quelque part.
Pour qui? — C'était hier l'été; voici l'automne!
Ce bruit mystérieux sonne comme un départ.

II.

J'aime de vos longs yeux la lumière verdâtre,
Douce beauté, mais tout aujourd'hui m'est amer,
Et rien, ni votre amour, ni le boudoir, ni l'âtre,
Ne me vaut le soleil rayonnant sur la mer.

Et pourtant aimez-moi, tendre cœur! soyez mère,
Même pour un ingrat, même pour un méchant;
Amante ou sœur, soyez la douceur éphémère
D'un glorieux automne ou d'un soleil couchant.

Courte tâche! La tombe attend; elle est avide!
Ah! laissez-moi, mon front posé sur vos genoux,
Goûter, en regrettant l'été blanc et torride,
De l'arrière-saison le rayon jaune et doux!

À UNE MADONE
Ex-voto dans le goût espagnol

Je veux bâtir pour toi, Madone, ma maîtresse,
Un autel souterrain au fond de ma détresse,
Et creuser dans le coin le plus noir de mon cœur,
Loin du désir mondain et du regard moqueur,
Une niche, d'azur et d'or tout émaillée,
Où tu te dresseras, Statue émerveillée.
Avec mes Vers polis, treillis d'un pur métal
Savamment constellé de rimes de cristal,
Je ferai pour ta tête une énorme Couronne;
Et dans ma Jalousie, ô mortelle Madone,
Je saurai te tailler un Manteau, de façon
Barbare, roide et lourd, et doublé de soupçon,
Qui, comme une guérite, enfermera tes charmes,
Non de Perles brodé, mais de toutes mes Larmes!

Rocked by these monotonous blows, I feel
That somewhere they're hastily nailing a coffin shut.
For whom? —Yesterday it was summer; this is autumn!
The mysterious noise rings like farewell.

II.

I love the green light in your long eyes,
Sweet beauty, but today all is bitter to me,
And nothing, not your love, your boudoir, or your hearth,
Is worth the sun shining on the sea.

But love me, gentle heart! Be a mother
Even for an evil and ungrateful man;
Lover or sister, be the fleeting sweetness
Of a glorious autumn or a setting sun.

Brief task! The tomb awaits; it's famished!
Ah, with my head in your lap, let me
Savor the last sweet amber rays of autumn
While I mourn the white heat of summer!

To a Madonna
Votive offering in the Spanish style

Madonna, my mistress, I want to build you
A secret altar in the depths of my distress
And tuck into the darkest corner of my heart,
Far from ordinary desire and mocking looks,
A niche enameled in blue and gold
Where you will stand, marvelous Statue.
From my polished Verse, a trellis of pure metal
Skillfully spangled with a rime of crystals,
I will make an immense Crown for your head;
And from my Jealousy, O mortal Madonna,
I'll fashion a Mantle in barbaric taste,
Stiff and heavy, lined with suspicion,
Which, like a sentry box, will enfold your charms.
Brocaded not with Pearls but with all my Tears,

Ta Robe, ce sera mon Désir, frémissant,
Onduleux, mon Désir qui monte et qui descend,
Aux pointes se balance, aux vallons se repose,
Et revêt d'un baiser tout ton corps blanc et rose.
Je te ferai de mon Respect de beaux Souliers
De satin, par tes pieds divins humiliés,
Qui, les emprisonnant dans une molle étreinte,
Comme un moule fidèle en garderont l'empreinte.
Si je ne puis, malgré tout mon art diligent,
Pour Marchepied tailler une Lune d'argent,
Je mettrai le Serpent qui me mord les entrailles
Sous tes talons, afin que tu foules et railles,
Reine victorieuse et féconde en rachats
Ce monstre tout gonflé de haine et de crachats.
Tu verras mes Pensers, rangés comme les Cierges
Devant l'autel fleuri de la Reine des Vierges,
Étoilant de reflets le plafond peint en bleu,
Te regarder toujours avec des yeux de feu;
Et comme tout en moi te chérit et t'admire,
Tout se fera Benjoin, Encens, Oliban, Myrrhe,
Et sans cesse vers toi, sommet blanc et neigeux,
En Vapeurs montera mon Esprit orageux.

Enfin, pour compléter ton rôle de Marie,
Et pour mêler l'amour avec la barbarie,
Volupté noire! des sept Péchés capitaux,
Bourreau plein de remords, je ferai sept Couteaux
Bien affilés, et comme un jongleur insensible,
Prenant le plus profond de ton amour pour cible,
Je les planterai tous dans ton Cœur pantelant,
Dans ton Cœur sanglotant, dans ton Cœur ruisselant!

My Desire will serve as your Dress, trembling,
Rippling, my Desire that rises and falls,
Balancing on crests, reposing in troughs,
And covering with kisses your whole pink and white body.
Out of my Respect I'll fashion pretty satin Slippers,
Which, humbled by your divine feet,
Will imprison them in a soft embrace
As a faithful mold holds its cast.
If I can't, despite all my diligent art,
Fashion a Pedestal of silver Moon,
I'll place the Serpent who gnaws at my guts
Under your heels, so you may trample and mock,
Victorious queen full of redemption,
This monster swollen with hatred and spittle.
You will see my Thoughts, ranged like Candles
Before the flowery shrine of the Queen of Virgins.
The blue-painted ceiling starry with reflections
Is always watching you with fiery eyes;
And since my whole being loves and admires you,
All will be Incense, Frankincense, Balsam, Myrrh,
And ceaselessly toward you, white and snowy summit,
My stormy Spirit will rise like smoke.

Finally, to complete your role as Mary,
And to mingle ardor with barbarism—
Dark delight!—I, remorseful torturer, will make
Of the seven deadly Sins seven well-honed Knives
And, like a merciless juggler
Using your deepest love for a target,
Will plant them all in your throbbing Heart,
Your sobbing Heart, your dripping Heart.

Chanson d'après-midi

Quoique tes sourcils méchants
Te donnent un air étrange
Qui n'est pas celui d'un ange,
Sorcière aux yeux alléchants,

Je t'adore, ô ma frivole,
Ma terrible passion!
Avec la dévotion
Du prêtre pour son idole.

Le désert et la forêt
Embaument tes tresses rudes,
Ta tête a les attitudes
De l'énigme et du secret.

Sur ta chair le parfum rôde
Comme autour d'un encensoir;
Tu charmes comme le soir,
Nymphe ténébreuse et chaude.

Ah! les philtres les plus forts
Ne valent pas ta paresse,
Et tu connais la caresse
Qui fait revivre les morts!

Tes hanches sont amoureuses
De ton dos et de tes seins,
Et tu ravis les coussins
Par tes poses langoureuses.

Quelquefois, pour apaiser
Ta rage mystérieuse,
Tu prodigues, sérieuse,
La morsure et le baiser;

Afternoon Song

Though your wicked eyebrows
Give you a strange air,
Which is not that of an angel,
Sorceress with enticing eyes,

I adore you, my silly girl,
My dreadful passion,
With the devotion
Of a priest for his idol.

The desert and the forest
Embalm your rough hair;
Your head holds
Mysteries, secrets.

The perfume lingers on your skin
As around a censer;
You charm like the evening,
Hot, dusky nymph.

Ah! the strongest potions
Are weaker than your languor,
And you know the caresses
That revive the dead!

Your loins are enraptured by
Your back and your breasts,
And you ravish the cushions
With your languorous poses.

Sometimes, to quell
Your mysterious rage,
You ardently lavish
Bites and kisses.

Tu me déchires, ma brune,
Avec un rire moqueur,
Et puis tu mets sur mon cœur
Ton œil doux comme la lune.

Sous tes souliers de satin,
Sous tes charmants pieds de soie
Moi, je mets ma grande joie,
Mon génie et mon destin,

Mon âme par toi guérie,
Par toi, lumière et couleur!
Explosion de chaleur
Dans ma noire Sibérie!

SISINA

Imaginez Diane en galant équipage,
Parcourant les forêts ou battant les halliers,
Cheveux et gorge au vent, s'enivrant de tapage,
Superbe et défiant les meilleurs cavaliers!

Avez-vous vu Théroigne, amante du carnage,
Excitant à l'assaut un peuple sans souliers,
La joue et l'œil en feu, jouant son personnage,
Et montant, sabre au poing, les royaux escaliers?

Telle la Sisina! Mais la douce guerrière
À l'âme charitable autant que meurtrière;
Son courage, affolé de poudre et de tambours,

Devant les suppliants sait mettre bas les armes,
Et son cœur, ravagé par la flamme, a toujours,
Pour qui s'en montre digne, un réservoir de larmes.

You tear me apart, my dark beauty,
With a mocking laugh,
And then your gaze, soft as moonlight,
Settles on my heart.

Under your satin slippers,
Under your charming silken feet,
I place my great joy,
My genius and my destiny;

My soul is healed by you,
By you, light and color!
Explosion of heat
In my dark Siberia!

Sisina

Imagine Diana, gallantly decked out,
Roaming through forests or battling thickets,
Hair and breast bare to the wind, drunk on the hullaballoo,
Superb, and defying the finest horsemen!

Have you seen Théroigne, lover of carnage,
Urging on the barefoot hordes,
Eyes and cheeks aflame, playing her role
And mounting the royal steps, saber in hand?

Such is Sisina! But this gentle warrior
Has a soul as charitable as it is murderous;
Her courage, bolstered by drums and gunpowder,

Can lay down its arms before the vanquished,
And her heart, ravaged by the flames,
Always has a reservoir of tears for those who show dignity.

FRANCISCÆ MEÆ LAUDES

Novis te cantabo chordis,
O novelletum quod ludis
In solitudine cordis.

Esto sertis implicata,
O femina delicata
Per quam solvuntur peccata!

Sicut beneficum Lethe,
Hauriam oscula de te,
Quæ imbuta es magnete.

Quum vitiorum tempestas
Turbabat omnes semitas,
Apparuisti, Deitas,

Velut stella salutaris
In naufragiis amaris . . .
Suspendam cor tuis aris!

Piscina plena virtutis,
Fons æternæ juventutis,
Labris vocem redde mutis!

Quod erat spurcum, cremasti;
Quod rudius, exæquasti;
Quod debile, confirmasti.

In fame mea taberna
In nocte mea lucerna,
Recte me semper guberna.

Adde nunc vires viribus,
Dulce balneum suavibus
Unguentatum odoribus!

In Praise of My Francisca

I will sing of you with new chords,
Young doe frolicking
In the solitude of my heart.

Be wreathed with garlands,
O dainty woman
Through whom sins are paid!

As if from benevolent Lethe,
I will drink kisses from you
Who are suffused with hypnotic power.

When a storm of vices
Was tormenting every path,
You appeared, Goddess,

Like a lifesaving star
Over bitter shipwrecks . . .
I will set my heart on your altar!

Pool brimming with virtue,
Fountain of eternal youth,
Return the voice to my mute lips!

What was unclean, you have burned;
What was rough, you have made plain;
What was weak, you have made strong.

My tavern when I'm famished,
My lamp in the night,
Guide me ever in the right ways.

Now add strength to strength,
Sweet bath scented
With delectable perfumes!

Meos circa lumbos mica,
O castitatis lorica,
Aqua tincta seraphica;

Patera gemmis corusca,
Panis salsus, mollis esca,
Divinum vinum, Francisca!

À UNE DAME CRÉOLE

Au pays parfumé que le soleil caresse,
J'ai connu, sous un dais d'arbres tout empourprés
Et de palmiers d'où pleut sur les yeux la paresse,
Une dame créole aux charmes ignorés.

Son teint est pâle et chaud; la brune enchanteresse
A dans le cou des airs noblement maniérés;
Grande et svelte en marchant comme une chasseresse,
Son sourire est tranquille et ses yeux assurés.

Si vous alliez, Madame, au vrai pays de gloire,
Sur les bords de la Seine ou de la verte Loire,
Belle digne d'orner les antiques manoirs,

Vous feriez, à l'abri des ombreuses retraites
Germer mille sonnets dans le cœur des poètes,
Que vos grands yeux rendraient plus soumis que vos noirs.

MOESTA ET ERRABUNDA

Dis-moi, ton cœur parfois s'envole-t-il, Agathe,
Loin du noir océan de l'immonde cité,
Vers un autre océan où la splendeur éclate,
Bleu, clair, profond, ainsi que la virginité?
Dis-moi, ton cœur parfois s'envole-t-il, Agathe?

Glitter around my loins,
O chastity belt
Dyed in angelic water;

Jewel-spangled goblet,
Salted bread, delicate fare,
Divine wine, Francisca!

To a Creole Woman

In a perfumed country caressed by the sun,
I have known, under a canopy of purple trees
And palms that sprinkled languor across my eyes,
A Creole woman with rare charms.

She is wan and warm; the brown enchantress
Has a neck with noble bearing;
Tall and slender, she walks like a hunter,
Her smile calm, her eyes assured.

If you could go, madame, to the true land of glory
On the banks of the Seine or the green Loire,
Your beauty a match for the ancient manors,

In the shelter of those shady retreats,
You'd spawn a thousand sonnets in the hearts of poets,
And your great eyes would make them more subject than your slaves.

Moesta et Errabunda*

Tell me, Agathe, does your heart sometimes fly away,
Far from the black ocean of the filthy city
To another ocean where splendor gleams,
Blue, clear, deep, like virginity.
Tell me, Agathe, does your heart sometimes fly away?

---

* Grieving and Wandering

La mer, la vaste mer, console nos labeurs!
Quel démon a doté la mer, rauque chanteuse
Qu'accompagne l'immense orgue des vents grondeurs,
De cette fonction sublime de berceuse?
La mer, la vaste mer, console nos labeurs!

Emporte-moi, wagon! enlève-moi, frégate!
Loin! loin! ici la boue est faite de nos pleurs!
— Est-il vrai que parfois le triste cœur d'Agathe
Dise: Loin des remords, des crimes, des douleurs,
Emporte-moi, wagon, enlève-moi, frégate?

Comme vous êtes loin, paradis parfumé,
Où sous un clair azur tout n'est qu'amour et joie,
Où tout ce que l'on aime est digne d'être aimé,
Où dans la volupté pure le cœur se noie!
Comme vous êtes loin, paradis parfumé!

Mais le vert paradis des amours enfantines,
Les courses, les chansons, les baisers, les bouquets,
Les violons vibrant derrière les collines,
Avec les brocs de vin, le soir, dans les bosquets,
— Mais le vert paradis des amours enfantines,

L'innocent paradis, plein de plaisirs furtifs,
Est-il déjà plus loin que l'Inde et que la Chine?
Peut-on le rappeler avec des cris plaintifs,
Et l'animer encor d'une voix argentine,
L'innocent paradis plein de plaisirs furtifs?

LE REVENANT

Comme les anges à l'œil fauve,
Je reviendrai dans ton alcôve
Et vers toi glisserai sans bruit
Avec les ombres de la nuit;

The sea, the vast sea consoles us for our toil!
What demon has given the sea—raucous singer
Who accompanies the great organ of groaning winds—
The sublime task of cradle rocker?
The sea, the vast sea consoles us for our toil!

Take me, carriage! Carry me, ship,
Far, far away! Here the mud is made from our tears!
—Is it true that sometimes the sad heart of Agathe
Says: Far from remorse, crimes, sorrows,
Take me, carriage; carry me, ship?

How distant you are, perfumed paradise,
Where under clear blue all is love and joy,
Where one desires only the dignity of being desired,
Where in pure luxury the heart founders!
How distant you are, perfumed paradise!

But that green paradise of youthful crushes,
The chases, kisses, songs, bouquets,
The violins resonant behind the hills,
And the evenings in the groves, with jugs of wine
—But that green paradise of childhood loves,

Innocent paradise, full of furtive pleasures,
Is it already farther than India and China?
Could I summon it with a plaintive cry,
Revive it with a silver voice,
Innocent paradise, full of furtive pleasures?

THE GHOST

Like those angels with savage eyes,
I return to your chamber
And glide noiselessly toward you
With the shadows of the night;

Et je te donnerai, ma brune,
Des baisers froids comme la lune
Et des caresses de serpent
Autour d'une fosse rampant.

Quand viendra le matin livide,
Tu trouveras ma place vide,
Où jusqu'au soir il fera froid.

Comme d'autres par la tendresse,
Sur ta vie et sur ta jeunesse,
Moi, je veux régner par l'effroi.

SONNET D'AUTOMNE

Ils me disent, tes yeux, clairs comme le cristal:
"Pour toi, bizarre amant, quel est donc mon mérite?"
— Sois charmante et tais-toi! Mon cœur, que tout irrite,
Excepté la candeur de l'antique animal,

Ne veut pas te montrer son secret infernal,
Berceuse dont la main aux longs sommeils m'invite,
Ni sa noire légende avec la flamme écrite.
Je hais la passion et l'esprit me fait mal!

Aimons-nous doucement. L'Amour dans sa guérite,
Ténébreux, embusqué, bande son arc fatal.
Je connais les engins de son vieil arsenal:

Crime, horreur et folie! — Ô pâle marguerite!
Comme moi n'es-tu pas un soleil automnal,
Ô ma si blanche, ô ma si froide Marguerite?

And I will give you, my dark beauty,
Kisses cold as the moon
And the caresses of a serpent
Slithering across a grave.

When the violet dawn returns,
You'll find my place empty;
It will remain cold till evening.

Others would conquer your life and youth
With tenderness;
I will conquer you with terror.

AUTUMN SONNET

Your eyes, clear as crystal, say to me:
"What am I worth to you, strange lover?"
—Be charming and be still! My heart, which everything annoys
Except the innocence of primal beasts,

Does not wish to reveal to you its infernal secret
Whose lulling hands beckon me to long sleep,
Nor its dark legend written in flame.
I loathe passion; frivolity sickens me.

Let's love gently. Ambushed in his shadowed lair,
Love strings his lethal bow.
I know all the weapons of his ancient arsenal:

Crime, horror, and madness! —O pale daisy!
Are you not, like me, an autumn sun,
O my pale, O my chilly Daisy?

Tristesses de la lune

Ce soir, la lune rêve avec plus de paresse;
Ainsi qu'une beauté, sur de nombreux coussins,
Qui d'une main distraite et légère caresse
Avant de s'endormir le contour de ses seins,

Sur le dos satiné des molles avalanches,
Mourante, elle se livre aux longues pâmoisons,
Et promène ses yeux sur les visions blanches
Qui montent dans l'azur comme des floraisons.

Quand parfois sur ce globe, en sa langueur oisive,
Elle laisse filer une larme furtive,
Un poète pieux, ennemi du sommeil,

Dans le creux de sa main prend cette larme pâle,
Aux reflets irisés comme un fragment d'opale,
Et la met dans son cœur loin des yeux du soleil.

Les Chats

Les amoureux fervents et les savants austères
Aiment également, dans leur mûre saison,
Les chats puissants et doux, orgueil de la maison,
Qui comme eux sont frileux et comme eux sédentaires.

Amis de la science et de la volupté
Ils cherchent le silence et l'horreur des ténèbres;
L'Érèbe les eût pris pour ses coursiers funèbres,
S'ils pouvaient au servage incliner leur fierté.

Ils prennent en songeant les nobles attitudes
Des grands sphinx allongés au fond des solitudes,
Qui semblent s'endormir dans un rêve sans fin;

Leurs reins féconds sont pleins d'étincelles magiques,
Et des parcelles d'or, ainsi qu'un sable fin,
Étoilent vaguement leurs prunelles mystiques.

Sorrows of the Moon

This evening, the moon dreams with more indolence;
Like a beauty on her plentiful pillows
Who before sleep, with a distracted hand,
Lightly caresses the contours of her breasts.

On the satin backs of downy avalanches,
Languishing, she indulges in lingering swoons
And casts her eyes over the white phantoms
That rise in the blue like blossoms.

When sometimes, in her idle languor,
She lets a furtive tear fall to earth,
A pious poet, enemy of sleep,

Catches in the hollow of his hand the pale teardrop,
Iridescent as a fragment of opal,
And sets it in his heart, far from the gaze of the sun.

Cats

Fervent lovers and austere philosophers,
As they grow older, adore
The powerful, gentle cats, pride of the house,
Who like them are sedentary and sensitive to cold.

Companions of knowledge and passion,
They seek silence and the horror of the shadows;
Erebus would have used them for his steeds of doom
Were they able to quell their pride.

At rest, they assume the noble attitudes
Of great reclining sphinxes stretched out in solitude,
Who seem to slumber in an endless dream;

Their fertile loins are filled with magical spangles,
And, like fine sand, flecks of gold
Twinkle deep within their mystical eyes.

LES HIBOUX

Sous les ifs noirs qui les abritent,
Les hiboux se tiennent rangés,
Ainsi que des dieux étrangers,
Dardant leur œil rouge. Ils méditent.

Sans remuer ils se tiendront
Jusqu'à l'heure mélancolique
Où, poussant le soleil oblique,
Les ténèbres s'établiront.

Leur attitude au sage enseigne
Qu'il faut en ce monde qu'il craigne
Le tumulte et le mouvement;

L'homme ivre d'une ombre qui passe
Porte toujours le châtiment
D'avoir voulu changer de place.

LA PIPE

Je suis la pipe d'un auteur;
On voit, à contempler ma mine
D'Abyssinienne ou de Cafrine,
Que mon maître est un grand fumeur.

Quand il est comblé de douleur,
Je fume comme la chaumine
Où se prépare la cuisine
Pour le retour du laboureur.

J'enlace et je berce son âme
Dans le réseau mobile et bleu
Qui monte de ma bouche en feu,

Et je roule un puissant dictame
Qui charme son cœur et guérit
De ses fatigues son esprit.

The Owls

Under the shelter of the black yews,
The owls are perched in rows
Like strange gods,
Gazing about with red eyes. They meditate.

Without stirring, they stand
Until the melancholy hour
When, nudging away the low sun,
The shadows settle in.

From their attitude, the sages learn
That in this world one must resist
Commotion and movement;

Human beings, distracted by passing shadows,
Always bear the burden
Of having desired to change position.

The Pipe

I am the pipe of a writer;
You can see
By my Abyssinian or Kaffir face
That my master is a great smoker.

When he is laden with sorrows,
I smoke like a cottage
Where they are preparing dinner
For the worker's return.

I bind and cradle his soul
In the swaying blue net
That rises from my fiery mouth,

And I spin a potent balm
That charms his heart
And lifts his weary spirit.

La Musique

La musique souvent me prend comme une mer!
  Vers ma pâle étoile,
Sous un plafond de brume ou dans un vaste éther,
  Je mets à la voile;

La poitrine en avant et les poumons gonflés
  Comme de la toile
J'escalade le dos des flots amoncelés
  Que la nuit me voile;

Je sens vibrer en moi toutes les passions
  D'un vaisseau qui souffre;
Le bon vent, la tempête et ses convulsions

  Sur l'immense gouffre
Me bercent. D'autres fois, calme plat, grand miroir
  De mon désespoir!

Sépulture

Si par une nuit lourde et sombre
Un bon chrétien, par charité,
Derrière quelque vieux décombre
Enterre votre corps vanté,

À l'heure où les chastes étoiles
Ferment leurs yeux appesantis,
L'araignée y fera ses toiles,
Et la vipère ses petits;

Vous entendrez toute l'année
Sur votre tête condamnée
Les cris lamentables des loups

Et des sorcières faméliques,
Les ébats des vieillards lubriques
Et les complots des noirs filous.

Music

Music often sweeps me away like the sea!
    Under a ceiling of mist
Or in vast space, I set sail
    Toward my pale star;

Chest out, lungs swelling
    Like sails,
I climb the slopes of crowding waves
    Veiled in night;

I sense trembling within me all the passions
    Of a vessel in distress;
The fine wind, the tempest and its convulsions

    Rock me over the immense gulf.
At other times, dead calm, great mirror
    Of my despair!

Tomb

If, on a dark and gloomy night,
A good Christian, through charity,
Buried your once-revered body
Behind some old ruins,

At the hour when the chaste stars
Close their heavy eyes,
The spider would weave its web there,
And the viper spawn its young;

The whole year long, you'd hear
Above your condemned head
The piteous howling of wolves

And starving witches,
The antics of dirty old men,
And the plotting of evil robbers.

UNE GRAVURE FANTASTIQUE

Ce spectre singulier n'a pour toute toilette,
Grotesquement campé sur son front de squelette,
Qu'un diadème affreux sentant le carnaval.
Sans éperons, sans fouet, il essouffle un cheval,
Fantôme comme lui, rosse apocalyptique,
Qui bave des naseaux comme un épileptique.
Au travers de l'espace ils s'enfoncent tous deux,
Et foulent l'infini d'un sabot hasardeux.
Le cavalier promène un sabre qui flamboie
Sur les foules sans nom que sa monture broie,
Et parcourt, comme un prince inspectant sa maison,
Le cimetière immense et froid, sans horizon,
Où gisent, aux lueurs d'un soleil blanc et terne,
Les peuples de l'histoire ancienne et moderne.

LE MORT JOYEUX

Dans une terre grasse et pleine d'escargots
Je veux creuser moi-même une fosse profonde,
Où je puisse à loisir étaler mes vieux os
Et dormir dans l'oubli comme un requin dans l'onde.

Je hais les testaments et je hais les tombeaux;
Plutôt que d'implorer une larme du monde,
Vivant, j'aimerais mieux inviter les corbeaux
À saigner tous les bouts de ma carcasse immonde.

Ô vers! noirs compagnons sans oreille et sans yeux,
Voyez venir à vous un mort libre et joyeux;
Philosophes viveurs, fils de la pourriture,

À travers ma ruine allez donc sans remords,
Et dites-moi s'il est encor quelque torture
Pour ce vieux corps sans âme et mort parmi les morts!

Fantastical Engraving

The strange specter has for his only decoration
A tawdry crown, like something from a carnival,
Grotesquely set on the brow of his skull.
Without spurs or whip, he goads his horse—
Apocalyptic steed, a phantom like himself,
Foaming at the nostrils like an epileptic.
Across space they plunge together,
Trampling infinity with reckless hooves.
The horseman brandishes his flaming sword
Over the nameless crowds his mount tramples,
And, like a prince surveying his domain,
Scans the vast chilly cemetery, borderless,
Where, beneath a dull, pale sun,
The peoples of ancient and modern history lie.

The Happy Corpse

In rich loam full of snails,
I want to dig my grave, deep and wide,
Where I can at my leisure stretch out my old bones
And slumber in forgetfulness like a shark in a wave.

I loathe tombs and last testaments;
Rather than wring a tear from the world,
While still alive, I'd prefer to invite the crows
To drain the blood from my filthy corpse.

O worms, black companions without eyes or ears,
Here comes a free and happy corpse!
Living philosophers, children of rot,

Plow through my ruins without remorse,
And tell me if there's any further torture in store
For this old soulless body, dead among the dead!

Le Tonneau de la Haine

La Haine est le tonneau des pâles Danaïdes;
La Vengeance éperdue aux bras rouges et forts
À beau précipiter dans ses ténèbres vides
De grands seaux pleins du sang et des larmes des morts,

Le Démon fait des trous secrets à ces abîmes,
Par où fuiraient mille ans de sueurs et d'efforts,
Quand même elle saurait ranimer ses victimes,
Et pour les pressurer ressusciter leurs corps.

La Haine est un ivrogne au fond d'une taverne,
Qui sent toujours la soif naître de la liqueur
Et se multiplier comme l'hydre de Lerne.

— Mais les buveurs heureux connaissent leur vainqueur,
Et la Haine est vouée à ce sort lamentable
De ne pouvoir jamais s'endormir sous la table.

La Cloche fêlée

Il est amer et doux, pendant les nuits d'hiver,
D'écouter, près du feu qui palpite et qui fume,
Les souvenirs lointains lentement s'élever
Au bruit des carillons qui chantent dans la brume.

Bienheureuse la cloche au gosier vigoureux
Qui, malgré sa vieillesse, alerte et bien portante,
Jette fidèlement son cri religieux,
Ainsi qu'un vieux soldat qui veille sous la tente!

Moi, mon âme est fêlée, et lorsqu'en ses ennuis
Elle veut de ses chants peupler l'air froid des nuits,
Il arrive souvent que sa voix affaiblie

Semble le râle épais d'un blessé qu'on oublie
Au bord d'un lac de sang, sous un grand tas de morts
Et qui meurt, sans bouger, dans d'immenses efforts.

The Cask of Hatred

Hatred is the cask of the pale Danaids;
In vain, distraught Vengeance with powerful red arms
Pours into that dark pit
Pails full of the blood and tears of the dead.

The Demon makes secret holes in that hollow
Through which a thousand years of sweat and toil vanish;
Even so, she'd revive her victims,
Resuscitating their bodies just to press them dry again.

Hatred is a drunkard in the depths of a tavern
Who constantly feels his thirst for liquor
Multiplying like the hydra of Lerna.

—But the happy drinkers know their conqueror;
Hatred is doomed to a sorry fate,
Never able to pass out under the table.

The Cracked Bell

It's bittersweet, in the winter nights,
To hear by the fire that shifts and smokes
The distant memories slowly rising
To the sound of bells chanting in the mist.

Happy is the bell with the lusty throat
That despite its age, alert and sturdy,
Faithfully sounds its religious call
Like an old soldier keeping watch from his tent!

My own soul is cracked; when, filled with ennuis,
It wants its songs to throng the chilly night air,
It often happens that its feeble voice

Resembles the death rattle of a wounded man abandoned
Under a heap of corpses at the edge of a pool of blood,
Who dies with immense struggle, unable to move.

SPLEEN
PLUVIÔSE, IRRITÉ CONTRE LA VILLE ENTIÈRE

Pluviôse, irrité contre la ville entière,
De son urne à grands flots verse un froid ténébreux
Aux pâles habitants du voisin cimetière
Et la mortalité sur les faubourgs brumeux.

Mon chat sur le carreau cherchant une litière
Agite sans repos son corps maigre et galeux;
L'âme d'un vieux poète erre dans la gouttière
Avec la triste voix d'un fantôme frileux.

Le bourdon se lamente, et la bûche enfumée
Accompagne en fausset la pendule enrhumée,
Cependant qu'en un jeu plein de sales parfums,

Héritage fatal d'une vieille hydropique,
Le beau valet de cœur et la dame de pique
Causent sinistrement de leurs amours défunts.

SPLEEN
J'AI PLUS DE SOUVENIRS QUE SI J'AVAIS MILLE ANS

J'ai plus de souvenirs que si j'avais mille ans.

Un gros meuble à tiroirs encombré de bilans,
De vers, de billets doux, de procès, de romances,
Avec de lourds cheveux roulés dans des quittances,
Cache moins de secrets que mon triste cerveau.
C'est une pyramide, un immense caveau,
Qui contient plus de morts que la fosse commune.
— Je suis un cimetière abhorré de la lune,
Où comme des remords se traînent de longs vers
Qui s'acharnent toujours sur mes morts les plus chers.
Je suis un vieux boudoir plein de roses fanées,
Où gît tout un fouillis de modes surannées,
Où les pastels plaintifs et les pâles Boucher,
Seuls, respirent l'odeur d'un flacon débouché.

Spleen
PISSED OFF AT THE WHOLE CITY

Pissed off at the whole city, the month of rains
Pours from its urn great waves of gloomy cold
Over the pale tenants of the nearby cemetery
And spreads doom across the foggy suburbs.

My cat tries to get comfortable on the tiles—
His scrawny, mangy body won't stop shivering;
The soul of an old poet haunts the drainpipe
With the melancholy voice of a frail ghost.

The bell laments, and the wheezing log
Accompanies in falsetto the creaky pendulum,
While in a reeking pack of cards,

Inherited from an old woman with swollen legs,
The handsome jack of hearts and the queen of spades
Murmur darkly of their failed love affair.

Spleen
I HAVE MORE MEMORIES THAN IF I LIVED TO BE A THOUSAND

I have more memories than if I lived to be a thousand.

A heavy chest of drawers crammed with poems,
With bills, writs, love letters, balance sheets,
With locks of hair spilling from old receipts,
Holds fewer secrets than my sad skull.
It's a pyramid, a colossal vault
That contains more corpses than a communal grave.
—I'm a graveyard shunned by the moon
Where long worms writhe like remorse,
Constantly assailing my precious dead.
I'm an ancient boudoir full of dried roses
Where old-fashioned dresses are heaped,
Where in solitude plaintive pastels and pale Bouchers
Breathe the odor of an uncorked perfume bottle.

Rien n'égale en longueur les boiteuses journées,
Quand sous les lourds flocons des neigeuses années
L'ennui, fruit de la morne incuriosité,
Prend les proportions de l'immortalité.
— Désormais tu n'es plus, ô matière vivante!
Qu'un granit entouré d'une vague épouvante,
Assoupi dans le fond d'un Sahara brumeux;
Un vieux sphinx ignoré du monde insoucieux,
Oublié sur la carte, et dont l'humeur farouche
Ne chante qu'aux rayons du soleil qui se couche.

SPLEEN
JE SUIS COMME LE ROI D'UN PAYS PLUVIEUX

Je suis comme le roi d'un pays pluvieux,
Riche, mais impuissant, jeune et pourtant très vieux,
Qui, de ses précepteurs méprisant les courbettes,
S'ennuie avec ses chiens comme avec d'autres bêtes.
Rien ne peut l'égayer, ni gibier, ni faucon,
Ni son peuple mourant en face du balcon.
Du bouffon favori la grotesque ballade
Ne distrait plus le front de ce cruel malade;
Son lit fleurdelisé se transforme en tombeau,
Et les dames d'atour, pour qui tout prince est beau,
Ne savent plus trouver d'impudique toilette
Pour tirer un souris de ce jeune squelette.
Le savant qui lui fait de l'or n'a jamais pu
De son être extirper l'élément corrompu,
Et dans ces bains de sang qui des Romains nous viennent,
Et dont sur leurs vieux jours les puissants se souviennent,
Il n'a su réchauffer ce cadavre hébété
Où coule au lieu de sang l'eau verte du Léthé.

Nothing is so long as those limping days
When, under the heavy flakes of snowy years,
Ennui, fruit of sad apathy,
Takes on the weight of immortality.
—O living matter, henceforth you're nothing more
Than granite surrounded by vague horrors
Slumbering in the depths of a hazy Sahara!
An ancient sphinx forgotten by the world,
Left off the map, whose savage heart
Sings only in the rays of the setting sun.

SPLEEN
I'M LIKE THE KING OF A RAINY LAND

I'm like the king of a rainy land,
Rich but powerless, at once young and very old,
Who spurns the bowing and scraping of his tutors and
Whiles away his days with his dogs and other animals.
Nothing can entertain him, not the falcon or the hunt
Or his subjects dying below the balcony.
Not even the ridiculous ballad of his favorite jester
Can erase the frown of this sick, cruel man;
His bed, adorned with fleur-de-lis, becomes a tomb,
And the ladies' maids, for whom every prince is handsome,
Can't find gowns shameless enough
To summon a smile from the young skeleton.
The alchemist who makes his gold was never able to
Extract the corrupt element from his being,
And in those baths of blood from Roman times,
Which the powerful recall in their old age,
He failed to revive this numb corpse
Through whose veins run, instead of blood, Lethe's green waters.

Spleen
Quand le ciel bas et lourd pèse comme un couvercle

Quand le ciel bas et lourd pèse comme un couvercle
Sur l'esprit gémissant en proie aux longs ennuis,
Et que de l'horizon embrassant tout le cercle
Il nous verse un jour noir plus triste que les nuits;

Quand la terre est changée en un cachot humide,
Où l'Espérance, comme une chauve-souris,
S'en va battant les murs de son aile timide
Et se cognant la tête à des plafonds pourris;

Quand la pluie étalant ses immenses traînées
D'une vaste prison imite les barreaux,
Et qu'un peuple muet d'infâmes araignées
Vient tendre ses filets au fond de nos cerveaux,

Des cloches tout à coup sautent avec furie
Et lancent vers le ciel un affreux hurlement,
Ainsi que des esprits errants et sans patrie
Qui se mettent à geindre opiniâtrement.

— Et de longs corbillards, sans tambours ni musique,
Défilent lentement dans mon âme; l'Espoir,
Vaincu, pleure, et l'Angoisse atroce, despotique,
Sur mon crâne incliné plante son drapeau noir.

Obsession

Grands bois, vous m'effrayez comme des cathédrales;
Vous hurlez comme l'orgue; et dans nos cœurs maudits,
Chambres d'éternel deuil où vibrent de vieux râles,
Répondent les échos de vos *De profundis*.

Je te hais, Océan! tes bonds et tes tumultes,
Mon esprit les retrouve en lui; ce rire amer
De l'homme vaincu, plein de sanglots et d'insultes,
Je l'entends dans le rire énorme de la mer.

Spleen

When the low, heavy sky presses like a lid

When the low, heavy sky presses like a lid
On the groaning spirit, slave to endless ennuis,
And the encircling horizon spreads over us
A black day, sadder than the nights;

When the earth becomes a damp dungeon
Where Hope, like a bat,
Beats the walls with timid wings
And knocks her head against the rotten rafters;

When the downpour draws long lines
Like the bars of a vast prison,
And that silent horde of terrible spiders
Comes to spin webs in the depths of our skulls,

All at once the bells ring out furiously
And pierce the sky with a frightful clamor,
Like the insistent whining
Of vagabond spirits who have no home.

—And long hearses, without drums or music,
Pass by slowly in my soul; vanquished
Hope weeps, and the awful tyrant Anguish
Plants his black flag on my bowed head.

Obsession

Great forests, you terrify me like cathedrals;
You howl like organs; and in our cursed hearts,
Chambers of eternal mourning filled with death rattles,
The echoes of your *De Profundis* reverberate.

I loathe you, Ocean! your tethers and your tumults—
My spirit finds them within itself; I hear this bitter laughter
Of a vanquished man, full of sobs and insults,
In the enormous laughter of the sea.

Comme tu me plairais, ô nuit! sans ces étoiles
Dont la lumière parle un langage connu!
Car je cherche le vide, et le noir, et le nu!

Mais les ténèbres sont elles-mêmes des toiles
Où vivent, jaillissant de mon œil par milliers,
Des êtres disparus aux regards familiers.

Le Goût du néant

Morne esprit, autrefois amoureux de la lutte,
L'Espoir, dont l'éperon attisait ton ardeur,
Ne veut plus t'enfourcher! Couche-toi sans pudeur,
Vieux cheval dont le pied à chaque obstacle bute.

Résigne-toi, mon cœur; dors ton sommeil de brute.

Esprit vaincu, fourbu! Pour toi, vieux maraudeur,
L'amour n'a plus de goût, non plus que la dispute;
Adieu donc, chants du cuivre et soupirs de la flûte!
Plaisirs, ne tentez plus un cœur sombre et boudeur!

Le Printemps adorable a perdu son odeur!

Et le Temps m'engloutit minute par minute,
Comme la neige immense un corps pris de roideur;
— Je contemple d'en haut le globe en sa rondeur
Et je n'y cherche plus l'abri d'une cahute.

Avalanche, veux-tu m'emporter dans ta chute?

How you would please me, O night, if you didn't have those stars
Whose light speaks a known language!
Because I look for the void, the dark, oblivion!

But the shadows are themselves canvases
Where, springing from my eye by the thousand,
The vanished beings live, with their familiar looks.

THE TASTE FOR NOTHINGNESS

Mournful spirit who once craved battle,
Hope, whose spur rouses your ardor,
Will mount you no more! Rest without shame,
Old horse whose hoof stumbles on every obstacle.

Resign yourself, my heart; sleep your brutish slumber.

Vanquished, foundering spirit! For you, old marauder,
Love has no more savor, and neither does argument.
Farewell then, songs of the brass and sighs of the flute!
Pleasures, tempt no more this sullen, somber heart!

Lovely Springtime has lost its fragrance!

And Time engulfs me minute by minute
Like a heavy snow engulfing a stiffening corpse;
I ponder from on high the roundness of the globe
And no longer seek the shelter of a cottage!

Avalanche, will you sweep me away in your tumble?

ALCHIMIE DE LA DOULEUR

L'un t'éclaire avec son ardeur,
L'autre en toi met son deuil, Nature!
Ce qui dit à l'un: Sépulture!
Dit à l'autre: Vie et splendeur!

Hermès inconnu qui m'assistes
Et qui toujours m'intimidas,
Tu me rends l'égal de Midas,
Le plus triste des alchimistes;

Par toi je change l'or en fer
Et le paradis en enfer;
Dans le suaire des nuages

Je découvre un cadavre cher,
Et sur les célestes rivages
Je bâtis de grands sarcophages.

HORREUR SYMPATHIQUE

De ce ciel bizarre et livide,
Tourmenté comme ton destin,
Quels pensers dans ton âme vide
Descendent? réponds, libertin.

— Insatiablement avide
De l'obscur et de l'incertain,
Je ne geindrai pas comme Ovide
Chassé du paradis latin.

Cieux déchirés comme des grèves,
En vous se mire mon orgueil;
Vos vastes nuages en deuil

Sont les corbillards de mes rêves,
Et vos lueurs sont le reflet
De l'Enfer où mon cœur se plaît.

ALCHEMY OF SORROW

One lights you with his ardor,
The other drapes you in mourning, Nature!
What says "Tomb!" to one
Says "Life and splendor!" to another.

Secret Hermes who aids me
And who always intimidates me,
You make me the equal of Midas,
Saddest of alchemists;

Through you I change gold to iron
And heaven to hell;
In the winding sheets of the clouds

I discover a beloved corpse,
And on the celestial shores
I build enormous tombs.

REFLECTED HORROR

From this bizarre and stormy sky,
Tormented like your destiny,
What thoughts descend into your empty
Soul? Answer, libertine!

—Insatiably avid
For the obscure and uncertain,
I won't whine like Ovid
Chased from his Latin paradise.

Skies torn like seacoasts,
In you my pride is reflected;
Your vast clouds in mourning dress

Are the hearses of my dreams,
And your gleams are the reflection
Of Hell in which my heart delights.

L'Héautontimorouménos
À J. G. F.

Je te frapperai sans colère
Et sans haine, comme un boucher,
Comme Moïse le rocher!
Et je ferai de ta paupière,

Pour abreuver mon Saharah,
Jaillir les eaux de la souffrance.
Mon désir gonflé d'espérance
Sur tes pleurs salés nagera

Comme un vaisseau qui prend le large,
Et dans mon cœur qu'ils soûleront
Tes chers sanglots retentiront
Comme un tambour qui bat la charge!

Ne suis-je pas un faux accord
Dans la divine symphonie,
Grâce à la vorace Ironie
Qui me secoue et qui me mord?

Elle est dans ma voix, la criarde!
C'est tout mon sang, ce poison noir!
Je suis le sinistre miroir
Où la mégère se regarde.

Je suis la plaie et le couteau!
Je suis le soufflet et la joue!
Je suis les membres et la roue,
Et la victime et le bourreau!

Je suis de mon cœur le vampire,
— Un de ces grands abandonnés
Au rire éternel condamnés
Et qui ne peuvent plus sourire!

THE HEAUTONTIMOROUMENOS
To J. G. F.

I will strike you without anger
And without hate, like a butcher,
As Moses struck the rock,
And from your eyelids I will cause

The waters of suffering to gush forth,
Inundating my Sahara.
My desire, filled with hope,
Will swim in your salty tears

Like a ship that takes to sea,
And in my heart, which they'll make drunk,
Your cherished sobs will reverberate
Like a drum that beats for the charge!

Am I not a false note
In the divine symphony,
Thanks to voracious Irony,
Who shakes me and gnaws at me?

She inhabits my voice, the screamer!
This black poison has replaced my blood!
I am the sinister mirror
Where the shrew regards herself.

I am the wound and the dagger!
I am the cheek and the slap!
I am the limbs and the wheel,
The tortured and the torturer!

I am the vampire of my own heart,
—One of those forgotten luminaries
Condemned to eternal laughter
But unable to smile!

L'Irrémédiable

I.

Une Idée, une Forme, un Être
Parti de l'azur et tombé
Dans un Styx bourbeux et plombé
Où nul œil du Ciel ne pénètre;

Un Ange, imprudent voyageur
Qu'a tenté l'amour du difforme,
Au fond d'un cauchemar énorme
Se débattant comme un nageur,

Et luttant, angoisses funèbres!
Contre un gigantesque remous
Qui va chantant comme les fous
Et pirouettant dans les ténèbres;

Un malheureux ensorcelé
Dans ses tâtonnements futiles,
Pour fuir d'un lieu plein de reptiles,
Cherchant la lumière et la clé;

Un damné descendant sans lampe,
Au bord d'un gouffre dont l'odeur
Trahit l'humide profondeur
D'éternels escaliers sans rampe,

Où veillent des monstres visqueux
Dont les larges yeux de phosphore
Font une nuit plus noire encore
Et ne rendent visibles qu'eux;

Un navire pris dans le pôle
Comme en un piège de cristal,
Cherchant par quel détroit fatal
Il est tombé dans cette geôle;

UNREDEEMABLE

I.

An Idea, a Form, a Being
Abandons the blue and plummets
Into a leaden, muddy Styx
No Heavenly eye could pierce;

An Angel, rash voyager,
Tempted by a love of the deformed,
Flails like a swimmer
In the depths of a vast nightmare

And struggles—mortal anguish!—
Against a gigantic whirlpool
That pirouettes in the darkness
And howls like a chorus of madmen;

Trying to escape a pit full of reptiles,
A cursed wretch
Gropes about desperately,
Searching for the light and the key;

A damned soul without a lamp
Descends endless stairs without banisters
At the edge of a chasm whose odor
Hints at dank depths

Where slimy monsters watch,
Their huge phosphorescent eyes
Making the night seem even darker
And illuminating nothing save themselves;

A ship caught in the polar ice
As in a crystal trap,
Searching for the fatal strait
By which it entered this prison;

— Emblèmes nets, tableau parfait
D'une fortune irrémédiable
Qui donne à penser que le Diable
Fait toujours bien tout ce qu'il fait!

II.

Tête-à-tête sombre et limpide
Qu'un cœur devenu son miroir!
Puits de Vérité, clair et noir
Où tremble une étoile livide,

Un phare ironique, infernal,
Flambeau des grâces sataniques,
Soulagement et gloire uniques,
— La conscience dans le Mal!

L'HORLOGE

Horloge! dieu sinistre, effrayant, impassible,
Dont le doigt nous menace et nous dit: *"Souviens-toi!*
Les vibrantes Douleurs dans ton cœur plein d'effroi
Se planteront bientôt comme dans une cible;

Le Plaisir vaporeux fuira vers l'horizon
Ainsi qu'une sylphide au fond de la coulisse;
Chaque instant te dévore un morceau du délice
À chaque homme accordé pour toute sa saison.

Trois mille six cents fois par heure, la Seconde
Chuchote: *Souviens-toi!* — Rapide, avec sa voix
D'insecte, Maintenant dit: Je suis Autrefois,
Et j'ai pompé ta vie avec ma trompe immonde!

Remember! Souviens-toi! prodigue! *Esto memor!*
(Mon gosier de métal parle toutes les langues.)
Les minutes, mortel folâtre, sont des gangues
Qu'il ne faut pas lâcher sans en extraire l'or!

—Perfect symbols, perfect scene
Of unredeemable fate,
Which let us know that the Devil
Does well whatever he sets his hand to!

II.

Clear, somber tête-à-tête,
Where a heart becomes its own mirror!
Well of Truth, clear and black,
Where a dark star trembles,

Ironic, infernal lighthouse,
Flame of satanic grace,
Our sole solace and glory
—The knowledge that we're doing Evil!

The Clock

Clock: sinister god, calm and terrible,
Whose finger threatens us, saying, *"Remember!"*
Soon the quivering Sorrows will be shot
Into the target of your timorous heart;

Fleeting Pleasure will vanish toward the horizon
Like an actress into the wings;
Every moment gives you that morsel of delight
Granted to each person for their entire season.

Three thousand six hundred times an hour, the Second Hand
Whispers, *"Remember!"* —And instantly, with its
Insect voice, the Present says, "I am the Past,
And I've sucked out your life with my nasty proboscis!

"Souviens-toi! Remember, spendthrift! *Esto memor!*
(My metal throat speaks all languages.)
The minutes, foolish mortal, are the ore
You must not relinquish before extracting the gold!

Souviens-toi que le Temps est un joueur avide
Qui gagne sans tricher, à tout coup! c'est la loi.
Le jour décroît; la nuit augmente; *souviens-toi!*
Le gouffre a toujours soif; la clepsydre se vide.

Tantôt sonnera l'heure où le divin Hasard,
Où l'auguste Vertu, ton épouse encor vierge,
Où le Repentir même (oh! la dernière auberge!),
Où tout te dira: Meurs, vieux lâche! il est trop tard!"

"*Remember* that Time is a skillful player
Who wins without cheating, every round. It's the law!
Day wanes; night rises—*Remember!*
The abyss is always thirsty; the hourglass is emptying.

"Soon will come the hour when divine Chance,
When wise Virtue, your still-virgin spouse,
When even Repentance (oh! the last refuge!)
Will all say, 'Die, old coward! It's too late!'"

L'Avertisseur

Tout homme digne de ce nom
A dans le cœur un Serpent jaune,
Installé comme sur un trône,
Qui, s'il dit: "Je veux!" répond: "Non!"

Plonge tes yeux dans les yeux fixes
Des Satyresses ou des Nixes,
La Dent dit: "Pense à ton devoir!"

Fais des enfants, plante des arbres,
Polis des vers, sculpte des marbres,
La Dent dit: "Vivras-tu ce soir?"

Quoi qu'il ébauche ou qu'il espère,
L'homme ne vit pas un moment
Sans subir l'avertissement
De l'insupportable Vipère.

Le Rebelle

Un Ange furieux fond du ciel comme un aigle,
Du mécréant saisit à plein poing les cheveux,
Et dit, le secouant: "Tu connaîtras la règle!
(Car je suis ton bon Ange, entends-tu?) Je le veux!

Sache qu'il faut aimer, sans faire la grimace,
Le pauvre, le méchant, le tortu, l'hébété,
Pour que tu puisses faire à Jésus, quand il passe,
Un tapis triomphal avec ta charité.

Tel est l'Amour! Avant que ton cœur ne se blase,
À la gloire de Dieu rallume ton extase;
C'est la Volupté vraie aux durables appas!"

Et l'Ange, châtiant autant, ma foi! qu'il aime,
De ses poings de géant torture l'anathème;
Mais le damné répond toujours: "Je ne veux pas!"

The Warner

All real men
Have in their hearts a yellow Serpent
Installed as though on a throne,
And if they say, "I want!" he replies, "No!"

When you gaze into the fixed eyes
Of Satyrs or Nixies,
The Fang says, "Remember your duty!"

Have children, plant trees,
Write poetry, carve marble—
The Fang says, "Will you be alive by nightfall?"

Whatever a man plans or hopes,
He doesn't live a moment
Without enduring the warning
Of the intolerable Serpent.

The Rebel

A furious Angel swoops down like an eagle,
Seizes a fistful of the infidel's hair,
And shaking him says, "You're going to learn the rules!
(Because I'm your good Angel, you hear?) I insist!

"Without making a face, you must love
The poor, the vile, the deformed, the dimwitted,
So when Jesus passes by
You can spread for him the triumphal carpet of your charity.

"That's Love! Before your heart's fire dies,
Reignite your ecstasy from the glory of God;
This is the only Happiness that endures!"

And the Angel, fired by compassionate fury,
Pummels the accursed infidel with giant fists;
But he always retorts, "I won't!"

Le Gouffre

Pascal avait son gouffre, avec lui se mouvant.
— Hélas! tout est abîme, — action, désir, rêve,
Parole! et sur mon poil qui tout droit se relève
Mainte fois de la Peur je sens passer le vent.

En haut, en bas, partout, la profondeur, la grève,
Le silence, l'espace affreux et captivant...
Sur le fond de mes nuits Dieu de son doigt savant
Dessine un cauchemar multiforme et sans trêve.

J'ai peur du sommeil comme on a peur d'un grand trou,
Tout plein de vague horreur, menant on ne sait où;
Je ne vois qu'infini par toutes les fenêtres,

Et mon esprit, toujours du vertige hanté,
Jalouse du néant l'insensibilité.
— Ah! ne jamais sortir des Nombres et des Êtres!

Les Plaintes d'un Icare

Les amants des prostituées
Sont heureux, dispos et repus;
Quant à moi, mes bras sont rompus
Pour avoir étreint des nuées.

C'est grâce aux astres nonpareils,
Qui tout au fond du ciel flamboient,
Que mes yeux consumés ne voient
Que des souvenirs de soleils.

En vain j'ai voulu de l'espace
Trouver la fin et le milieu;
Sous je ne sais quel œil de feu
Je sens mon aile qui se casse;

THE ABYSS

Pascal had his abyss, which moved with him.
—Alas, all is dismal—deed, desire, dream,
Word! and often my hair stands on end
When Fear passes in the wind.

On high, below, everywhere, the depths, the shore,
Silence, the frightening, captivating space ...
In the abyss of my nights, God with his wise finger
Sketches an endless labyrinthine nightmare.

I fear sleep as one fears a deep pit,
Full of vague horrors, leading one knows not where;
Through every window I see only infinity,

And my spirit, haunted by vertigo,
Craves the erasure of nothingness.
—Ah! never to be free from Numbers and Beings!

LAMENTS OF AN ICARUS

The lovers of prostitutes
Are happy, healthy, and satisfied;
As for me, my arms are exhausted
From trying to embrace the clouds.

Thanks to the peerless stars
Blazing in the depths of the sky,
My burned-out eyes see
Nothing but the memories of suns.

In vain I tried to find
The center and the end of space;
I sensed my wings breaking
Under some fiery eye;

Et brûlé par l'amour du beau,
Je n'aurai pas l'honneur sublime
De donner mon nom à l'abîme
Qui me servira de tombeau.

Le Couvercle

En quelque lieu qu'il aille, ou sur mer ou sur terre,
Sous un climat de flamme ou sous un soleil blanc,
Serviteur de Jésus, courtisan de Cythère,
Mendiant ténébreux ou Crésus rutilant,

Citadin, campagnard, vagabond, sédentaire,
Que son petit cerveau soit actif ou soit lent,
Partout l'homme subit la terreur du mystère,
Et ne regarde en haut qu'avec un œil tremblant.

En haut, le Ciel! Ce mur de caveau qui l'étouffe,
Plafond illuminé par un opéra bouffe
Où chaque histrion foule un sol ensanglanté;

Terreur du libertin, espoir du fol ermite;
Le Ciel! couvercle noir de la grande marmite
Où bout l'imperceptible et vaste Humanité.

L'Imprévu

Harpagon, qui veillait son père agonisant,
Se dit, rêveur, devant ces lèvres déjà blanches:
"Nous avons au grenier un nombre suffisant,
        Ce me semble, de vieilles planches?"

Célimène roucoule et dit: "Mon cœur est bon,
Et naturellement, Dieu m'a faite très belle."
— Son cœur! cœur racorni, fumé comme un jambon,
        Recuit à la flamme éternelle!

And, scorched by the love of beauty,
I'll never have the sublime honor
Of giving my name to the abyss
That will serve as my tomb.

THE LID

Wherever he goes, on land or sea,
Under a blazing sky or a pale sun,
Servant of Jesus, courtier of Cythera,
Dull beggar or glittering Croesus,

City dweller, peasant, vagabond, homebody,
Whether his tiny brain is sluggish or alert,
A man senses everywhere the terror of mystery
And can't look up without a trembling eye.

Above, the Sky! suffocating ceiling of a cave,
Lit up for a comic opera
Where each actor struts on bloody soil,

Terror of the drunkard, hope of the mad hermit;
The Sky! black lid of the great cauldron
Where Humanity simmers, vast and tiny.

THE UNFORESEEN

Beside his dying father, whose lips are already ashen,
Harpagon says softly,
"I think we've got enough old planks
      Up in the attic."

Cooing, Célimène says, "I have a good heart,
And naturally God made me beautiful."
—Her heart! shriveled heart, cured like a ham
      By the flames of hell!

Un gazetier fumeux, qui se croit un flambeau,
Dit au pauvre, qu'il a noyé dans les ténèbres:
"Où donc l'aperçois-tu, ce créateur du Beau,
    Ce Redresseur que tu célèbres?"

Mieux que tous, je connais certain voluptueux
Qui bâille nuit et jour, et se lamente et pleure,
Répétant, l'impuissant et le fat: "Oui, je veux
    Être vertueux, dans une heure!"

L'horloge, à son tour, dit à voix basse: "Il est mûr,
Le damné! J'avertis en vain la chair infecte.
L'homme est aveugle, sourd, fragile, comme un mur
    Qu'habite et que ronge un insecte!"

Et puis, Quelqu'un paraît, que tous avaient nié,
Et qui leur dit, railleur et fier: "Dans mon ciboire,
Vous avez, que je crois, assez communié,
    À la Joyeuse Messe noire?

Chacun de vous m'a fait un temple dans son cœur;
Vous avez, en secret, baisé ma fesse immonde!
Reconnaissez Satan à son rire vainqueur,
    Énorme et laid comme le monde!

Avez-vous donc pu croire, hypocrites surpris,
Qu'on se moque du maître, et qu'avec lui l'on triche,
Et qu'il soit naturel de recevoir deux prix,
    D'aller au Ciel et d'être riche?

Il faut que le gibier paye le vieux chasseur
Qui se morfond longtemps à l'affût de la proie.
Je vais vous emporter à travers l'épaisseur,
    Compagnons de ma triste joie,

À travers l'épaisseur de la terre et du roc,
À travers les amas confus de votre cendre,
Dans un palais aussi grand que moi, d'un seul bloc,
    Et qui n'est pas de pierre tendre;

A smoky journalist, who believes he's a beacon,
Says to the wretch he's plunged into darkness,
"Where have you seen him, this creator of Beauty,
      This Savior you celebrate?"

Better than all those, a certain bon vivant I know
Yawns night and day, and weeps and laments,
Repeating, impotent fop, "Sure, I want
      To be good—just wait one hour!"

The clock, in turn, says in his somber voice, "The condemned one
Is ripe! In vain do I warn the infected flesh.
Man is deaf, blind, fragile, like a wall
      Where an insect lives and gnaws!"

And then appears One whom all had denied,
Who says with mocking laughter, "You've all participated
In my communion, I believe; none of you are strangers
      To the Black Mass.

"Each of you has made for me a shrine in your heart;
You have, in secret, kissed my filthy ass!
You'll recognize Satan by his conquering laugh,
      Vast and hideous as the world!

"Could you have believed, astonished hypocrites,
That someone has mocked your master, and someone cheated him,
And that it's possible to receive two rewards:
      To be rich and to go to Heaven?

"The game must pay the old hunter
Who for ages has been lying in wait for the quarry.
I will carry you across the heaviness,
      Companions of my melancholy joy,

"Across the heaviness of the earth and the rocks,
Across the chaotic heap of your ashes,
To a palace as vast as myself,
      Carved from a single block of stone, which is sturdy

163

Car il est fait avec l'universel Péché,
Et contient mon orgueil, ma douleur et ma gloire!"
— Cependant, tout en haut de l'univers juché,
     Un ange sonne la victoire

De ceux dont le cœur dit: "Que béni soit ton fouet,
Seigneur! que la douleur, ô Père, soit bénie!
Mon âme dans tes mains n'est pas un vain jouet,
     Et ta prudence est infinie."

Le son de la trompette est si délicieux,
Dans ces soirs solennels de célestes vendanges,
Qu'il s'infiltre comme une extase dans tous ceux
     Dont elle chante les louanges.

L'Examen de minuit

La pendule, sonnant minuit,
Ironiquement nous engage
À nous rappeler quel usage
Nous fîmes du jour qui s'enfuit:
— Aujourd'hui, date fatidique,
Vendredi, treize, nous avons,
Malgré tout ce que nous savons,
Mené le train d'un hérétique.

Nous avons blasphémé Jésus,
Des Dieux le plus incontestable!
Comme un parasite à la table
De quelque monstrueux Crésus,
Nous avons, pour plaire à la brute,
Digne vassale des Démons,
Insulté ce que nous aimons
Et flatté ce qui nous rebute;

"Because it's made from universal Sin
And contains my pride, my sorrow, and my glory!"
—Meanwhile, perched atop the universe,
        An angel sounds the victory

Of those whose hearts say, "Blessed be your whip,
Lord! O Father, blessed be suffering!
My soul in your hands is not an idle toy,
        And your wisdom is infinite."

The sound of the trumpet is so delicious
On these solemn evenings of heavenly harvests
That it fills like ecstasy all those
        Whose praises it sings.

CONFESSION AT MIDNIGHT

The clock, striking midnight,
Ironically forces us
To recall what we've done
With the day that fled:
—Today, fateful date,
Friday the thirteenth, we have,
In spite of all we know,
Followed the path of a heretic.

We have blasphemed against Jesus,
The one irrefutable Lord!
Like a parasite at the table
Of some monstrous Croesus,
We have, to please the beast—
Worthy vassal of Demons—
Insulted what we love
And flattered what we loathe.

Contristé, servile bourreau,
Le faible qu'à tort on méprise;
Salué l'énorme Bêtise,
La Bêtise au front de taureau;
Baisé la stupide Matière
Avec grande dévotion,
Et de la putréfaction
Béni la blafarde lumière.

Enfin, nous avons, pour noyer
Le vertige clans le délire,
Nous, prêtre orgueilleux de la Lyre,
Dont la gloire est de déployer
L'ivresse des choses funèbres,
Bu sans soif et mangé sans faim! . . .
— Vite soufflons la lampe, afin
De nous cacher dans les ténèbres!

MADRIGAL TRISTE

I.

Que m'importe que tu sois sage?
Sois belle! et sois triste! Les pleurs
Ajoutent un charme au visage,
Comme le fleuve au paysage;
L'orage rajeunit les fleurs.

Je t'aime surtout quand la joie
S'enfuit de ton front terrassé;
Quand ton cœur dans l'horreur se noie;
Quand sur ton présent se déploie
Le nuage affreux du passé.

Je t'aime quand ton grand œil verse
Une eau chaude comme le sang;
Quand, malgré ma main qui te berce,
Ton angoisse, trop lourde, perce
Comme un râle d'agonisant.

Servile hangman, we have oppressed
The weak man, whom we wrongfully despised;
Saluted enormous Folly—
Folly with the bull's head;
Passionately embraced
Witless Matter;
And bestowed our blessing
On the faint glimmer of decay.

Finally, in order to drown
Vertigo in delirium,
We (proud priest of the Lyre,
Whose glory is to reveal the rapture
Of sorrowful things)
Have drunk without thirst and eaten without hunger!...
—Quick, blow out the lamp
So we can hide in the dark!

Sad Madrigal

I.

What's it to me that you are wise?
Be beautiful! and be sad! The tears
Lend charm to your face
As a river lends charm to a landscape;
The storm revives the flowers.

I love you most of all when joy
Has fled your creased brow,
When your heart is drowning in horror,
When the terrible cloud of the past
Looms over the present.

I love you when your enormous eyes shed
Tears as hot as blood;
When, despite my comforting hand,
Your unbearable anguish pierces
Like a death rattle.

J'aspire, volupté divine!
Hymne profond, délicieux!
Tous les sanglots de ta poitrine,
Et crois que ton cœur s'illumine
Des perles que versent tes yeux!

II.

Je sais que ton cœur, qui regorge
De vieux amours déracinés,
Flamboie encor comme une forge,
Et que tu couves sous ta gorge
Un peu de l'orgueil des damnés;

Mais tant, ma chère, que tes rêves
N'auront pas reflété l'Enfer,
Et qu'en un cauchemar sans trêves,
Songeant de poisons et de glaives,
Éprise de poudre et de fer,

N'ouvrant à chacun qu'avec crainte,
Déchiffrant le malheur partout,
Te convulsant quand l'heure tinte,
Tu n'auras pas senti l'étreinte
De l'irrésistible Dégoût,

Tu ne pourras, esclave reine
Qui ne m'aimes qu'avec effroi,
Dans l'horreur de la nuit malsaine
Me dire, l'âme de cris pleine:
"Je suis ton égale, ô mon Roi!"

I breathe in every sob
From your breast—divine rapture;
Profound hymn, delectable!
And I believe your heart is illuminated by
The pearls that trickle from your eyes!

II.

I know that your heart, crammed with
Old uprooted loves,
Still flames like a forge,
And that something of the pride of the damned
Still smolders in your throat.

But know, my dear, that not until your dreams
Have reflected Hell—
In a ceaseless nightmare
Of poisons and daggers,
Craving cold steel and gunpowder,

Never opening the door without fear,
Seeing misfortune everywhere,
Startling when the clock strikes—
Will you have felt the embrace
Of irresistible Disgust;

Enslaved queen who only loves me under threat,
Your soul full of cries,
Only then can you say to me
In the horror of the pestilential night,
"I am your equal, O my King!"

LES PROMESSES D'UN VISAGE

J'aime, ô pâle beauté, tes sourcils surbaissés,
    D'où semblent couler des ténèbres;
Tes yeux, quoique très noirs, m'inspirent des pensers
    Qui ne sont pas du tout funèbres;

Tes yeux, qui sont d'accord avec tes noirs cheveux,
    Avec ta crinière élastique,
Tes yeux, languissamment, me disent: "Si tu veux,
    Amant de la muse plastique,

Suivre l'espoir qu'en toi nous avons excité,
    Et tous les goûts que tu professes,
Tu pourras constater notre véracité
    Depuis le nombril jusqu'aux fesses;

Tu trouveras au bout de deux beaux seins bien lourds,
    Deux larges médailles de bronze,
Et sous un ventre uni, doux comme du velours,
    Bistré comme la peau d'un bonze,

Une riche toison qui, vraiment, est la sœur
    De cette énorme chevelure,
Souple et frisée, et qui t'égale en épaisseur,
    Nuit sans étoiles, Nuit obscure!"

LA RANÇON

L'homme a, pour payer sa rançon,
Deux champs au tuf profond et riche,
Qu'il faut qu'il remue et défriche
Avec le fer de la raison;

Pour obtenir la moindre rose,
Pour extorquer quelques épis,
Des pleurs salés de son front gris
Sans cesse il faut qu'il les arrose.

The Promises of a Face

O pale beauty, I love your lowered brows
 From which the shadows seem to flow;
Your eyes, black though they are, inspire in me thoughts
 That are anything but funereal.

Your eyes, which rhyme with your black hair,
 With your buoyant mane,
Your languid eyes say to me: "If you wish,
 Lover of the malleable muse,

"To pursue the hope we have kindled in you,
 And all the tastes you profess,
You will be able to confirm our truthfulness,
 From the navel to the ass;

"At the tips of two lovely, heavy breasts,
 You'll find two big bronze medallions,
And under a smooth belly, soft as velvet,
 Brown as the skin of a Buddhist monk,

"A rich fleece that, in truth, is the sister
 Of that great head of hair,
Supple and springy, deep as
 Starless Night, endless Night!"

The Ransom

To pay his ransom, a man has
Two fields of deep, rich limestone,
Which he must clear and cultivate
With the iron of his mind:

To harvest the smallest rose,
To gather a few ears of grain,
He must water them unceasingly
With salty teardrops from his gray brow.

L'un est l'Art, et l'autre l'Amour.
— Pour rendre le juge propice,
Lorsque de la stricte justice
Paraîtra le terrible jour,

Il faudra lui montrer des granges
Pleines de moissons, et des fleurs
Dont les formes et les couleurs
Gagnent le suffrage des Anges.

LA LUNE OFFENSÉE

Ô Lune qu'adoraient discrètement nos pères,
Du haut des pays bleus où, radieux sérail,
Les astres vont te suivre en pimpant attirail,
Ma vieille Cynthia, lampe de nos repaires,

Vois-tu les amoureux sur leurs grabats prospères,
De leur bouche en dormant montrer le frais émail?
Le poète buter du front sur son travail?
Ou sous les gazons secs s'accoupler les vipères?

Sous ton domino jaune, et d'un pied clandestin,
Vas-tu, comme jadis, du soir jusqu'au matin,
Baiser d'Endymion les grâces surannées?

"— Je vois ta mère, enfant de ce siècle appauvri,
Qui vers son miroir penche un lourd amas d'années,
Et plâtre artistement le sein qui t'a nourri!"

One is Art, the other Love.
—To win the favor of the judge
On that terrible day
When judgment is nigh,

He'll have to show him granaries
Full of harvests, and flowers
Whose forms and colors
Will secure the votes of the Angels.

The Offended Moon

O Moon to whom our fathers discreetly prayed,
High in the blue country, where a glittering harem
Of stars follows you in an elegant train,
My ancient Cynthia, lamp of our retreats,

Do you see the lovers on their luxurious divans,
Sleeping mouths parted to reveal fresh white teeth?
The poet beating his brow over his work?
The serpents coupling in the dry grass?

Beneath your yellow mask, with soft steps,
Do you go from dusk to dawn, as in the old days,
To kiss Endymion's faded charms?

"—I see your mother, child of this impoverished age,
Pressed toward the mirror by the weight of her years,
Carefully powdering the breast that fed you!"

La Prière d'un païen

Ah! ne ralentis pas tes flammes;
Réchauffe mon cœur engourdi,
Volupté, torture des âmes!
Diva! supplicem exaudî!

Déesse dans l'air répandue,
Flamme dans notre souterrain!
Exauce une âme morfondue,
Qui te consacre un chant d'airain.

Volupté, sois toujours ma reine!
Prends le masque d'une sirène
Faite de chair et de velours,

Ou verse-moi tes sommeils lourds
Dans le vin informe et mystique,
Volupté, fantôme élastique!

À une Malabaraise

Tes pieds sont aussi fins que tes mains, et ta hanche
Est large à faire envie à la plus belle blanche;
À l'artiste pensif ton corps est doux et cher;
Tes grands yeux de velours sont plus noirs que ta chair.
Aux pays chauds et bleus où ton Dieu t'a fait naître,
Ta tâche est d'allumer la pipe de ton maître,
De pourvoir les flacons d'eaux fraîches et d'odeurs,
De chasser loin du lit les moustiques rôdeurs,
Et, dès que le matin fait chanter les platanes,
D'acheter au bazar ananas et bananes.
Tout le jour, où tu veux, tu mènes tes pieds nus,
Et fredonnes tout bas de vieux airs inconnus;
Et quand descend le soir au manteau d'écarlate,
Tu poses doucement ton corps sur une natte,
Où tes rêves flottants sont pleins de colibris,
Et toujours, comme toi, gracieux et fleuris.

A Pagan's Prayer

Ah! don't quench your flames;
Thaw my numb heart once more,
Pleasure, torturer of souls!
Diva! supplicem exaudi!*

Goddess who fills the air,
Flame beneath our feet!
Hear this dying soul
Who offers you a brazen hymn.

Pleasure, be always my queen!
Wear the mask of a siren
Fashioned of flesh and velvet,

Or pour for me your heavy sleep
In formless, mystical wine,
Pleasure, fleeting ghost.

To a Malabar Girl

Your feet are as dainty as your hands, and your plump ass
Would make the prettiest white girl jealous;
To the brooding artist your body is soft and lovely;
Your great velvet eyes are darker than your skin.
In the hot blue country where your God gave you being,
Your task is to light the pipe of your master,
To keep flasks of fresh water and perfumes filled,
To chase from his bed the roving mosquitoes,
And, when the plane trees sing in the dawn,
To buy pineapples and bananas in the market.
All day you wander where you wish, barefoot,
Humming half-forgotten tunes under your breath,
And when evening descends in its scarlet mantle,
You gently arrange your body on a mat,
Where your floating dreams are full of hummingbirds
And are always, like you, gracious and adorned with flowers.

---

* Goddess! hear me, I beseech you!   175

Pourquoi, l'heureuse enfant, veux-tu voir notre France,
Ce pays trop peuplé que fauche la souffrance,
Et, confiant ta vie aux bras forts des marins,
Faire de grands adieux à tes chers tamarins?
Toi, vêtue à moitié de mousselines frêles,
Frissonnante là-bas sous la neige et les grêles,
Comme tu pleurerais tes loisirs doux et francs,
Si, le corset brutal emprisonnant tes flancs,
Il te fallait glaner ton souper dans nos fanges
Et vendre le parfum de tes charmes étranges,
L'œil pensif, et suivant, dans nos sales brouillards,
Des cocotiers absents les fantômes épars!

BIEN LOIN D'ICI

C'est ici la case sacrée
Où cette fille très parée,
Tranquille et toujours préparée,
D'une main éventant ses seins,
Et son coude dans les coussins,
Écoute pleurer les bassins:

C'est la chambre de Dorothée.
— La brise et l'eau chantent au loin
Leur chanson de sanglots heurtée
Pour bercer cette enfant gâtée.

Du haut en bas, avec grand soin,
Sa peau délicate est frottée
D'huile odorante et de benjoin.
— Des fleurs se pâment dans un coin.

Why, happy child, do you want to see our France,
This overcrowded country full of suffering,
And, placing your life in the strong hands of sailors,
Say farewell to your beloved tamarinds?
You, thinly clad in filmy muslin,
Shivering there in the snow and the sleet,
How you would weep for your pleasant, honest leisure
If, the corset brutally imprisoning your hips,
You had to glean your supper in the mire
And sell the perfume of your exotic charms,
Your forlorn eyes searching our filthy fogs
For the ghosts of coconut palms!

SO FAR FROM HERE

Here's the sacred dwelling
Where the girl in her finest,
Tranquil and always ready,
With one hand fanning her breasts
And her elbow resting on the cushions,
Listens to the fountains weeping:

It's Dorothée's bedroom.
—In the distance, wind and water sing
Their song of heaving sobs
To pacify this pampered child.

From head to foot, with utmost care
Her delicate skin is anointed
With fragrant oil and balsam.
—Flowers wilt in a corner.

Les Yeux de Berthe

Vous pouvez mépriser les yeux les plus célèbres,
Beaux yeux de mon enfant, par où filtre et s'enfuit
Je ne sais quoi de bon, de doux comme la Nuit!
Beaux yeux, versez sur moi vos charmantes ténèbres!

Grands yeux de mon enfant, arcanes adorés,
Vous ressemblez beaucoup à ces grottes magiques
Où, derrière l'amas des ombres léthargiques,
Scintillent vaguement des trésors ignorés!

Mon enfant a des yeux obscurs, profonds et vastes,
Comme toi, Nuit immense, éclairés comme toi!
Leurs feux sont ces pensers d'Amour, mêlés de Foi,
Qui pétillent au fond, voluptueux ou chastes.

Le Jet d'eau

Tes beaux yeux sont las, pauvre amante!
Reste longtemps, sans les rouvrir,
Dans cette pose nonchalante
Où t'a surprise le plaisir.
Dans la cour le jet d'eau qui jase
Et ne se tait ni nuit ni jour,
Entretient doucement l'extase
Où ce soir m'a plongé l'amour.

La gerbe épanouie
En mille fleurs,
Où Phœbé réjouie
Met ses couleurs,
Tombe comme une pluie
De larges pleurs.

Berthe's Eyes

You can scorn the most celebrated eyes,
Beautiful eyes of my child, through which something
As sweet and tender as the Night sifts and vanishes!
Beautiful eyes, spill your charming shadows over me!

Great eyes of my child, cherished mysteries,
You remind me so of those enchanted grottoes
Where, behind clusters of languid shadows,
Unheeded treasures glimmer dimly!

My child has eyes as dark, deep, and vast
As you, immense Night, glittering like you!
Their fires are the thoughts of Love mingled with Faith,
Which sparkle in the depths, voluptuous or chaste.

The Fountain

Your pretty eyes are tired, poor lover!
Keep them closed and stay for a while
In this languid pose
Where pleasure found you.
In the courtyard, the fountain that chatters
Day and night without cease
Gently sustains the ecstasy
Into which love has plunged me this evening.

The sheaf unfolds
    In a thousand flowers
Where joyful Phoebe
    Places her colors,
Falling like a rain
    Of enormous tears.

Ainsi ton âme qu'incendie
L'éclair brûlant des voluptés
S'élance, rapide et hardie,
Vers les vastes cieux enchantés.
Puis elle s'épanche, mourante,
En un flot de triste langueur,
Qui par une invisible pente
Descend jusqu'au fond de mon cœur.

La gerbe épanouie
  En mille fleurs,
Où Phœbé réjouie
  Met ses couleurs,
Tombe comme une pluie
  De larges pleurs.

Ô toi, que la nuit rend si belle,
Qu'il m'est doux, penché vers tes seins,
D'écouter la plainte éternelle
Qui sanglote dans les bassins!
Lune, eau sonore, nuit bénie,
Arbres qui frissonnez autour,
Votre pure mélancolie
Est le miroir de mon amour.

La gerbe épanouie
  En mille fleurs,
Où Phœbé réjouie
  Met ses couleurs,
Tombe comme une pluie
  De larges pleurs.

Thus your soul, which is set ablaze
By the burning flash of pleasure,
Leaps, swift and bold,
Toward the vast enchanted skies.
Then it overflows, lamenting,
In a flood of melancholy languor
That courses down an invisible slope
To the depths of my heart.

The sheaf unfolds
        In a thousand flowers
Where joyful Phoebe
        Places her colors,
Falling like a rain
        Of enormous tears.

O you whom the night makes so beautiful—
How sweet it is, as I lean toward your breasts,
To listen to the eternal lament
Sobbing in the basins!
Moon, murmuring water, peaceful night,
Trees trembling all around;
Your pure sorrow
Is the mirror of my love.

The sheaf unfolds
        In a thousand flowers
Where joyful Phoebe
        Places her colors,
Falling like a rain
        Of enormous tears.

Hymne

À la très chère, à la très belle
Qui remplit mon cœur de clarté,
À l'ange, à l'idole immortelle,
Salut en l'immortalité!

Elle se répand dans ma vie
Comme un air imprégné de sel,
Et dans mon âme inassouvie
Verse le goût de l'éternel.

Sachet toujours frais qui parfume
L'atmosphère d'un cher réduit,
Encensoir oublié qui fume
En secret à travers la nuit,

Comment, amour incorruptible,
T'exprimer avec vérité?
Grain de musc qui gis, invisible,
Au fond de mon éternité!

À la très bonne, à la très belle
Qui fait ma joie et ma santé,
À l'ange, à l'idole immortelle,
Salut en l'immortalité!

Le Coucher du soleil romantique

Que le soleil est beau quand tout frais il se lève,
Comme une explosion nous lançant son bonjour!
— Bienheureux celui-là qui peut avec amour
Saluer son coucher plus glorieux qu'un rêve!

Je me souviens!… J'ai vu tout, fleur, source, sillon,
Se pâmer sous son œil comme un cœur qui palpite…
— Courons vers l'horizon, il est tard, courons vite,
Pour attraper au moins un oblique rayon!

Hymn

To the dearest, the loveliest,
Who fills my heart with light;
To the angel, the immortal idol:
Greetings in immortality!

She wafts through my life
Like a breeze from the sea
And pours the flavor of the eternal
Into my unslaked soul.

Ever-fresh sachet, scenting
The air of a favorite nook;
Forgotten censer, fuming
Secretly through the night.

How, my pure love,
Can I describe you accurately?
Grain of musk that lies, invisible,
In the depths of my eternity!

To the finest, the loveliest,
Who is my joy and my health;
To the angel, the immortal idol:
Greetings in immortality!

The Sunset of Romanticism

How beautiful the Sun is when all fresh he rises,
Hurling his greetings toward us like an explosion!
—Fortunate the one who can with adoration
Salute his setting, more glorious than a dream!

I remember! ... I have seen all, flower, furrow, fountain,
Swoon under his gaze like a beating heart ...
—Let's run toward the horizon, it's late, let's run fast,
To catch at least one last low ray!

Mais je poursuis en vain le Dieu qui se retire;
L'irrésistible Nuit établit son empire,
Noire, humide, funeste et pleine de frissons;

Une odeur de tombeau dans les ténèbres nage,
Et mon pied peureux froisse, au bord du marécage,
Des crapauds imprévus et de froids limaçons.

RECUEILLEMENT

Sois sage, ô ma Douleur, et tiens-toi plus tranquille.
Tu réclamais le Soir; il descend; le voici:
Une atmosphère obscure enveloppe la ville,
Aux uns portant la paix, aux autres le souci.

Pendant que des mortels la multitude vile,
Sous le fouet du Plaisir, ce bourreau sans merci,
Va cueillir des remords dans la fête servile,
Ma Douleur, donne-moi la main; viens par ici,

Loin d'eux. Vois se pencher les défuntes Années,
Sur les balcons du ciel, en robes surannées;
Surgir du fond des eaux le Regret souriant;

Le soleil moribond s'endormir sous une arche,
Et, comme un long linceul traînant à l'Orient,
Entends, ma chère, entends la douce Nuit qui marche.

But in vain I pursue the vanishing God;
Inexorable Night establishes his empire,
Dark, damp, deadly, full of shudders;

An odor of the tomb haunts the shadows,
And at the edge of the swamp my timid toes
Touch slimy snails and hidden toads.

MEDITATION

Be wise, O my Sorrow, and remain calm;
You called for the Evening; it falls; here it is:
Dusk covers the city,
Bringing peace to some, torment to others.

While the vile throngs of mortals,
Under the scourge of Pleasure, that merciless torturer,
Go gathering remorse at the tawdry festivals,
Give me your hand, my Sorrow, come this way,

Far from them. See the vanished Years,
In old-fashioned gowns, leaning over the balconies of heaven;
Smiling Regret rising from the deepest waters;

The dying Sun slumbering under an arch.
And, like a long shroud unwinding to the east,
Hear, my darling, hear gentle Night stroll forth.

ii. Tableaux Parisiens

Paysage

Je veux, pour composer chastement mes églogues,
Coucher auprès du ciel, comme les astrologues,
Et, voisin des clochers écouter en rêvant
Leurs hymnes solennels emportés par le vent.
Les deux mains au menton, du haut de ma mansarde,
Je verrai l'atelier qui chante et qui bavarde;
Les tuyaux, les clochers, ces mâts de la cité,
Et les grands ciels qui font rêver d'éternité.

Il est doux, à travers les brumes, de voir naître
L'étoile dans l'azur, la lampe à la fenêtre,
Les fleuves de charbon monter au firmament
Et la lune verser son pâle enchantement.
Je verrai les printemps, les étés, les automnes;
Et quand viendra l'hiver aux neiges monotones,
Je fermerai partout portières et volets
Pour bâtir dans la nuit mes féeriques palais.
Alors je rêverai des horizons bleuâtres,
Des jardins, des jets d'eau pleurant dans les albâtres,
Des baisers, des oiseaux chantant soir et matin,
Et tout ce que l'Idylle a de plus enfantin.
L'Émeute, tempêtant vainement à ma vitre,
Ne fera pas lever mon front de mon pupitre;
Car je serai plongé dans cette volupté
D'évoquer le Printemps avec ma volonté,
De tirer un soleil de mon cœur, et de faire
De mes pensers brûlants une tiède atmosphère.

II. Parisian Scenes

Landscape

In order to chastely compose my eclogues,
I'll sleep near the sky, like astrologers,
And, neighbor of the belltowers, listen in a reverie
To their solemn hymns carried on the wind.
High in a garret, chin in hand,
I'll see the workshops where they chant and sing—
The chimneys, the belltowers, these masts of the city—
And the great skies that allow me to dream of eternity.

How lovely to see through the mist a star
Appear in the blue, a lamp in a window,
The streams of smoke lifting to the sky,
And the moon offering her pale enchantment.
I'll see the springs, summers, autumns;
And when winter comes with its endless snows,
I'll close all the windows and shutters
To build my fairy palaces in the night.
Then I'll dream of azure horizons,
Gardens, fountains weeping into alabaster,
Kisses, birds singing morning and evening,
And all childlike things the Idyll offers.
The Riot, storming in vain at my window,
Will never cause me to raise my head from my desk;
Because I'll be plunged into this pleasure
Of summoning the Spring with my will,
Of raising a sun in my heart, and of crafting
From my burning thoughts a warmer landscape.

Le Soleil

Le long du vieux faubourg, où pendent aux masures
Les persiennes, abri des secrètes luxures,
Quand le soleil cruel frappe à traits redoublés
Sur la ville et les champs, sur les toits et les blés,
Je vais m'exercer seul à ma fantasque escrime,
Flairant dans tous les coins les hasards de la rime,
Trébuchant sur les mots comme sur les pavés,
Heurtant parfois des vers depuis longtemps rêvés.

Ce père nourricier, ennemi des chloroses,
Éveille dans les champs les vers comme les roses;
Il fait s'évaporer les soucis vers le ciel,
Et remplit les cerveaux et les ruches de miel.
C'est lui qui rajeunit les porteurs de béquilles
Et les rend gais et doux comme des jeunes filles,
Et commande aux moissons de croître et de mûrir
Dans le cœur immortel qui toujours veut fleurir!

Quand, ainsi qu'un poète, il descend dans les villes,
Il ennoblit le sort des choses les plus viles,
Et s'introduit en roi, sans bruit et sans valets,
Dans tous les hôpitaux et dans tous les palais.

À une mendiante rousse

Blanche fille aux cheveux roux,
Dont la robe par ses trous
Laisse voir la pauvreté
    Et la beauté,

Pour moi, poète chétif,
Ton jeune corps maladif,
Plein de taches de rousseur,
    A sa douceur.

THE SUN

In this old quarter, where the shutters
Of the cottages conceal secret lecheries,
When the cruel sun beats with new strength
On the city and the meadows, the rooftops and the wheat fields,
In solitude I'll devote myself to my whimsical swordplay,
Probing every nook for the chance of a rhyme,
Stumbling over words as though over cobblestones,
Bumping at times into lines dreamed long ago.

This all-providing father, enemy of anemia,
Awakens in the fields verses like roses;
He causes cares to evaporate toward heaven
And fills hives and skulls with honey.
He rejuvenates those on crutches,
Making them sweet and happy as young girls,
And commands the crops to ripen and flourish
In the immortal hearts that always long to blossom!

When, like a poet, he goes into the cities,
He makes noble the vilest things,
And, like a king without fanfare or servants,
Enters every hospital, every palace.

TO A REDHEADED BEGGAR GIRL

Pale redhead
Whose tattered dress
Reveals your poverty
    And your beauty,

For this ailing poet,
Your young and frail body,
Sprinkled with freckles,
    Has its sweetness.

Tu portes plus galamment
Qu'une reine de roman
Ses cothurnes de velours
    Tes sabots lourds.

Au lieu d'un haillon trop court,
Qu'un superbe habit de cour
Traîne à plis bruyants et longs
    Sur tes talons;

En place de bas troués
Que pour les yeux des roués
Sur ta jambe un poignard d'or
    Reluise encor;

Que des nœuds mal attachés
Dévoilent pour nos péchés
Tes deux beaux seins, radieux
    Comme des yeux;

Que pour te déshabiller
Tes bras se fassent prier
Et chassent à coups mutins
    Les doigts lutins,

Perles de la plus belle eau,
Sonnets de maître Belleau
Par tes galants mis aux fers
    Sans cesse offerts,

Valetaille de rimeurs
Te dédiant leurs primeurs
Et contemplant ton soulier
    Sous l'escalier,

Maint page épris du hasard,
Maint seigneur et maint Ronsard
Épieraient pour le déduit
    Ton frais réduit!

You wear your heavy clogs
More elegantly
than a storybook queen
    Wears her velvet slippers.

In place of skimpy rags,
Let a glittering gown
Trail, long and rustling,
    Over your heels;

In place of ripped stockings,
Let a gold dagger
Glitter on your thigh,
    Lighting up the eyes of scoundrels;

Let the carelessly tied knots
Come loose so we can sin,
Your two lovely breasts radiant
    As eyes;

Let your arms require coaxing
To undress yourself,
And fend off fumbling fingers
    With saucy slaps;

May pearls of the first water,
Sonnets by the master Belleau,
Be forever offered
    By your enraptured lovers,

Fawning rhymers
Dedicate their first books to you
And gawp over your slippered feet
    From beneath the stairs.

Many a pageboy taking his chance,
Many a lord and Ronsard
Would haunt your secret retreat,
    Hoping for a reduced fee.

Tu compterais dans tes lits
Plus de baisers que de lis
Et rangerais sous tes lois
      Plus d'un Valois!

— Cependant tu vas gueusant
Quelque vieux débris gisant
Au seuil de quelque Véfour
      De carrefour;

Tu vas lorgnant en dessous
Des bijoux de vingt-neuf sous
Dont je ne puis, oh! Pardon!
      Te faire don.

Va donc, sans autre ornement,
Parfum, perles, diamant,
Que ta maigre nudité,
      Ô ma beauté!

LE CYGNE
À Victor Hugo

I.

Andromaque, je pense à vous! Ce petit fleuve,
Pauvre et triste miroir où jadis resplendit
L'immense majesté de vos douleurs de veuve,
Ce Simoïs menteur qui par vos pleurs grandit,

A fécondé soudain ma mémoire fertile,
Comme je traversais le nouveau Carrousel.
Le vieux Paris n'est plus (la forme d'une ville
Change plus vite, hélas! que le cœur d'un mortel);

Je ne vois qu'en esprit tout ce camp de baraques,
Ces tas de chapiteaux ébauchés et de fûts,
Les herbes, les gros blocs verdis par l'eau des flaques,
Et, brillant aux carreaux, le bric-à-brac confus.

You'll count in your beds
More kisses than lilies,
And you'll hold in your sway
　　More than one Valois!

—In the meantime, you go begging
For rancid leftovers
On the doorstep
　　Of some Véfour;

You gaze longingly
At twenty-nine-sou jewelry,
But I'm afraid I'm too poor
　　To offer you a gift;

Go then, without any other adornment—
Perfume, pearls, diamonds—
Than your thin nakedness,
　　O my beauty!

THE SWAN
To Victor Hugo

I.

Andromache, I think of you! That little stream,
Poor, sad mirror where the immense majesty
Of your widow's grief gleamed,
False Simois swollen with your tears,

Has suddenly roused my teeming memories
As I walk across the new Place du Carrousel.
The old Paris no longer exists (the shape of a city
Changes more rapidly, alas, than the human heart);

In my mind's eye are the makeshift shacks,
The piles of roughed-out cornices and leaning columns,
The weeds, the great green-stained blocks in puddles,
And the heaps of bric-a-brac glittering in the windows.

Là s'étalait jadis une ménagerie;
Là je vis, un matin, à l'heure où sous les cieux
Froids et clairs le Travail s'éveille, où la voirie
Pousse un sombre ouragan dans l'air silencieux,

Un cygne qui s'était évadé de sa cage,
Et, de ses pieds palmés frottant le pavé sec,
Sur le sol raboteux traînait son blanc plumage.
Près d'un ruisseau sans eau la bête ouvrant le bec

Baignait nerveusement ses ailes dans la poudre,
Et disait, le cœur plein de son beau lac natal:
"Eau, quand donc pleuvras-tu? quand tonneras-tu, foudre?"
Je vois ce malheureux, mythe étrange et fatal,

Vers le ciel quelquefois, comme l'homme d'Ovide,
Vers le ciel ironique et cruellement bleu,
Sur son cou convulsif tendant sa tête avide
Comme s'il adressait des reproches à Dieu!

II.

Paris change! mais rien dans ma mélancolie
N'a bougé! palais neufs, échafaudages, blocs,
Vieux faubourgs, tout pour moi devient allégorie
Et mes chers souvenirs sont plus lourds que des rocs.

Aussi devant ce Louvre une image m'opprime:
Je pense à mon grand cygne, avec ses gestes fous,
Comme les exilés, ridicule et sublime
Et rongé d'un désir sans trêve! et puis à vous,

Andromaque, des bras d'un grand époux tombée,
Vil bétail, sous la main du superbe Pyrrhus,
Auprès d'un tombeau vide en extase courbée;
Veuve d'Hector, hélas! et femme d'Hélénus!

Je pense à la négresse, amaigrie et phtisique
Piétinant dans la boue, et cherchant, l'œil hagard,
Les cocotiers absents de la superbe Afrique
Derrière la muraille immense du brouillard;

Once, a menagerie was set up there;
One morning, at the hour when
Under clear, cold skies Work begins, when
into the silent air the road casts a dingy hurricane,

I saw a swan who had escaped his cage.
Webbed feet chafing the dry pavement,
Spotless plumage trailing on the ground,
He opened his beak near a dry gutter,

Restlessly bathed his wings in the dust, and,
Heartsick for his beautiful native lake, said,
"Rain, when will you fall? Thunder, when will you sound?"
Sometimes I see that unfortunate creature, strange and fatal myth,

Near the sky, like that character in Ovid,
Near the cruelly blue, ironic sky,
His eager head trembling on his neck
As if he were reproaching God!

II.

Paris changes; my melancholy remains the same!
New palaces, scaffolding, stone blocks,
Old quarters . . . all seem to take on new meaning,
And my dearest memories are heavier than the stones.

In front of the Louvre, an image depresses me:
I think of my great swan with his outlandish gestures,
Ridiculous and sublime, like the exiled,
Seized by an insatiable desire! and then I think of you, Andromache,

Wretched handmaid, fallen from your mighty husband's arms
Into the hands of the superb Pyrrhus,
Bent in a daze before an empty tomb;
Widow of Hector, alas, and wife of Helenus!

I think of the thin, consumptive negress
Slogging through the mud and seeking with haggard eyes
The lost coconut palms of splendid Africa
Behind the great ramparts of mist;

À quiconque a perdu ce qui ne se retrouve
Jamais, jamais! à ceux qui s'abreuvent de pleurs
Et tètent la Douleur comme une bonne louve!
Aux maigres orphelins séchant comme des fleurs!

Ainsi dans la forêt où mon esprit s'exile
Un vieux Souvenir sonne à plein souffle du cor!
Je pense aux matelots oubliés dans une île,
Aux captifs, aux vaincus! . . . à bien d'autres encor!

LES SEPT VIEILLARDS
À Victor Hugo

Fourmillante cité, cité pleine de rêves,
Où le spectre en plein jour raccroche le passant!
Les mystères partout coulent comme des sèves
Dans les canaux étroits du colosse puissant.

Un matin, cependant que dans la triste rue
Les maisons, dont la brume allongeait la hauteur,
Simulaient les deux quais d'une rivière accrue,
Et que, décor semblable à l'âme de l'acteur,

Un brouillard sale et jaune inondait tout l'espace,
Je suivais, roidissant mes nerfs comme un héros
Et discutant avec mon âme déjà lasse,
Le faubourg secoué par les lourds tombereaux.

Tout à coup, un vieillard dont les guenilles jaunes
Imitaient la couleur de ce ciel pluvieux,
Et dont l'aspect aurait fait pleuvoir les aumônes,
Sans la méchanceté qui luisait dans ses yeux,

M'apparut. On eût dit sa prunelle trempée
Dans le fiel; son regard aiguisait les frimas,
Et sa barbe à longs poils, roide comme une épée,
Se projetait, pareille à celle de Judas.

Of those who've lost what they can never,
Ever recover! Of those who steep themselves in tears
And suckle Pain like a good she-wolf!
Of the skinny orphans withering like flowers!

Then, in the forest where my spirit is exiled,
The hunting horn of an old Memory sounds!
I think of sailors forgotten on an island,
Of captives, of the vanquished! . . . and of so many others!

THE SEVEN OLD MEN
To Victor Hugo

Teeming city, city thronged with dreams,
Where in plain day ghosts accost passersby!
Everywhere, through the narrow canals of the giant,
Mysteries flow like sap.

One morning in that sad street,
The houses, made taller by the mist,
Seemed like the banks of a swollen river,
And (the setting like an actor's soul)

A dirty yellow fog flooded the space;
Steeling my nerves like a hero,
Urging on my already weary spirit,
I moved through a quarter shaken by heavy carts.

Suddenly an old man in yellow rags
The color of a rainy sky,
Whose appearance would have summoned a shower of alms
If it weren't for the wicked gleam in his eyes,

Appeared before me. His eyes, you might say,
Were steeped in gall; his gaze sharpened the chill;
And his long, shaggy beard, stiff as a sword,
Jutted like that of Judas.

Il n'était pas voûté, mais cassé, son échine
Faisant avec sa jambe un parfait angle droit,
Si bien que son bâton, parachevant sa mine,
Lui donnait la tournure et le pas maladroit

D'un quadrupède infirme ou d'un juif à trois pattes.
Dans la neige et la boue il allait s'empêtrant,
Comme s'il écrasait des morts sous ses savates,
Hostile à l'univers plutôt qu'indifférent.

Son pareil le suivait: barbe, œil, dos, bâton, loques,
Nul trait ne distinguait, du même enfer venu,
Ce jumeau centenaire, et ces spectres baroques
Marchaient du même pas vers un but inconnu.

À quel complot infâme étais-je donc en butte,
Ou quel méchant hasard ainsi m'humiliait?
Car je comptai sept fois, de minute en minute,
Ce sinistre vieillard qui se multipliait!

Que celui-là qui rit de mon inquiétude
Et qui n'est pas saisi d'un frisson fraternel,
Songe bien que malgré tant de décrépitude
Ces sept monstres hideux avaient l'air éternel!

Aurais-je, sans mourir, contemplé le huitième,
Sosie inexorable, ironique et fatal,
Dégoûtant Phénix, fils et père de lui-même?
— Mais je tournai le dos au cortège infernal.

Exaspéré comme un ivrogne qui voit double,
Je rentrai, je fermai ma porte, épouvanté,
Malade et morfondu, l'esprit fiévreux et trouble,
Blessé par le mystère et par l'absurdité!

Vainement ma raison voulait prendre la barre;
La tempête en jouant déroutait ses efforts,
Et mon âme dansait, dansait, vieille gabarre
Sans mâts, sur une mer monstrueuse et sans bords!

He was not bent so much as broken, his spine
At a right angle to his legs,
So his stick (to complete the picture)
Gave him the appearance and awkward gait

Of a lame quadruped or a Jew with three legs.
He hobbled through the snow and mud
As if crushing the dead under his soles,
Hostile rather than indifferent to the world.

His precise double followed him: beard, eye, back, stick, rags,
Both spawned from the same hell, with nothing to set them apart,
These centenarian twins, these baroque ghosts,
Marching in tandem toward an unknown destination.

What evil chance had befallen me?
Was a foul joke being played?
Because, seven times in as many minutes,
The sinister old man multiplied himself!

Let the one who laughs at my unease,
And who doesn't shudder in sympathy,
Recognize that despite their decrepitude
These seven hideous monsters had an eternal quality!

Could I, without dying, have looked upon an eighth,
Unrelenting Sosia, ironic and fatal;
Repulsive Phoenix, son and father of itself?
—But I turned my back on the infernal procession.

Confounded as a drunk who sees double,
I went home and locked my door, terrified,
Sick, despairing, my spirit feverish and troubled,
Wounded by the mystery, the absurdity!

In vain my reason tried to take the helm;
The cavorting tempest derailed its efforts,
And my spirit, old ship without masts,
Was dancing, dancing on a monstrous, shoreless sea!

Les Petites Vieilles

À Victor Hugo

I.

Dans les plis sinueux des vieilles capitales,
Où tout, même l'horreur, tourne aux enchantements,
Je guette, obéissant à mes humeurs fatales,
Des êtres singuliers, décrépits et charmants.

Ces monstres disloqués furent jadis des femmes,
Éponine ou Laïs! Monstres brisés, bossus
Ou tordus, aimons-les! ce sont encor des âmes.
Sous des jupons troués et sous de froids tissus

Ils rampent, flagellés par les bises iniques,
Frémissant au fracas roulant des omnibus,
Et serrant sur leur flanc, ainsi que des reliques,
Un petit sac brodé de fleurs ou de rébus;

Ils trottent, tout pareils à des marionnettes;
Se traînent, comme font les animaux blessés,
Ou dansent, sans vouloir danser, pauvres sonnettes
Où se pend un Démon sans pitié! Tout cassés

Qu'ils sont, ils ont des yeux perçants comme une vrille,
Luisants comme ces trous où l'eau dort dans la nuit;
Ils ont les yeux divins de la petite fille
Qui s'étonne et qui rit à tout ce qui reluit.

— Avez-vous observé que maints cercueils de vieilles
Sont presque aussi petits que celui d'un enfant?
La Mort savante met dans ces bières pareilles
Un symbole d'un goût bizarre et captivant,

Et lorsque j'entrevois un fantôme débile
Traversant de Paris le fourmillant tableau,
Il me semble toujours que cet être fragile
S'en va tout doucement vers un nouveau berceau;

The Little Old Women
For Victor Hugo

I.

In the sinuous folds of the old capitals,
Where everything, even horror, turns to enchantment,
I watch, slave to my fatal whims,
For singular creatures, decrepit and charming.

These crooked monsters were once women,
Eponine or Lais! Broken, hunchbacked, twisted
Monsters—let's appreciate them! They still have souls.
In tattered skirts and threadbare drapes

They creep along, lashed by the vicious wind,
Flinching when the carriages rumble by,
And clutching to their sides, like relics,
Small purses embroidered with flowers or symbols;

They trot like marionettes,
Drag themselves along like wounded animals,
Or dance against their will like sad doorbells
Tugged incessantly by a heartless Demon! All broken

Though they are, they have gimlet eyes,
Gleaming like the holes where water rests at night;
They have the divine eyes of young girls
Entranced and amused by anything that glitters.

—Have you noticed that the coffins of old women
Are almost as small as those of children?
Wise Death makes of these similar biers
A symbol of a strange and captivating taste,

And when I glimpse a feeble phantom
Passing through the teeming landscape of Paris,
It seems to me that the frail creature
Is moving gently toward a new cradle;

À moins que, méditant sur la géométrie,
Je ne cherche, à l'aspect de ces membres discords,
Combien de fois il faut que l'ouvrier varie
La forme de la boîte où l'on met tous ces corps.

— Ces yeux sont des puits faits d'un million de larmes,
Des creusets qu'un métal refroidi pailleta...
Ces yeux mystérieux ont d'invincibles charmes
Pour celui que l'austère Infortune allaita!

II.

De Frascati défunt Vestale enamourée;
Prêtresse de Thalie, hélas! dont le souffleur
Enterré sait le nom; célèbre évaporée
Que Tivoli jadis ombragea dans sa fleur,

Toutes m'enivrent! mais parmi ces êtres frêles
Il en est qui, faisant de la douleur un miel,
Ont dit au Dévouement qui leur prêtait ses ailes:
Hippogriffe puissant, mène-moi jusqu'au ciel!

L'une, par sa patrie au malheur exercée,
L'autre, que son époux surchargea de douleurs,
L'autre, par son enfant Madone transpercée,
Toutes auraient pu faire un fleuve avec leurs pleurs!

III.

Ah! que j'en ai suivi de ces petites vieilles!
Une, entre autres, à l'heure où le soleil tombant
Ensanglante le ciel de blessures vermeilles,
Pensive, s'asseyait à l'écart sur un banc,

Pour entendre un de ces concerts, riches de cuivre,
Dont les soldats parfois inondent nos jardins,
Et qui, dans ces soirs d'or où l'on se sent revivre,
Versent quelque héroïsme au cœur des citadins.

At any rate, musing on geometry
And their twisted limbs, I wonder
How many times the carpenters have to adjust
The shape of the boxes where the bodies are laid.

—These eyes are wells filled with a million tears,
Crucibles spangled with cooling metal . . .
The mysterious eyes have invincible charms
For the man suckled by austere Misfortune!

II.

Vestal virgin beloved of the late Frascati;
Priestess of Thalia, alas! whose prompter, now buried,
Alone knew her name; vanished celebrity
Whom Tivoli once shadowed in her flowering—

They all enthrall me! But among these frail beings
Are some who, making honey from sorrow,
Say to Devotion who gives them wings,
"Mighty hippogriff, carry me to the sky!"

One brought to misfortune by patriotism,
Another overwhelmed by grief for her husband,
Yet another a Madonna pierced by her child—
All have made a torrent of their tears!

III.

Ah, how I've followed them, these little old women!
One of them, at the hour when sunset
Bloodied the sky with scarlet wounds,
Sat apart on a bench, pensive,

Listening to one of those concerts rich in brass
With which soldiers sometimes flood our gardens,
And which, in the golden evenings when revival is in the air,
Inspire heroism in the hearts of the citizens.

Celle-là, droite encor, fière et sentant la règle,
Humait avidement ce chant vif et guerrier;
Son œil parfois s'ouvrait comme l'œil d'un vieil aigle;
Son front de marbre avait l'air fait pour le laurier!

IV.

Telles vous cheminez, stoïques et sans plaintes,
À travers le chaos des vivantes cités,
Mères au cœur saignant, courtisanes ou saintes,
Dont autrefois les noms par tous étaient cités.

Vous qui fûtes la grâce ou qui fûtes la gloire,
Nul ne vous reconnaît! un ivrogne incivil
Vous insulte en passant d'un amour dérisoire;
Sur vos talons gambade un enfant lâche et vil.

Honteuses d'exister, ombres ratatinées,
Peureuses, le dos bas, vous côtoyez les murs;
Et nul ne vous salue, étranges destinées!
Débris d'humanité pour l'éternité mûrs!

Mais moi, moi qui de loin tendrement vous surveille,
L'œil inquiet, fixé sur vos pas incertains,
Tout comme si j'étais votre père, ô merveille!
Je goûte à votre insu des plaisirs clandestins:

Je vois s'épanouir vos passions novices;
Sombres ou lumineux, je vis vos jours perdus;
Mon cœur multiplié jouit de tous vos vices!
Mon âme resplendit de toutes vos vertus!

Ruines! ma famille! ô cerveaux congénères!
Je vous fais chaque soir un solennel adieu!
Où serez-vous demain, Èves octogénaires,
Sur qui pèse la griffe effroyable de Dieu?

Regal and proud, still straight-backed,
She inhaled that lively martial tune;
Her eyes sometimes opening like those of an old eagle;
Her marble brow ready for a laurel wreath!

IV.

Thus you go on your way, stoically, without complaint,
Through the chaos of the teeming cities,
Mothers with wounded hearts, saints, courtesans
Whose names were once on everyone's lips,

You who were charming or glorious,
No one remembers you! A drunken layabout
Insults you with a lewd suggestion as he passes,
And a vile unwashed child frolics at your heels.

Ashamed to exist, shriveled shadows,
Fearful, backs hunched, you creep along the walls,
And no one greets you, strange destinies!
Debris of humanity, ripe for eternity!

But I—I watch you tenderly from a distance,
My anxious eyes on your unsteady steps,
As if—O marvel!—I were your father.
Unknown to you, I savor secret pleasures:

I see your young passions flowering;
Now shadowed, now illuminated, I live your vanished days;
My burgeoning heart revels in your vices!
My soul rejoices in your virtues!

Ruins! My family! O kindred minds!
Each evening I bid you a solemn farewell!
Where will you be tomorrow, octogenarian Eves
Pinned down by the terrible claw of God?

LES AVEUGLES

Contemple-les, mon âme; ils sont vraiment affreux!
Pareils aux mannequins; vaguement ridicules;
Terribles, singuliers comme les somnambules;
Dardant on ne sait où leurs globes ténébreux.

Leurs yeux, d'où la divine étincelle est partie,
Comme s'ils regardaient au loin, restent levés
Au ciel; on ne les voit jamais vers les pavés
Pencher rêveusement leur tête appesantie.

Ils traversent ainsi le noir illimité,
Ce frère du silence éternel. Ô cité!
Pendant qu'autour de nous tu chantes, ris et beugles,

Éprise du plaisir jusqu'à l'atrocité,
Vois! je me traîne aussi! mais, plus qu'eux hébété,
Je dis: Que cherchent-ils au Ciel, tous ces aveugles?

À UNE PASSANTE

La rue assourdissante autour de moi hurlait.
Longue, mince, en grand deuil, douleur majestueuse,
Une femme passa, d'une main fastueuse
Soulevant, balançant le feston et l'ourlet;

Agile et noble, avec sa jambe de statue.
Moi, je buvais, crispé comme un extravagant,
Dans son œil, ciel livide où germe l'ouragan,
La douceur qui fascine et le plaisir qui tue.

Un éclair . . . puis la nuit! — Fugitive beauté
Dont le regard m'a fait soudainement renaître,
Ne te verrai-je plus que dans l'éternité?

Ailleurs, bien loin d'ici! trop tard! *jamais* peut-être!
Car j'ignore où tu fuis, tu ne sais où je vais,
Ô toi que j'eusse aimée, ô toi qui le savais!

The Blind

Look at them, my soul; they're simply frightful!
Like mannequins, vaguely ridiculous,
Terrible, strange as sleepwalkers,
Their dark eyeballs darting at random.

Their eyes, from which the divine spark has departed,
Are raised to the sky as if they peer into the distance;
They never drop their dreaming heads
To gaze upon the ground.

They cross the endless dark,
That brother of eternal silence. O city!
While about us you sing, laugh, and bellow,

Look: obsessed with pleasure to the point of horror,
I'm also staggering along. But, more dazed than them,
I say: What are all the blind people seeking in the Heavens?

To a Passerby

The road roared about me, deafening.
Tall, slender, in full mourning dress, with majestic sorrow,
A woman passed, festooned hand
Aloft, swinging her hem and flounces;

Graceful and noble, her leg like a statue's.
Trembling like a voyeur, I drank
From her eye—dark sky where storms were brewing—
The sweetness that compels, the pleasure that slays.

Lightning . . . then night! —Fugitive beauty
Whose glance suddenly gave me new life,
Will I not see you again except in eternity?

Somewhere else, far from here! Too late! Perhaps *never*!
Because I don't know where you've gone, and you don't know where I'm going,
O you whom I might have loved, O you who knew it!

Le Squelette laboureur

I.

Dans les planches d'anatomie
Qui traînent sur ces quais poudreux
Où maint livre cadavéreux
Dort comme une antique momie,

Dessins auxquels la gravité
Et le savoir d'un vieil artiste,
Bien que le sujet en soit triste,
Ont communiqué la Beauté,

On voit, ce qui rend plus complètes
Ces mystérieuses horreurs,
Bêchant comme des laboureurs,
Des Écorchés et des Squelettes.

II.

De ce terrain que vous fouillez,
Manants résignés et funèbres
De tout l'effort de vos vertèbres,
Ou de vos muscles dépouillés,

Dites, quelle moisson étrange,
Forçats arrachés au charnier,
Tirez-vous, et de quel fermier
Avez-vous à remplir la grange?

Voulez-vous (d'un destin trop dur
Épouvantable et clair emblème!)
Montrer que dans la fosse même
Le sommeil promis n'est pas sûr;

Qu'envers nous le Néant est traître;
Que tout, même la Mort, nous ment,
Et que sempiternellement,
Hélas! il nous faudra peut-être

SKELETONS AT WORK

I.

Among the anatomical plates
Displayed on dusty quays
Where books in their coffins
Slumber like ancient mummies,

Drawings given Beauty
By the skill and gravity
Of an old artist,
Morbid though the subject is,

One sees mysterious horrors
Brought to life:
The Flayed and the Skeletons,
Digging like laborers.

II.

From this soil you till,
Resigned and funereal peasants,
Convicts risen from the grave,
With all the effort of your backbones

And your skinned muscles,
Tell me what strange harvest
You reap; tell me which farmer's
Barn you'll fill.

Are you trying (clear and marvelous emblem
Of so cruel a destiny!)
To show that even in the grave
Our promised sleep is not certain;

That Annihilation is a traitor;
That everyone, even Death, lies to us,
And alas, for eternity
We will perhaps be forced

Dans quelque pays inconnu
Écorcher la terre revêche
Et pousser une lourde bêche
Sous notre pied sanglant et nu?

LE CRÉPUSCULE DU SOIR

Voici le soir charmant, ami du criminel;
Il vient comme un complice, à pas de loup; le ciel
Se ferme lentement comme une grande alcôve,
Et l'homme impatient se change en bête fauve.

Ô soir, aimable soir, désiré par celui
Dont les bras, sans mentir, peuvent dire: Aujourd'hui
Nous avons travaillé! — C'est le soir qui soulage
Les esprits que dévore une douleur sauvage,
Le savant obstiné dont le front s'alourdit,
Et l'ouvrier courbé qui regagne son lit.
Cependant des démons malsains dans l'atmosphère
S'éveillent lourdement, comme des gens d'affaire,
Et cognent en volant les volets et l'auvent.
À travers les lueurs que tourmente le vent
La Prostitution s'allume dans les rues;
Comme une fourmilière elle ouvre ses issues;
Partout elle se fraye un occulte chemin,
Ainsi que l'ennemi qui tente un coup de main;
Elle remue au sein de la cité de fange
Comme un ver qui dérobe à l'Homme ce qu'il mange.
On entend çà et là les cuisines siffler,
Les théâtres glapir, les orchestres ronfler;
Les tables d'hôte, dont le jeu fait les délices,
S'emplissent de catins et d'escrocs, leurs complices,
Et les voleurs, qui n'ont ni trêve ni merci,
Vont bientôt commencer leur travail, eux aussi,
Et forcer doucement les portes et les caisses
Pour vivre quelques jours et vêtir leurs maîtresses.

Recueille-toi, mon âme, en ce grave moment,
Et ferme ton oreille à ce rugissement.

In some unknown country
To flay the bitter earth
And press a heavy spade
With our bare and bloody feet?

DUSK

Here's the charming evening, friend of the criminal;
It arrives with stealthy steps, like an accomplice; the sky
Closes slowly like a massive attic window,
And the restless man becomes a wild beast.

O evening, pleasant evening, desired by him
Whose arms can honestly say: Today
We have labored! —The evening comforts
Spirits consumed by a savage sadness,
The intrepid scholar whose brow grows heavy,
And the bent worker returning to his bed.
Meanwhile, the morbid demons in the atmosphere
Awaken ponderously, like businessmen,
And as they take flight bump against the awnings and shutters.
Prostitution is lit up in the streets
Beneath the wind-tormented gas flames;
Like an anthill, the evening releases her workers;
Everywhere she spawns secret ways
Like an enemy planning a surprise attack;
In the heart of the miry city she squirms
Like a worm stealing the Man's food.
Here and there, you hear kitchens sizzling,
Theaters yelping, orchestras groaning;
The gambling dens, where games of chance thrill,
Are thronged with whores and crooks and their accomplices,
And the thieves, who offer no let or respite,
Will soon begin their work as well,
Gently forcing doors and cases
To clothe their mistresses and eke out a few more days.

Collect yourself, my soul, in this solemn hour,
And close your ears to this uproar.

C'est l'heure où les douleurs des malades s'aigrissent!
La sombre Nuit les prend à la gorge; ils finissent
Leur destinée et vont vers le gouffre commun;
L'hôpital se remplit de leurs soupirs. — Plus d'un
Ne viendra plus chercher la soupe parfumée,
Au coin du feu, le soir, auprès d'une âme aimée.

Encore la plupart n'ont-ils jamais connu
La douceur du foyer et n'ont jamais vécu!

LE JEU

Dans des fauteuils fanés des courtisanes vieilles,
Pâles, le sourcil peint, l'œil câlin et fatal,
Minaudant, et faisant de leurs maigres oreilles
Tomber un cliquetis de pierre et de métal;

Autour des verts tapis des visages sans lèvre,
Des lèvres sans couleur, des mâchoires sans dent,
Et des doigts convulsés d'une infernale fièvre,
Fouillant la poche vide ou le sein palpitant;

Sous de sales plafonds un rang de pâles lustres
Et d'énormes quinquets projetant leurs lueurs
Sur des fronts ténébreux de poètes illustres
Qui viennent gaspiller leurs sanglantes sueurs;

Voilà le noir tableau qu'en un rêve nocturne
Je vis se dérouler sous mon œil clairvoyant.
Moi-même, dans un coin de l'antre taciturne,
Je me vis accoudé, froid, muet, enviant,

Enviant de ces gens la passion tenace,
De ces vieilles putains la funèbre gaieté,
Et tous gaillardement trafiquant à ma face,
L'un de son vieil honneur, l'autre de sa beauté!

It's the hour when the pangs of the sick grow sharp!
Somber Night seizes them by the throat; they reach the end of
Their destinies and head to the common pit;
The hospital is full of their sighs. —More than one
No longer come seeking the aroma of soup
By the fireside, in the evening, with a loved one.

In truth, most have never known
The sweetness of a home; most have never lived!

GAMBLING

In faded armchairs, pale old whores
With painted brows, eyes alluring and fatal,
Simper, and make from their elongated earlobes
A tinkle of gems against metal;

Around the green tables, lipless faces,
Colorless lips, toothless gums,
And fingers palsied by infernal fever,
Searching empty pockets or heaving bosoms;

Under the dingy ceiling, a row of pale chandeliers
And enormous lamps cast beams
Across the shaded brows of illustrious poets
Who have come to squander their blood, sweat, and tears:

This was the dark tableau that, in a waking dream,
I saw unfold before my intent gaze.
I saw myself in a corner of that quiet den,
Elbows on the table, cold, silent, envious;

Envious of those in the grip of passion,
Of those ancient whores with their ghastly gaiety,
And all blithely selling before my eyes—
One his ancient honor, the other her beauty!

Et mon cœur s'effraya d'envier maint pauvre homme
Courant avec ferveur à l'abîme béant,
Et qui, soûl de son sang, préférerait en somme
La douleur à la mort et l'enfer au néant!

DANSE MACABRE
À Ernest Christophe

Fière, autant qu'un vivant, de sa noble stature
Avec son gros bouquet, son mouchoir et ses gants
Elle a la nonchalance et la désinvolture
D'une coquette maigre aux airs extravagants.

Vit-on jamais au bal une taille plus mince?
Sa robe exagérée, en sa royale ampleur,
S'écroule abondamment sur un pied sec que pince
Un soulier pomponné, joli comme une fleur.

La ruche qui se joue au bord des clavicules,
Comme un ruisseau lascif qui se frotte au rocher,
Défend pudiquement des lazzi ridicules
Les funèbres appas qu'elle tient à cacher.

Ses yeux profonds sont faits de vide et de ténèbres,
Et son crâne, de fleurs artistement coiffé,
Oscille mollement sur ses frêles vertèbres.
Ô charme d'un néant follement attifé.

Aucuns t'appelleront une caricature,
Qui ne comprennent pas, amants ivres de chair,
L'élégance sans nom de l'humaine armature.
Tu réponds, grand squelette, à mon goût le plus cher!

Viens-tu troubler, avec ta puissante grimace,
La fête de la Vie? ou quelque vieux désir,
Éperonnant encor ta vivante carcasse,
Te pousse-t-il, crédule, au sabbat du Plaisir?

And my heart was horrified to envy these poor wretches
Dashing headlong to the yawning chasm,
Who, drunk on their own blood, prefer
Suffering to death and hell to nothingness.

DANSE MACABRE
To Ernest Christophe

Proud as a living being of her noble stature,
With her handkerchief, gloves, and big bouquet,
She has the nonchalance and easy manner
Of a slender flirt who postures extravagantly.

Has a slimmer waist ever appeared at the ball?
Her ostentatious dress, in its majestic fullness,
Tumbles in ample folds over narrow feet that pierce
Pompommed slippers pretty as flowers.

The lace that flirts with her collarbones,
Like a lazy stream sidling against stones,
Demurely shields from ridicule
The ghastly charms she tries so hard to hide.

Her deep eyes are dark and empty,
And her skull, stylishly bedecked with flowers,
Sways gently on her frail spine.
O charm of emptiness wrapped in folly!

Some might call you a caricature.
But, besotted with the flesh, they don't understand
The inconceivable elegance of the human frame.
Lovely skeleton, you match my extravagant taste!

Have you come to trouble, with your potent grimace,
The festival of Life? Or has some ancient desire
Prodded your carcass into being again,
Urging you on, you innocent, to the sabbath of Pleasure?

Au chant des violons, aux flammes des bougies,
Espères-tu chasser ton cauchemar moqueur,
Et viens-tu demander au torrent des orgies
De rafraîchir l'enfer allumé dans ton cœur?

Inépuisable puits de sottise et de fautes!
De l'antique douleur éternel alambic!
À travers le treillis recourbé de tes côtes
Je vois, errant encor, l'insatiable aspic.

Pour dire vrai, je crains que ta coquetterie
Ne trouve pas un prix digne de ses efforts;
Qui, de ces cœurs mortels, entend la raillerie?
Les charmes de l'horreur n'enivrent que les forts!

Le gouffre de tes yeux, plein d'horribles pensées,
Exhale le vertige, et les danseurs prudents
Ne contempleront pas sans d'amères nausées
Le sourire éternel de tes trente-deux dents.

Pourtant, qui n'a serré dans ses bras un squelette,
Et qui ne s'est nourri des choses du tombeau?
Qu'importe le parfum, l'habit ou la toilette?
Qui fait le dégoûté montre qu'il se croit beau.

Bayadère sans nez, irrésistible gouge,
Dis donc à ces danseurs qui font les offusqués:
"Fiers mignons, malgré l'art des poudres et du rouge
Vous sentez tous la mort! Ô squelettes musqués,

Antinoüs flétris, dandys à face glabre,
Cadavres vernissés, lovelaces chenus,
Le branle universel de la danse macabre
Vous entraîne en des lieux qui ne sont pas connus!

Des quais froids de la Seine aux bords brûlants du Gange,
Le troupeau mortel saute et se pâme, sans voir
Dans un trou du plafond la trompette de l'Ange
Sinistrement béante ainsi qu'un tromblon noir.

With the songs of violins, with candleflames,
Do you hope to chase your mocking nightmare,
And have you come to implore the torrent of orgies
To quell the hellish blaze in your heart?

Inexhaustible well of follies and sins!
Alembic full of ancient, eternal suffering!
Through the curved trellis of your ribcage
I see, still wandering, the insatiable asp.

To be honest, I think your flirtation
Will not find a reward worth the effort:
Who among the mortal hearts can laugh with you?
The charms of horror only fortify the strong!

The gulf of your eyes, full of ghastly thoughts,
Exhales vertigo, and the discreet dancers
Can't look without bitter nausea
At the eternal grin of your thirty-two teeth.

Even so, who has not clasped in his arms a skeleton,
And who has not relished the affairs of the tomb?
What do perfume, fashion, and makeup matter?
He who feigns disgust betrays his conceit.

Noseless courtesan, irresistible whore,
Tell the dancers who act so offended:
"Proud darlings, despite the powders and the rouge,
You all stink of death! O musky skeletons,

"Withered Antinous, dandies with cleanshaven faces,
Varnished cadavers, whitehaired Lovelaces,
The universal beat of the danse macabre
Will lead you down untrodden paths!

"From the cold quays of the Seine to the burning shores of the Ganges,
The mortal troupe leaps and falls, heedless of
The Angel's trumpet gaping grimly
Through a hole in the ceiling like the muzzle of a black gun.

217

En tout climat, sous tout soleil, la Mort t'admire
En tes contorsions, risible Humanité
Et souvent, comme toi, se parfumant de myrrhe,
Mêle son ironie à ton insanité!"

L'Amour du mensonge

Quand je te vois passer, ô ma chère indolente,
Au chant des instruments qui se brise au plafond
Suspendant ton allure harmonieuse et lente,
Et promenant l'ennui de ton regard profond;

Quand je contemple, aux feux du gaz qui le colore,
Ton front pâle, embelli par un morbide attrait,
Où les torches du soir allument une aurore,
Et tes yeux attirants comme ceux d'un portrait,

Je me dis: Qu'elle est belle! et bizarrement fraîche!
Le souvenir massif, royale et lourde tour,
La couronne, et son cœur, meurtri comme une pêche,
Est mûr, comme son corps, pour le savant amour.

Es-tu le fruit d'automne aux saveurs souveraines?
Es-tu vase funèbre attendant quelques pleurs,
Parfum qui fait rêver aux oasis lointaines,
Oreiller caressant, ou corbeille de fleurs?

Je sais qu'il est des yeux, des plus mélancoliques,
Qui ne recèlent point de secrets précieux;
Beaux écrins sans joyaux, médaillons sans reliques,
Plus vides, plus profonds que vous-mêmes, ô Cieux!

Mais ne suffit-il pas que tu sois l'apparence,
Pour réjouir un cœur qui fuit la vérité?
Qu'importe ta bêtise ou ton indifférence?
Masque ou décor, salut! J'adore ta beauté.

"Awful Humanity, in all weathers, under every sun,
Death admires you and your antics,
And often, like you, perfumed with myrrh,
Mingles her irony with your insanity!"

THE LOVE OF LIES

When I see you pass, my darling lazybones,
Accompanied by instruments whose notes founder on the ceiling,
Pausing in your gentle, harmonious steps
And turning upon me the ennui of your deep gaze;

When I ponder your pale forehead,
Caressed by the gaslight and embellished with a morbid charm,
Where the torches of evening kindle a dawn
Above eyes as compelling as a portrait's,

I think: How pretty she is, how startlingly fresh!
The massive memory crowns her,
Heavy royal tower, and her heart, bruised peach,
Is ripe, like her body, for a skillful lover.

Are you the majestically flavored fruit of autumn,
Funeral urn waiting for tears,
Perfume summoning distant oases,
Soft pillow, basket of flowers?

I know there are eyes—the most melancholy—
That conceal no precious secrets;
Pretty caskets empty of gems, lockets without relics,
Deeper and emptier even than you, O Skies!

But isn't it enough that you're a figment
To gladden a heart that flees the truth?
What do your stupidity or indifference matter?
Mask or ornament, I salute you! I worship your beauty.

JE N'AI PAS OUBLIÉ, VOISINE DE LA VILLE

Je n'ai pas oublié, voisine de la ville,
Notre blanche maison, petite mais tranquille;
Sa Pomone de plâtre et sa vieille Vénus
Dans un bosquet chétif cachant leurs membres nus,
Et le soleil, le soir, ruisselant et superbe,
Qui, derrière la vitre où se brisait sa gerbe
Semblait, grand œil ouvert dans le ciel curieux,
Contempler nos dîners longs et silencieux,
Répandant largement ses beaux reflets de cierge
Sur la nappe frugale et les rideaux de serge.

LA SERVANTE AU GRAND CŒUR DONT VOUS ÉTIEZ JALOUSE

La servante au grand cœur dont vous étiez jalouse,
Et qui dort son sommeil sous une humble pelouse,
Nous devrions pourtant lui porter quelques fleurs.
Les morts, les pauvres morts, ont de grandes douleurs,
Et quand Octobre souffle, émondeur des vieux arbres,
Son vent mélancolique à l'entour de leurs marbres,
Certe, ils doivent trouver les vivants bien ingrats,
À dormir, comme ils font, chaudement dans leurs draps,
Tandis que, dévorés de noires songeries,
Sans compagnon de lit, sans bonnes causeries,
Vieux squelettes gelés travaillés par le ver,
Ils sentent s'égoutter les neiges de l'hiver
Et le siècle couler, sans qu'amis ni famille
Remplacent les lambeaux qui pendent à leur grille.

Lorsque la bûche siffle et chante, si le soir
Calme, dans le fauteuil je la voyais s'asseoir,
Si, par une nuit bleue et froide de décembre,
Je la trouvais tapie en un coin de ma chambre,
Grave, et venant du fond de son lit éternel
Couver l'enfant grandi de son œil maternel,
Que pourrais-je répondre à cette âme pieuse,
Voyant tomber des pleurs de sa paupière creuse?

I HAVEN'T FORGOTTEN OUR WHITE HOUSE

I haven't forgotten our white house
Near the city, small but peaceful,
The naked limbs of its plaster Pomona and ancient Venus
Half hidden in a little grove;
And in the evening the sun, glorious torrent,
From behind the glass that scattered its rays,
Seemed, enormous eye in the inquisitive sky,
To watch over our long, silent dinners
And scatter candlelike reflections
Across the threadbare tablecloth and serge curtains.

THAT KINDHEARTED SERVANT YOU WERE JEALOUS OF

That kindhearted servant you were jealous of,
And who slumbers now under a humble patch of grass—
Perhaps we should take her some flowers.
The dead, the poor dead, know such suffering,
And when October, pruner of old trees,
Wafts his melancholy winds around their marble,
Surely they must find the living most ungrateful
To sleep as they do, warm in their sheets,
Even as, devoured by dark dreams,
Without bedfellows, without pleasant chitchat,
Ancient chilly skeletons beset by the worm,
They taste the dripping snows of winter,
And the century rolls on, without friends or family
To replace the tattered flowers that dangle on their tombs.

If one evening, when the fire log whistled and warbled,
I saw her sitting calmly in the armchair;
If, on a chilly blue December night,
I found her huddled in a corner of my room,
Having solemnly risen from her eternal bed
To watch over with her motherly eye this child all grown up,
What could I tell that pious soul
When I saw the tears fall from her hollow eyelids?

BRUMES ET PLUIES

Ô fins d'automne, hivers, printemps trempés de boue,
Endormeuses saisons! je vous aime et vous loue
D'envelopper ainsi mon cœur et mon cerveau
D'un linceul vaporeux et d'un vague tombeau.

Dans cette grande plaine où l'autan froid se joue,
Où par les longues nuits la girouette s'enroue,
Mon âme mieux qu'au temps du tiède renouveau
Ouvrira largement ses ailes de corbeau.

Rien n'est plus doux au cœur plein de choses funèbres,
Et sur qui dès longtemps descendent les frimas,
Ô blafardes saisons, reines de nos climats,

Que l'aspect permanent de vos pâles ténèbres,
— Si ce n'est, par un soir sans lune, deux à deux,
D'endormir la douleur sur un lit hasardeux.

RÊVE PARISIEN
À Constantin Guys

I.

De ce terrible paysage,
Tel que jamais mortel n'en vit,
Ce matin encore l'image,
Vague et lointaine, me ravit.

Le sommeil est plein de miracles!
Par un caprice singulier
J'avais banni de ces spectacles
Le végétal irrégulier,

Et, peintre fier de mon génie,
Je savourais dans mon tableau
L'enivrante monotonie
Du métal, du marbre et de l'eau.

MIST AND RAIN

O tail end of autumn, winter, mud-drenched spring,
Seasons of sleep! I love you and praise you
For enfolding my heart and mind
In a gauzy shroud and a shadowy tomb.

On that great plain where the chilly south wind frolics,
Where in the long nights the weathercock cries hoarsely,
My soul spreads its raven wings
More easily than in the warmer months.

O pale seasons, queens of our climate,
Nothing is sweeter to a heart full of gloomy thoughts
On which the frost has long been thickening

Than the eternal sight of your wan shadows
—Unless it is, on a moonless night, two by two,
To sleep away our sorrows on some random mattress.

PARISIAN DREAM
To Constantin Guys

I.

This morning I'm still haunted
By the image, vague and distant,
Of that terrible country
Where no mortal has ever lived.

Sleep is full of miracles!
On a whim,
I banished unruly greenery
From that spectacle

And, painter proud of my genius,
Nurtured in my art
The intoxicating monotony
Of marble, metal, water.

Babel d'escaliers et d'arcades,
C'était un palais infini,
Plein de bassins et de cascades
Tombant dans l'or mat ou bruni;

Et des cataractes pesantes,
Comme des rideaux de cristal
Se suspendaient, éblouissantes,
À des murailles de métal.

Non d'arbres, mais de colonnades
Les étangs dormants s'entouraient,
Où de gigantesques naïades,
Comme des femmes, se miraient.

Des nappes d'eau s'épanchaient, bleues,
Entre des quais roses et verts,
Pendant des millions de lieues,
Vers les confins de l'univers:

C'étaient des pierres inouïes
Et des flots magiques; c'étaient
D'immenses glaces éblouies
Par tout ce qu'elles reflétaient!

Insouciants et taciturnes,
Des Ganges, dans le firmament,
Versaient le trésor de leurs urnes
Dans des gouffres de diamant.

Architecte de mes féeries,
Je faisais, à ma volonté,
Sous un tunnel de pierreries
Passer un océan dompté;

Et tout, même la couleur noire,
Semblait fourbi, clair, irisé;
Le liquide enchâssait sa gloire
Dans le rayon cristallisé.

Babel of arcades and stairways—
This was an infinite palace,
Full of pools and waterfalls
Tumbling into dull or burnished gold;

And the heavy cascades,
Like crystal curtains,
Were suspended, glittering,
On the metal walls.

Not trees but colonnades
Surrounded the placid pools
Where gigantic naiads,
Like women, admired themselves.

The sheets of water flowed blue
Between the pink and green embankments
That stretched a million leagues
Toward the edges of the universe:

There were astonishing stones
And magical waves,
Vast mirrors
Dazzled by all they reflected!

Silent and insouciant,
The Ganges in the sky
Spilled treasure from its urns
Into the diamond gulfs.

Architect of my enchantment,
I caused, at my whim,
A trammeled ocean to pass
Through a tunnel of gemstones.

And all, even the color black,
Seemed rich, clear, iridescent;
The liquid enshrined in its glory,
In the crystalline rays of light.

Nul astre d'ailleurs, nuls vestiges
De soleil, même au bas du ciel,
Pour illuminer ces prodiges,
Qui brillaient d'un feu personnel!

Et sur ces mouvantes merveilles
Planait (terrible nouveauté!
Tout pour l'œil, rien pour les oreilles!)
Un silence d'éternité.

II.

En rouvrant mes yeux pleins de flamme
J'ai vu l'horreur de mon taudis,
Et senti, rentrant dans mon âme,
La pointe des soucis maudits;

La pendule aux accents funèbres
Sonnait brutalement midi,
Et le ciel versait des ténèbres
Sur le triste monde engourdi.

LE CRÉPUSCULE DU MATIN

La diane chantait dans les cours des casernes,
Et le vent du matin soufflait sur les lanternes.

C'était l'heure où l'essaim des rêves malfaisants
Tord sur leurs oreillers les bruns adolescents;
Où, comme un œil sanglant qui palpite et qui bouge,
La lampe sur le jour fait une tache rouge;
Où l'âme, sous le poids du corps revêche et lourd,
Imite les combats de la lampe et du jour.
Comme un visage en pleurs que les brises essuient,
L'air est plein du frisson des choses qui s'enfuient,
Et l'homme est las d'écrire et la femme d'aimer.

Les maisons çà et là commençaient à fumer.
Les femmes de plaisir, la paupière livide,
Bouche ouverte, dormaient de leur sommeil stupide;

Neither remote stars nor vestiges
Of sun, even in the farthest reaches of the sky,
Illuminated these marvels,
Which burned with their own personal fire!

And over these moving miracles
Reigned (terrible novelty—
All for the eye, nothing for the ear!)
Eternal silence.

II.

Opening my eyes full of flame,
I beheld the horror of my room
And felt the dagger of cursed anxiety
Returning to my soul;

The clock with funereal tones
Was brutally striking noon,
And the sky was spilling darkness
Over the sad, numb world.

Dawn

The reveille rings in the yards of the barracks
And the morning air breathes on the lanterns.

It's the hour when swarms of evil dreams
Make sunburned teenagers toss in their beds;
When, like a throbbing, twitching, bloodshot eye,
The lamp makes a red stain on the day;
When the soul, beneath the fretful heaviness of the body,
Echoes the struggles of the lamp and the day.
Like a face whose tears are wiped away by the breezes,
The air is full of the shimmer of things in flight,
And the man is weary of writing, the woman of loving.

Here and there, smoke rises from houses.
The whores, with purple eyelids,
Mouths open, are sleeping off their drunken stupor;

Les pauvresses, traînant leurs seins maigres et froids,
Soufflaient sur leurs tisons et soufflaient sur leurs doigts.
C'était l'heure où parmi le froid et la lésine
S'aggravent les douleurs des femmes en gésine;
Comme un sanglot coupé par un sang écumeux
Le chant du coq au loin déchirait l'air brumeux;
Une mer de brouillards baignait les édifices,
Et les agonisants dans le fond des hospices
Poussaient leur dernier râle en hoquets inégaux.
Les débauchés rentraient, brisés par leurs travaux.

L'aurore grelottante en robe rose et verte
S'avançait lentement sur la Seine déserte,
Et le sombre Paris, en se frottant les yeux,
Empoignait ses outils, vieillard laborieux.

The beggar women, breasts drooping thin and cold,
Are blowing on the embers, blowing on their fingers.
It's the hour when, amid the cold and the poverty,
The suffering of women in labor is heightened;
Like a sob choked by bloody froth,
A distant cock crow rips the misty air.
The housetops are drowned in a sea of fog,
And in the depths of the hospices, the dying
Breathe their last in jerky gasps.
The debauched revelers return, broken by their work.

The dawn, decked in pink and green,
Moves slowly across the deserted Seine,
And somber Paris, old laborer, is rubbing his eyes
And gathering up his tools.

III. Le Vin

L'Âme du vin

Un soir, l'âme du vin chantait dans les bouteilles:
"Homme, vers toi je pousse, ô cher déshérité,
Sous ma prison de verre et mes cires vermeilles,
Un chant plein de lumière et de fraternité!

Je sais combien il faut, sur la colline en flamme,
De peine, de sueur et de soleil cuisant
Pour engendrer ma vie et pour me donner l'âme;
Mais je ne serai point ingrat ni malfaisant,

Car j'éprouve une joie immense quand je tombe
Dans le gosier d'un homme usé par ses travaux,
Et sa chaude poitrine est une douce tombe
Où je me plais bien mieux que dans mes froids caveaux.

Entends-tu retentir les refrains des dimanches
Et l'espoir qui gazouille en mon sein palpitant?
Les coudes sur la table et retroussant tes manches,
Tu me glorifieras et tu seras content;

J'allumerai les yeux de ta femme ravie;
À ton fils je rendrai sa force et ses couleurs
Et serai pour ce frêle athlète de la vie
L'huile qui raffermit les muscles des lutteurs.

En toi je tomberai, végétale ambroisie,
Grain précieux jeté par l'éternel Semeur,
Pour que de notre amour naisse la poésie
Qui jaillira vers Dieu comme une rare fleur!"

III. WINE

THE SOUL OF WINE

One evening, the soul of wine sang in its bottle:
"O man, dear disinherited friend,
From my glass prison, from under my scarlet wax,
I send to you a song full of light and brotherhood!

"I know the cost, in pain, sweat,
And burning sun on scorching hillside,
Of giving me life and creating my soul,
But I will never be vicious or ungrateful,

"Because I feel great joy when I tumble
Into the throat of a man worn out by his labors,
And his warm breast is a gentle tomb
Where I'm happier than in my chilly cellar.

"Do you hear the Sunday choruses echoing
And the hope that flutters in my beating breast?
Elbows on the table, sleeves rolled up,
You will glorify me and be content:

"I'll brighten the eyes of your delighted wife
And return to your son his strength and color,
And I'll be for this frail athlete of life
The oil that readies the muscles of wrestlers.

"I tumble into you, natural ambrosia,
Precious grain scattered by the eternal Sower,
And our love will give birth to poetry
That rises toward God like a rare flower!"

Le Vin de chiffonniers

Souvent à la clarté rouge d'un réverbère
Dont le vent bat la flamme et tourmente le verre,
Au cœur d'un vieux faubourg, labyrinthe fangeux
Où l'humanité grouille en ferments orageux,

On voit un chiffonnier qui vient, hochant la tête,
Butant, et se cognant aux murs comme un poète,
Et, sans prendre souci des mouchards, ses sujets,
Épanche tout son cœur en glorieux projets.

Il prête des serments, dicte des lois sublimes,
Terrasse les méchants, relève les victimes,
Et sous le firmament comme un dais suspendu
S'enivre des splendeurs de sa propre vertu.

Oui, ces gens harcelés de chagrins de ménage
Moulus par le travail et tourmentés par l'âge,
Éreintés et pliant sous un tas de débris,
Vomissement confus de l'énorme Paris,

Reviennent, parfumés d'une odeur de futailles,
Suivis de compagnons, blanchis dans les batailles,
Dont la moustache pend comme les vieux drapeaux.
Les bannières, les fleurs et les arcs triomphaux

Se dressent devant eux, solennelle magie!
Et dans l'étourdissante et lumineuse orgie
Des clairons, du soleil, des cris et du tambour,
Ils apportent la gloire au peuple ivre d'amour!

C'est ainsi qu'à travers l'Humanité frivole
Le vin roule de l'or, éblouissant Pactole;
Par le gosier de l'homme il chante ses exploits
Et règne par ses dons ainsi que les vrais rois.

The Wine of the Ragpickers

Often, in the red light of a streetlamp,
When the wind flaps at the flame and batters the glass,
In the heart of an old quarter, muddy labyrinth
Where humanity seethes in stormy ferment,

You see a ragpicker go by, nodding,
Stumbling, bumping into walls like a poet,
And, heedless of the gossips, his subjects,
He launches wholeheartedly into glorious projects.

He preaches sermons, dictates magnificent laws,
Crushes the wicked, exonerates the victims,
And, under a sky like a floating pavilion,
Is enraptured by the splendors of his own virtue.

Yes, these people harried by domestic woes,
Ground down by work and tormented by age,
Exhausted and buckling under their burdens of garbage,
The mingled vomit of vast Paris,

Come back perfumed with an odor of the wine cask,
Followed by companions aged by the battles,
Whose mustaches droop like old flags.
Banners, flowers, and triumphal arches

Rise up before them, solemn enchantment,
And in the bright, deafening orgy
Of sunlight and shouting, trumpets and drums,
They bring glory to people drunk with love!

Thus wine rolls through frivolous Humanity
Like Pactolus, dazzling river of gold.
Through the throats of men he sings his exploits
And reigns through his gifts like a true king.

Pour noyer la rancœur et bercer l'indolence
De tous ces vieux maudits qui meurent en silence,
Dieu, touché de remords, avait fait le sommeil;
L'Homme ajouta le Vin, fils sacré du Soleil!

LE VIN DE L'ASSASSIN

Ma femme est morte, je suis libre!
Je puis donc boire tout mon soûl.
Lorsque je rentrais sans un sou,
Ses cris me déchiraient la fibre.

Autant qu'un roi je suis heureux;
L'air est pur, le ciel admirable...
Nous avions un été semblable
Lorsque j'en devins amoureux!

L'horrible soif qui me déchire
Aurait besoin pour s'assouvir
D'autant de vin qu'en peut tenir
Son tombeau; — ce n'est pas peu dire:

Je l'ai jetée au fond d'un puits,
Et j'ai même poussé sur elle
Tous les pavés de la margelle.
— Je l'oublierai si je le puis!

Au nom des serments de tendresse,
Dont rien ne peut nous délier,
Et pour nous réconcilier
Comme au beau temps de notre ivresse,

J'implorai d'elle un rendez-vous,
Le soir, sur une route obscure.
Elle y vint! — folle créature!
Nous sommes tous plus ou moins fous!

To vanquish indolence and drown the resentment
Of the cursed old ones who die in silence,
God, remorseful, created sleep;
Humanity added Wine, holy child of the Sun!

The Wine of the Murderer

My wife is dead—I'm free!
Now I can drink all I want.
Each time I returned penniless,
Her cries ripped into me.

I'm as happy as a king;
The air is pure, the sky gorgeous . . .
We had a summer just like this
When I fell in love with her!

To quench the terrible thirst that grips me
Would take all the wine
Her grave could hold—
And that's saying something!

I threw her into a well,
And I even tossed in after her
All the loose stones off the rim
—I'll forget her if I can!

In the name of our vows of love,
Which nothing can undo,
And to bring us back together,
Like in the good old days of our drunkenness,

I begged her to meet me
One evening, in a dark alley.
She came, mad creature!
—We're all basically mad!

Elle était encore jolie,
Quoique bien fatiguée! et moi,
Je l'aimais trop! voilà pourquoi
Je lui dis: Sors de cette vie!

Nul ne peut me comprendre. Un seul
Parmi ces ivrognes stupides
Songea-t-il dans ses nuits morbides
À faire du vin un linceul?

Cette crapule invulnérable
Comme les machines de fer
Jamais, ni l'été ni l'hiver,
N'a connu l'amour véritable,

Avec ses noirs enchantements,
Son cortège infernal d'alarmes,
Ses fioles de poison, ses larmes,
Ses bruits de chaîne et d'ossements!

— Me voilà libre et solitaire!
Je serai ce soir ivre mort;
Alors, sans peur et sans remords,
Je me coucherai sur la terre,

Et je dormirai comme un chien!
Le chariot aux lourdes roues
Chargé de pierres et de boues,
Le wagon enragé peut bien

Écraser ma tête coupable
Ou me couper par le milieu,
Je m'en moque comme de Dieu,
Du Diable ou de la Sainte Table!

She was still pretty,
If a bit worn out! and I—
I loved her so; that's why
I told her: Leave this life!

No one can understand me. Does even one
Of these stupid drunks
Dream in the morbid nights
Of making a shroud from wine?

None of these boneheaded louts,
These iron machines,
Has ever, in summer or winter,
Known true love,

With its black enchantments,
Its infernal procession of alarms,
Its vials of poison, its tears,
Its rattling of chains and bones!

—And suddenly I'm alone and free!
This evening I'll be dead drunk;
Then, without fear or regret,
I'll lie down in the dirt

And sleep like a dog.
The heavy-wheeled cart,
Loaded with stones and sludge—
The careening cart might well

Crush my guilty head
Or slice me in half.
I laugh at God, at the Devil,
And at the Sacraments!

Le Vin du solitaire

Le regard singulier d'une femme galante
Qui se glisse vers nous comme le rayon blanc
Que la lune onduleuse envoie au lac tremblant,
Quand elle y veut baigner sa beauté nonchalante;

Le dernier sac d'écus dans les doigts d'un joueur;
Un baiser libertin de la maigre Adeline;
Les sons d'une musique énervante et câline,
Semblable au cri lointain de l'humaine douleur,

Tout cela ne vaut pas, ô bouteille profonde,
Les baumes pénétrants que ta panse féconde
Garde au cœur altéré du poète pieux;

Tu lui verses l'espoir, la jeunesse et la vie,
— Et l'orgueil, ce trésor de toute gueuserie,
Qui nous rend triomphants et semblables aux Dieux!

Le Vin des amants

Aujourd'hui l'espace est splendide!
Sans mors, sans éperons, sans bride,
Partons à cheval sur le vin
Pour un ciel féerique et divin!

Comme deux anges que torture
Une implacable calenture,
Dans le bleu cristal du matin
Suivons le mirage lointain!

Mollement balancés sur l'aile
Du tourbillon intelligent,
Dans un délire parallèle,

Ma sœur, côte à côte nageant,
Nous fuirons sans repos ni trêves
Vers le paradis de mes rêves!

The Wine of the Loner

The curious glance of a whore
That shimmers toward us like a pale ray
Cast over the trembling lake by the wavering moon
When she wants to bathe her effortless beauty there;

The last bag of coins in the hands of a gambler;
A wanton kiss from skinny Adeline;
The strains of a tormenting, caressing music,
Like the distant cry of human suffering . . .

O deep bottle, none of these are worth
The potent balm your fecund belly
Offers to the thirsty heart of the pious poet;

You pour out for him hope, youth, life
—And pride, the prize all beggars seek,
Which makes us triumphant, which makes us gods.

The Wine of Lovers

How splendid space is today!
Let's ride off on wine,
Without bridle, spurs, or bit,
To a divine fairytale sky!

Like two angels tortured
By an unshakable delirium,
We chase the distant mirage
Through the crystal blue of morning!

My sister, in a parallel delirium
You'll float at my side,
Gently swaying on the wings

Of the brilliant whirlwind,
And we'll flee, without looking back,
To the paradise of my dreams!

iv. Fleurs du Mal

La Destruction

Sans cesse à mes côtés s'agite le Démon;
Il nage autour de moi comme un air impalpable;
Je l'avale et le sens qui brûle mon poumon
Et l'emplit d'un désir éternel et coupable.

Parfois il prend, sachant mon grand amour de l'Art,
La forme de la plus séduisante des femmes,
Et, sous de spécieux prétextes de cafard,
Accoutume ma lèvre à des philtres infâmes.

Il me conduit ainsi, loin du regard de Dieu,
Haletant et brisé de fatigue, au milieu
Des plaines de l'Ennui, profondes et désertes,

Et jette dans mes yeux pleins de confusion
Des vêtements souillés, des blessures ouvertes,
Et l'appareil sanglant de la Destruction!

Une martyre
Dessin d'un Maître inconnu

Au milieu des flacons, des étoffes lamées
  Et des meubles voluptueux,
Des marbres, des tableaux, des robes parfumées
  Qui traînent à plis somptueux,

Dans une chambre tiède où, comme en une serre,
  L'air est dangereux et fatal,
Où des bouquets mourants dans leurs cercueils de verre
  Exhalent leur soupir final,

iv. Flowers of Evil

Destruction

The Demon fidgets ceaselessly at my side,
Hovering about me like an imperceptible breeze;
Inhaling, I feel him scorching my lungs,
Filling them with eternal sinful desire.

Sometimes, knowing my great love of Art, he takes
The form of the most seductive woman,
And, with the most ridiculous hypocritical excuses,
Anoints my lips with infamous tonics.

Far from the eye of God, he carries me,
Panting and shattered from weariness, to the heart
Of the immense, deserted plains of Ennui,

And casts before my confused eyes
Soiled garments, open wounds,
And the bloody tools of Destruction!

A Martyr
Drawing by an Unknown Master

In the midst of the bottles, the brocaded fabrics,
    And the voluptuous furniture,
The marbles, the paintings, the perfumed dresses
    That trail in sumptuous folds,

In a stuffy room where, like a hothouse,
    The air is dangerous, fatal,
Where dying bouquets in their glass coffins
    Breathe their last breath,

Un cadavre sans tête épanche, comme un fleuve,
    Sur l'oreiller désaltéré
Un sang rouge et vivant, dont la toile s'abreuve
    Avec l'avidité d'un pré.

Semblable aux visions pâles qu'enfante l'ombre
    Et qui nous enchaînent les yeux,
La tête, avec l'amas de sa crinière sombre
    Et de ses bijoux précieux,

Sur la table de nuit, comme une renoncule,
    Repose; et, vide de pensers,
Un regard vague et blanc comme le crépuscule
    S'échappe des yeux révulsés.

Sur le lit, le tronc nu sans scrupules étale
    Dans le plus complet abandon
La secrète splendeur et la beauté fatale
    Dont la nature lui fit don;

Un bas rosâtre, orné de coins d'or, à la jambe,
    Comme un souvenir est resté;
La jarretière, ainsi qu'un œil secret qui flambe,
    Darde un regard diamanté.

Le singulier aspect de cette solitude
    Et d'un grand portrait langoureux,
Aux yeux provocateurs comme son attitude,
    Révèle un amour ténébreux,

Une coupable joie et des fêtes étranges
    Pleines de baisers infernaux,
Dont se réjouissait l'essaim des mauvais anges
    Nageant dans les plis des rideaux;

Et cependant, à voir la maigreur élégante
    De l'épaule au contour heurté,
La hanche un peu pointue et la taille fringante
    Ainsi qu'un reptile irrité,

A headless corpse pours out, like a river,
    Red, living blood across the soaked pillow,
Which the linen drinks
    As thirstily as a parched meadow.

Like those ghastly visions, born from the shadows,
    That we can't look away from,
The head, with its mane of dark hair
    And its precious jewels,

Stands on the bedside table like a flower,
    Empty of thoughts,
And a gaze as pale and vague as dawn light
    Escapes the upturned eyeballs.

On the bed, with utter abandon,
    The naked trunk shamelessly displays
The secret splendor and fatal beauty
    Nature had bestowed upon her;

A pink stocking garnished with gold sequins
    Remains on one leg like a memory;
The garter, like a secret fiery eye,
    Darts a diamond glance.

The bizarre aspect of this solitude,
    And of a large, languorous portrait
With eyes as provocative as the pose,
    Suggests an unhealthy obsession,

Guilty pleasures and strange rites,
    Full of infernal kisses,
Delighting the swarm of evil angels
    Who lurk in the folds of the curtains;

But you can tell from the elegant slimness
    Of the angular shoulders,
The gentle peaks of the hips, and the sinuous waist
    Like a serpent poised to strike

Elle est bien jeune encor! — Son âme exaspérée
    Et ses sens par l'ennui mordus
S'étaient-ils entr'ouverts à la meute altérée
    Des désirs errants et perdus?

L'homme vindicatif que tu n'as pu, vivante,
    Malgré tant d'amour, assouvir,
Combla-t-il sur ta chair inerte et complaisante
    L'immensité de son désir?

Réponds, cadavre impur! et par tes tresses roides
    Te soulevant d'un bras fiévreux,
Dis-moi, tête effrayante, a-t-il sur tes dents froides
    Collé les suprêmes adieux?

— Loin du monde railleur, loin de la foule impure,
    Loin des magistrats curieux,
Dors en paix, dors en paix, étrange créature,
    Dans ton tombeau mystérieux;

Ton époux court le monde, et ta forme immortelle
    Veille près de lui quand il dort;
Autant que toi sans doute il te sera fidèle,
    Et constant jusques à la mort.

LESBOS

Mère des jeux latins et des voluptés grecques,
Lesbos, où les baisers, languissants ou joyeux,
Chauds comme les soleils, frais comme les pastèques,
Font l'ornement des nuits et des jours glorieux,
Mère des jeux latins et des voluptés grecques,

Lesbos, où les baisers sont comme les cascades
Qui se jettent sans peur dans les gouffres sans fonds,
Et courent, sanglotant et gloussant par saccades,
Orageux et secrets, fourmillants et profonds;
Lesbos, où les baisers sont comme les cascades!

That she's still quite young! —Did her famished soul
    And gnawing ennui
Open the door to a thirsty pack
    Of aimless, marauding desires?

The vengeful man whom you couldn't with all your love
    Satisfy while you were alive—
Did he slake his immense desire
    In your inert and complacent flesh?

Speak, desecrated corpse! Tell me, ghastly head:
    Did he lift you, gripping your stiffened hair in a feverish fist?
Did he press his farewell kisses
    To your cold teeth?

—Far from the judgmental world, far from the filthy crowd,
    Far from the prying magistrates,
Sleep in peace, sleep in peace, strange creature,
    In your mysterious tomb;

Your lover wanders the world, and your deathless form
    Stands over him as he sleeps;
Like you, he will doubtless be faithful
    And constant to the death.

LESBOS

Mother of Latin frolics and Greek delights,
Lesbos, where languid or joyous kisses,
Hot as suns, fresh as watermelons,
Adorn the nights and glorious days,
Mother of Latin frolics and Greek delights,

Lesbos, where kisses are like cataracts
That hurtle fearlessly into endless chasms
And run, now giggling, now sobbing,
Stormy and secret, swarming and profound;
Lesbos, where kisses are like cataracts!

Lesbos, où les Phrynés l'une l'autre s'attirent,
Où jamais un soupir ne resta sans écho,
À l'égal de Paphos les étoiles t'admirent,
Et Vénus à bon droit peut jalouser Sapho!
Lesbos où les Phrynés l'une l'autre s'attirent,

Lesbos, terre des nuits chaudes et langoureuses,
Qui font qu'à leurs miroirs, stérile volupté!
Les filles aux yeux creux, de leur corps amoureuses,
Caressent les fruits mûrs de leur nubilité;
Lesbos, terre des nuits chaudes et langoureuses,

Laisse du vieux Platon se froncer l'œil austère;
Tu tires ton pardon de l'excès des baisers,
Reine du doux empire, aimable et noble terre,
Et des raffinements toujours inépuisés.
Laisse du vieux Platon se froncer l'œil austère.

Tu tires ton pardon de l'éternel martyre,
Infligé sans relâche aux cœurs ambitieux,
Qu'attire loin de nous le radieux sourire
Entrevu vaguement au bord des autres cieux!
Tu tires ton pardon de l'éternel martyre!

Qui des Dieux osera, Lesbos, être ton juge
Et condamner ton front pâli dans les travaux,
Si ses balances d'or n'ont pesé le déluge
De larmes qu'à la mer ont versé tes ruisseaux?
Qui des Dieux osera, Lesbos, être ton juge?

Que nous veulent les lois du juste et de l'injuste?
Vierges au cœur sublime, honneur de l'archipel,
Votre religion comme une autre est auguste,
Et l'amour se rira de l'Enfer et du Ciel!
Que nous veulent les lois du juste et de l'injuste?

Car Lesbos entre tous m'a choisi sur la terre
Pour chanter le secret de ses vierges en fleurs,
Et je fus dès l'enfance admis au noir mystère
Des rires effrénés mêlés aux sombres pleurs;
Car Lesbos entre tous m'a choisi sur la terre.

Lesbos, where Phryne is attracted to Phryne,
Where a sigh never lacks an echo,
The stars consider you the equal of Paphos,
And Venus is rightfully jealous of Sappho!
Lesbos, where Phryne is attracted to Phryne.

Lesbos, land of languid, sultry nights,
Where the hollow-eyed girls,
In love with their own bodies, caress before mirrors,
In sterile ardor, the ripe fruits of their youth;
Lesbos, land of languid, sultry nights,

Let old Plato frown with his stern eye;
You earn your pardon with an excess of kisses
And endless refinements,
Queen of a gentle empire, a kind and noble land.
Let old Plato frown with his stern eye.

You earn your pardon by the eternal martyrdom
Inflicted relentlessly on ambitious hearts
That are lured far from us with radiant smiles
Vaguely glimpsed at the edge of other skies;
You earn your pardon by the eternal martyrdom!

Lesbos, which of the gods would dare to judge you
And condemn your brow, pale from labor,
If their golden scales hadn't weighed the deluge
Of tears that poured into the sea?
Lesbos, which of the gods would dare to judge you?

What to us are the laws of the just and the unjust?
Purehearted virgins, honor of the islands,
Your religion, like any other, is ancient and wise,
And love laughs at Heaven and Hell!
What to us are the laws of the just and the unjust?

Because, of all those on earth, Lesbos has chosen me
To sing the secret of her girls in flower,
And from childhood I was admitted to the dark mystery
Of unbridled laughter mingled with solemn weeping;
Because, of all those on earth, Lesbos has chosen me,

Et depuis lors je veille au sommet de Leucate,
Comme une sentinelle à l'œil perçant et sûr,
Qui guette nuit et jour brick, tartane ou frégate,
Dont les formes au loin frissonnent dans l'azur;
Et depuis lors je veille au sommet de Leucate

Pour savoir si la mer est indulgente et bonne,
Et parmi les sanglots dont le roc retentit
Un soir ramènera vers Lesbos, qui pardonne,
Le cadavre adoré de Sapho, qui partit
Pour savoir si la mer est indulgente et bonne!

De la mâle Sapho, l'amante et le poète,
Plus belle que Vénus par ses mornes pâleurs!
— L'œil d'azur est vaincu par l'œil noir que tachète
Le cercle ténébreux tracé par les douleurs
De la mâle Sapho, l'amante et le poète!

— Plus belle que Vénus se dressant sur le monde
Et versant les trésors de sa sérénité
Et le rayonnement de sa jeunesse blonde
Sur le vieil Océan de sa fille enchanté;
Plus belle que Vénus se dressant sur le monde!

— De Sapho qui mourut le jour de son blasphème,
Quand, insultant le rite et le culte inventé,
Elle fit son beau corps la pâture suprême
D'un brutal dont l'orgueil punit l'impiété
De celle qui mourut le jour de son blasphème.

Et c'est depuis ce temps que Lesbos se lamente,
Et, malgré les honneurs que lui rend l'univers,
S'enivre chaque nuit du cri de la tourmente
Que poussent vers les cieux ses rivages déserts!
Et c'est depuis ce temps que Lesbos se lamente!

And since then I have watched from the peak of Leucadia,
Like a sentinel, with a steady, piercing gaze,
Scanning night and day for tartane, brig, or frigate,
Whose distant forms tremble in the blue;
And since then I have watched from the peak of Leucadia

To know if the sea is merciful and kind;
If, among the sobs that echo from the rocks,
One evening it will return to all-forgiving Lesbos
The worshipped body of Sappho, who had gone forth
To know if the sea is merciful and kind!

Of the virile Sappho, lover and poet,
More beautiful, with her mournful pallor, than Venus!
—Blue eye vanquished by the black eye
Ringed in shadowy circles traced by sorrows
Of the virile Sappho, lover and poet!

—Lovelier than Venus rising above the world
And pouring out the treasures of her serenity
And the radiance of her blonde youth
Over old Ocean, enchanted with his daughter;
Lovelier than Venus rising above the world!

—Of Sappho who died the day of her blasphemy
When, insulting the rite and the established cult,
She allowed her beautiful body to be plowed
By a brute whose pride punished the sacrilege
Of Sappho who died the day of her blasphemy.

And since that time Lesbos has lamented,
And, in spite of the honor the world bestows,
Gets drunk each night with the howls of the storm
Hurled to the skies from her deserted shores!
And since that time Lesbos has lamented!

FEMMES DAMNÉES

Comme un bétail pensif sur le sable couchées,
Elles tournent leurs yeux vers l'horizon des mers,
Et leurs pieds se cherchant et leurs mains rapprochées
Ont de douces langueurs et des frissons amers.

Les unes, cœurs épris des longues confidences,
Dans le fond des bosquets où jasent les ruisseaux,
Vont épelant l'amour des craintives enfances
Et creusent le bois vert des jeunes arbrisseaux;

D'autres, comme des sœurs, marchent lentes et graves
À travers les rochers pleins d'apparitions,
Où saint Antoine a vu surgir comme des laves
Les seins nus et pourprés de ses tentations;

Il en est, aux lueurs des résines croulantes,
Qui dans le creux muet des vieux antres païens
T'appellent au secours de leurs fièvres hurlantes,
Ô Bacchus, endormeur des remords anciens!

Et d'autres, dont la gorge aime les scapulaires,
Qui, recélant un fouet sous leurs longs vêtements,
Mêlent, dans le bois sombre et les nuits solitaires,
L'écume du plaisir aux larmes des tourments.

Ô vierges, ô démons, ô monstres, ô martyres,
De la réalité grands esprits contempteurs,
Chercheuses d'infini, dévotes et satyres,
Tantôt pleines de cris, tantôt pleines de pleurs,

Vous que dans votre enfer mon âme a poursuivies,
Pauvres sœurs, je vous aime autant que je vous plains,
Pour vos mornes douleurs, vos soifs inassouvies,
Et les urnes d'amour dont vos grands cœurs sont pleins!

Condemned Women

Like pensive cows lounging on the sand,
They turn their eyes to the sea's horizon,
Foot seeking foot, hand clasping hand,
With sweet indolence and tart shudders.

Some, hearts brimming with secrets,
In the depths of the woods, by the gabbling brooks,
Describe the infatuations of tormented childhoods
And carve initials into the green wood of saplings;

Others, like nuns, walk slowly and gravely
Across stones full of apparitions,
Where Saint Anthony saw rising like lava
The naked purple breasts of his temptations;

There are some who, by the flames of crackling resin,
In the silent depths of the old pagan caves,
Call on you to ease their screaming fevers,
O Bacchus, who drowns the ancient remorse!

And others, whose throats love scapulars,
Who hide whips under their long habits,
In the dark forests and lonely nights
Mingle the froth of pleasure with tears of torment.

O virgins, demons, monsters, martyrs,
Great spirits who spurn reality,
Seekers of the infinite, saints and satyrs,
Full of cries, full of tears,

Poor sisters, whom my spirit has followed into hell,
I love you as much as I pity you,
For your agonizing sorrows, for your unquenchable thirsts,
And for the urns of love that fill your hearts!

FEMMES DAMNÉES
DELPHINE ET HIPPOLYTE

À la pâle clarté des lampes languissantes,
Sur de profonds coussins tout imprégnés d'odeur,
Hippolyte rêvait aux caresses puissantes
Qui levaient le rideau de sa jeune candeur.

Elle cherchait, d'un œil troublé par la tempête,
De sa naïveté le ciel déjà lointain,
Ainsi qu'un voyageur qui retourne la tête
Vers les horizons bleus dépassés le matin.

De ses yeux amortis les paresseuses larmes,
L'air brisé, la stupeur, la morne volupté,
Ses bras vaincus, jetés comme de vaines armes,
Tout servait, tout parait sa fragile beauté.

Étendue à ses pieds, calme et pleine de joie,
Delphine la couvait avec des yeux ardents,
Comme un animal fort qui surveille une proie,
Après l'avoir d'abord marquée avec les dents.

Beauté forte à genoux devant la beauté frêle,
Superbe, elle humait voluptueusement
Le vin de son triomphe, et s'allongeait vers elle,
Comme pour recueillir un doux remerciement.

Elle cherchait dans l'œil de sa pâle victime
Le cantique muet que chante le plaisir,
Et cette gratitude infinie et sublime
Qui sort de la paupière ainsi qu'un long soupir.

— "Hippolyte, cher cœur, que dis-tu de ces choses?
Comprends-tu maintenant qu'il ne faut pas offrir
L'holocauste sacré de tes premières roses
Aux souffles violents qui pourraient les flétrir?

CONDEMNED WOMEN
DELPHINE AND HIPPOLYTA

In the frail light of languishing lamps,
In the deep cushions steeped in scent,
Hippolyta dreamed of the potent caresses
That lifted the veil of her youthful innocence.

With a storm-tormented eye, she searched for
The already distant skies of her naivety,
Like a traveler who turns to look back
At the blue horizons she'd passed that morning.

In her dull eyes listless tears;
Her broken look, the stupor, the dazed delight,
The defeated arms, laid aside like useless weapons,
All served to enhance her fragile beauty.

Lying at her feet, calm and joyful,
Delphine gazed at her with ardent eyes
Like a powerful beast regarding its prey,
Having first marked it with its teeth.

Powerful beauty kneeling before frail beauty,
Superb, she voluptuously savored
The wine of her triumph, and stretched toward the girl
As if to receive a gentle benediction.

She was searching the eye of her pale victim
For the silent canticle pleasure sings
And the infinite and sublime gratitude
That escapes the eyelids like a long sigh.

—"Hippolyta, dear heart, what do you say to these things?
Now do you understand that you don't have to offer
The sacred flame of your first roses
To violent breaths that might wither them?

Mes baisers sont légers comme ces éphémères
Qui caressent le soir les grands lacs transparents,
Et ceux de ton amant creuseront leurs ornières
Comme des chariots ou des socs déchirants;

Ils passeront sur toi comme un lourd attelage
De chevaux et de bœufs aux sabots sans pitié . . .
Hippolyte, ô ma sœur! tourne donc ton visage,
Toi, mon âme et mon cœur, mon tout et ma moitié,

Tourne vers moi tes yeux pleins d'azur et d'étoiles!
Pour un de ces regards charmants, baume divin,
Des plaisirs plus obscurs je lèverai les voiles
Et je t'endormirai dans un rêve sans fin!"

Mais Hippolyte alors, levant sa jeune tête:
— "Je ne suis point ingrate et ne me repens pas,
Ma Delphine, je souffre et je suis inquiète,
Comme après un nocturne et terrible repas.

Je sens fondre sur moi de lourdes épouvantes
Et de noirs bataillons de fantômes épars,
Qui veulent me conduire en des routes mouvantes
Qu'un horizon sanglant ferme de toutes parts.

Avons-nous donc commis une action étrange?
Explique, si tu peux, mon trouble et mon effroi:
Je frissonne de peur quand tu me dis: 'Mon ange!'
Et cependant je sens ma bouche aller vers toi.

Ne me regarde pas ainsi, toi, ma pensée!
Toi que j'aime à jamais, ma sœur d'élection,
Quand même tu serais une embûche dressée
Et le commencement de ma perdition!"

Delphine secouant sa crinière tragique,
Et comme trépignant sur le trépied de fer,
L'œil fatal, répondit d'une voix despotique:
— "Qui donc devant l'amour ose parler d'enfer?

"My kisses are as light as the mayflies
That in the evening caress these great transparent lakes,
But the kisses of your lover will carve furrows
Like carts or sundering plowshares;

"They will pass over you like a heavy team of
Oxen or horses with cruel hooves . . .
Hippolyta, O my sister! then turn your face,
You, my heart and soul, my all and my every part,

"Turn to me your eyes brimming with blue, with stars!
For just one of those charming glances, divine balm,
I would lift the veil of subtler pleasures
And lull you to sleep in a dream without end!"

But then Hippolyta raised her youthful head:
—"I am not ungrateful and I don't repent,
My Delphine; I suffer and I'm restless,
As if after a terrible nighttime feast.

"I sense the heavy terrors descending on me,
And the black battalions of scattered phantoms
Who hope to steer me onto shifting roads
Enclosed on all sides by the bloody horizon.

"Have we done something strange?
Explain, if you can, my confusion and dread:
When you say, 'My angel!' I tremble in fear,
And yet I feel my mouth moving toward you.

"Don't look at me like that, you, my dearest thought,
Chosen sister I'll love forever,
Even if you are a trap laid for me,
And the beginning of my sin!"

Delphine shook her tragic tresses
And, as if stamping on the iron trident,
With a fatal look replied in the voice of a tyrant:
—"Who dares speak of hell in the presence of love?

Maudit soit à jamais le rêveur inutile
Qui voulut le premier, dans sa stupidité,
S'éprenant d'un problème insoluble et stérile,
Aux choses de l'amour mêler l'honnêteté!

Celui qui veut unir dans un accord mystique
L'ombre avec la chaleur, la nuit avec le jour,
Ne chauffera jamais son corps paralytique
À ce rouge soleil que l'on nomme l'amour!

Va, si tu veux, chercher un fiancé stupide;
Cours offrir un cœur vierge à ses cruels baisers;
Et, pleine de remords et d'horreur, et livide,
Tu me rapporteras tes seins stigmatisés…

On ne peut ici-bas contenter qu'un seul maître!"
Mais l'enfant, épanchant une immense douleur,
Cria soudain: "— Je sens s'élargir dans mon être
Un abîme béant; cet abîme est mon cœur!

Brûlant comme un volcan, profond comme le vide!
Rien ne rassasiera ce monstre gémissant
Et ne rafraîchira la soif de l'Euménide
Qui, la torche à la main, le brûle jusqu'au sang.

Que nos rideaux fermés nous séparent du monde,
Et que la lassitude amène le repos!
Je veux m'anéantir dans ta gorge profonde
Et trouver sur ton sein la fraîcheur des tombeaux!"

— Descendez, descendez, lamentables victimes,
Descendez le chemin de l'enfer éternel!
Plongez au plus profond du gouffre, où tous les crimes
Flagellés par un vent qui ne vient pas du ciel,

Bouillonnent pêle-mêle avec un bruit d'orage.
Ombres folles, courez au but de vos désirs;
Jamais vous ne pourrez assouvir votre rage,
Et votre châtiment naîtra de vos plaisirs.

"Damn that idle dreamer,
The first man who, in his stupidity,
Grappling with a sterile, insolvable problem,
Sought to bring reason to bear on the things of love!

"He who tried to unify in a mystical accord
Shade with heat, night with day
Will never thaw his frozen body
With this red sun we call love!

"Go, if you wish, to seek a stupid fiancé;
Run to offer your virgin heart to his cruel kisses;
And, full of remorse and horror, livid,
You'll bring your bruised breasts back to me . . .

"Here below, we can't be content with a single master!"
But the girl, pouring out her immense sorrow,
Suddenly cried, "I sense a hole in my being;
That hole is my heart,

"Burning like a volcano, deep as the void;
Nothing will satiate this moaning monster
Or quench the thirst of the Eumenides
Who, torch in hand, scorch its blood.

"Let the drawn curtains shut out the world,
And let languor lead us to repose!
I want to bury myself in your deep bosom
And find in your breast the coolness of the tomb!"

—Go down, go down, lamentable victims,
Go down the path to eternal hell!
Plunge deeper into the gulf where all crimes,
Lashed by a wind that does not come from heaven,

Churn chaotically with the clamor of a storm;
Mad shades, rush toward the destiny of your desires;
You will never calm your rage,
And your punishment will be born from your pleasures.

Jamais un rayon frais n'éclaira vos cavernes;
Par les fentes des murs des miasmes fiévreux
Filtrent en s'enflammant ainsi que des lanternes
Et pénètrent vos corps de leurs parfums affreux.

L'âpre stérilité de votre jouissance
Altère votre soif et roidit votre peau,
Et le vent furibond de la concupiscence
Fait claquer votre chair ainsi qu'un vieux drapeau.

Loin des peuples vivants, errantes, condamnées,
À travers les déserts courez comme les loups;
Faites votre destin, âmes désordonnées,
Et fuyez l'infini que vous portez en vous!

LES DEUX BONNES SŒURS

La Débauche et la Mort sont deux aimables filles,
Prodigues de baisers et riches de santé,
Dont le flanc toujours vierge et drapé de guenilles
Sous l'éternel labeur n'a jamais enfanté.

Au poète sinistre, ennemi des familles,
Favori de l'enfer, courtisan mal renté,
Tombeaux et lupanars montrent sous leurs charmilles
Un lit que le remords n'a jamais fréquenté.

Et la bière et l'alcôve en blasphèmes fécondes
Nous offrent tour à tour, comme deux bonnes sœurs,
De terribles plaisirs et d'affreuses douceurs.

Quand veux-tu m'enterrer, Débauche aux bras immondes?
Ô Mort, quand viendras-tu, sa rivale en attraits,
Sur ses myrtes infects enter tes noirs cyprès?

No cool ray will light up your caverns;
The feverish miasmas, seeping through chinks in the walls,
Burst into flame like lanterns
And saturate your body with ghastly odors.

The bleak sterility of your joy
Heightens your thirst and parches your skin,
And the raging wind of your lust
Makes your flesh flap like an old flag.

Condemned, wandering far from the living,
Roaming like wolves across the wastes;
Fulfill your destiny, dissolute souls,
And flee the infinity you carry within you!

THE TWO GOOD SISTERS

Debauchery and Death are two pleasant girls,
Bursting with health, full of kisses,
Whose ever-virgin loins, draped in rags,
Are always in labor but never give birth.

To the evil poet, enemy of families,
Poorly paid courtier, favorite of hell,
Tombs and brothels hold, beneath their bowers,
A bed in which remorse has never slept.

And the bier and the alcove, full of blasphemies,
Like two good sisters pass around to us, over and over,
The terrible pleasures, the ghastly sweetness.

Debauchery with your filthy arms, when will you bury me?
O Death, her rival in attractions, when will you come
To mingle black cypress with her toxic myrtle?

La Fontaine de sang

Il me semble parfois que mon sang coule à flots,
Ainsi qu'une fontaine aux rythmiques sanglots.
Je l'entends bien qui coule avec un long murmure,
Mais je me tâte en vain pour trouver la blessure.

À travers la cité, comme dans un champ clos,
Il s'en va, transformant les pavés en îlots,
Désaltérant la soif de chaque créature,
Et partout colorant en rouge la nature.

J'ai demandé souvent à des vins captieux
D'endormir pour un jour la terreur qui me mine;
Le vin rend l'œil plus clair et l'oreille plus fine!

J'ai cherché dans l'amour un sommeil oublieux;
Mais l'amour n'est pour moi qu'un matelas d'aiguilles
Fait pour donner à boire à ces cruelles filles!

Allégorie

C'est une femme belle et de riche encolure,
Qui laisse dans son vin traîner sa chevelure.
Les griffes de l'amour, les poisons du tripot,
Tout glisse et tout s'émousse au granit de sa peau.
Elle rit à la Mort et nargue la Débauche,
Ces monstres dont la main, qui toujours gratte et fauche,
Dans ses jeux destructeurs a pourtant respecté
De ce corps ferme et droit la rude majesté.
Elle marche en déesse et repose en sultane;
Elle a dans le plaisir la foi mahométane,
Et dans ses bras ouverts, que remplissent ses seins,
Elle appelle des yeux la race des humains.
Elle croit, elle sait, cette vierge inféconde
Et pourtant nécessaire à la marche du monde,
Que la beauté du corps est un sublime don
Qui de toute infamie arrache le pardon.

THE FOUNTAIN OF BLOOD

It sometimes seems my blood pulses in waves
Like a fountain's rhythmic sobs.
I hear it go past with a long murmur,
But I search in vain for the wound.

Across the city, as if through a battlefield,
It courses, making islands of the paving stones,
Slaking the thirst of every creature,
And everywhere dyeing nature red.

I have often asked the merciful wines
To lull to sleep for one day the terror that paralyzes me;
Wine makes the eye clearer, the ear sharper!

I have scoured love for a mind-numbing slumber;
But for me, love is nothing but a bed of nails
Created to quench the thirst of those cruel girls!

ALLEGORY

Here's a beautiful woman, richly attired,
Who lets her hair dangle into her wine.
The claws of love, the poisons of brothels
Can gain no purchase on her granite skin.
She laughs at Death and mocks Debauchery,
And the hands of those monsters, forever scything and scraping
In their destructive games, respect
The pristine majesty of her firm, upright body.
She walks like a goddess, reposes like a sultana;
She has toward pleasure the devotion of a Muslim,
And in her open arms, which engulf her breasts,
She lures all mortals with her eyes.
She knows and believes, this sterile virgin
Who is nonetheless necessary to the world's progress,
That the beauty of the body is a sublime gift
And can elicit a pardon for any sin;

Elle ignore l'Enfer comme le Purgatoire,
Et quand l'heure viendra d'entrer dans la Nuit noire
Elle regardera la face de la Mort,
Ainsi qu'un nouveau-né, — sans haine et sans remords.

LA BÉATRICE

Dans des terrains cendreux, calcinés, sans verdure,
Comme je me plaignais un jour à la nature,
Et que de ma pensée, en vaguant au hasard,
J'aiguisais lentement sur mon cœur le poignard,
Je vis en plein midi descendre sur ma tête
Un nuage funèbre et gros d'une tempête,
Qui portait un troupeau de démons vicieux,
Semblables à des nains cruels et curieux.
À me considérer froidement ils se mirent,
Et, comme des passants sur un fou qu'ils admirent,
Je les entendis rire et chuchoter entre eux,
En échangeant maint signe et maint clignement d'yeux:

— "Contemplons à loisir cette caricature
Et cette ombre d'Hamlet imitant sa posture,
Le regard indécis et les cheveux au vent.
N'est-ce pas grand'pitié de voir ce bon vivant,
Ce gueux, cet histrion en vacances, ce drôle,
Parce qu'il sait jouer artistement son rôle,
Vouloir intéresser au chant de ses douleurs
Les aigles, les grillons, les ruisseaux et les fleurs,
Et même à nous, auteurs de ces vieilles rubriques,
Réciter en hurlant ses tirades publiques?"

J'aurais pu (mon orgueil aussi haut que les monts
Domine la nuée et le cri des démons)
Détourner simplement ma tête souveraine,
Si je n'eusse pas vu parmi leur troupe obscène,
Crime qui n'a pas fait chanceler le soleil!
La reine de mon cœur au regard nonpareil
Qui riait avec eux de ma sombre détresse
Et leur versait parfois quelque sale caresse.

262

She is unaware of either Hell or Purgatory,
And, when the hour comes to enter that black Night,
She will look upon the face of Death
Like a newborn—without hatred or remorse.

The Beatrice

One day, as I was wandering aimlessly
In a scorched, ashy landscape without a speck of green,
Complaining to nature and slowly sharpening
The dagger of my thoughts upon my heart,
I saw in broad daylight, descending over my head,
A great grim storm cloud
That held a troupe of vicious demons
Like cruel and curious dwarves.
They peered at me, regarding me coldly,
Like passersby peering at a madman, and
I heard them laugh and chatter among themselves,
And exchange many a sign and wink:

—"Let's take a moment to watch this caricature,
This shadow of Hamlet imitating his poses,
With his hesitant look, hair blowing in the wind.
Is it not a great pity to see this bon vivant,
This wretch, this actor on holiday, this fool who,
Because he knows how to play his role well,
Hopes to interest in his song of woe
The eagles, the crickets, the streams, the flowers,
And even us, authors of the old verses,
As he howls forth his public tirades?"

I would even (my pride, lofty as the mountains,
Conquers the clouds and the cries of demons)
Have simply turned my lordly head,
If I hadn't seen among the obscene troupe
A crime that should have shaken the sun:
The queen of my heart with her peerless look,
Who laughed with them at my somber distress
And occasionally gave them a filthy caress.

Les Métamorphoses du vampire

La femme cependant, de sa bouche de fraise,
En se tordant ainsi qu'un serpent sur la braise,
Et pétrissant ses seins sur le fer de son busc,
Laissait couler ces mots tout imprégnés de musc:
— "Moi, j'ai la lèvre humide, et je sais la science
De perdre au fond d'un lit l'antique conscience.
Je sèche tous les pleurs sur mes seins triomphants,
Et fais rire les vieux du rire des enfants.
Je remplace, pour qui me voit nue et sans voiles,
La lune, le soleil, le ciel et les étoiles!
Je suis, mon cher savant, si docte aux voluptés,
Lorsque j'étouffe un homme en mes bras redoutés,
Ou lorsque j'abandonne aux morsures mon buste,
Timide et libertine, et fragile et robuste,
Que sur ces matelas qui se pâment d'émoi,
Les anges impuissants se damneraient pour moi!"

Quand elle eut de mes os sucé toute la moelle,
Et que languissamment je me tournai vers elle
Pour lui rendre un baiser d'amour, je ne vis plus
Qu'une outre aux flancs gluants, toute pleine de pus!
Je fermai les deux yeux, dans ma froide épouvante,
Et quand je les rouvris à la clarté vivante,
À mes côtés, au lieu du mannequin puissant
Qui semblait avoir fait provision de sang,
Tremblaient confusément des débris de squelette,
Qui d'eux-mêmes rendaient le cri d'une girouette
Ou d'une enseigne, au bout d'une tringle de fer,
Que balance le vent pendant les nuits d'hiver.

The Metamorphoses of the Vampire

Then the woman from her strawberry mouth,
Writhing like a serpent on hot coals
And kneading her breasts against the iron of her bodice,
Let flow these musk-sodden words:
—"Me, I have moist lips, and I know the art
Of losing an old-fashioned conscience in the depths of a bed.
I dry all tears on my proud breasts
And make old men laugh with the laughter of children.
For those who see me naked, unveiled, I outshine
The moon, the sun, the sky, the stars!
I am, my darling wise one, so versed in the arts of pleasure
That when I smother a man in my fearful arms
Or abandon my breasts to nibbling kisses,
Timid and free, frail and strong,
On these cushions, swooning with emotion,
The angels, powerless, would damn themselves for me!"

After she had sucked the marrow from my bones,
I turned languidly toward her
To give her a loving kiss, but saw only
A wineskin with sticky sides, full of pus!
Frozen with horror, I closed my eyes
And, when I opened them to vivid clarity,
At my side, in place of the powerful mannequin
Who seemed to have an excess of blood,
The remains of a skeleton quivered confusedly
And gave the cry of a weathercock
Or a sign at the end of an iron rod
That swings in the wind during the winter evenings.

Un voyage à Cythère

Mon cœur, comme un oiseau, voltigeait tout joyeux
Et planait librement à l'entour des cordages;
Le navire roulait sous un ciel sans nuages;
Comme un ange enivré d'un soleil radieux.

Quelle est cette île triste et noire? — C'est Cythère,
Nous dit-on, un pays fameux dans les chansons,
Eldorado banal de tous les vieux garçons.
Regardez, après tout, c'est une pauvre terre.

— Île des doux secrets et des fêtes du cœur!
De l'antique Vénus le superbe fantôme
Au-dessus de tes mers plane comme un arôme
Et charge les esprits d'amour et de langueur.

Belle île aux myrtes verts, pleine de fleurs écloses,
Vénérée à jamais par toute nation,
Où les soupirs des cœurs en adoration
Roulent comme l'encens sur un jardin de roses

Ou le roucoulement éternel d'un ramier!
— Cythère n'était plus qu'un terrain des plus maigres,
Un désert rocailleux troublé par des cris aigres.
J'entrevoyais pourtant un objet singulier!

Ce n'était pas un temple aux ombres bocagères,
Où la jeune prêtresse, amoureuse des fleurs,
Allait, le corps brûlé de secrètes chaleurs,
Entrebâillant sa robe aux brises passagères;

Mais voilà qu'en rasant la côte d'assez près
Pour troubler les oiseaux avec nos voiles blanches,
Nous vîmes que c'était un gibet à trois branches,
Du ciel se détachant en noir, comme un cyprès.

Voyage to Cythera

My heart, like a bird, fluttered joyfully,
Winging freely around the rigging;
The ship rolled under a cloudless sky
Like an angel drunk on the bright sunlight.

What is this sad black island? —It's Cythera,
They say, a country celebrated in song,
Banal Eldorado of all the old bachelors.
Look at it: frankly, it's a wretched land.

—Island of sweet secrets and festivals of the heart!
The lovely apparition of legendary Venus
Floats across your seas like a perfume
And fills our spirits with love and languor.

Beautiful island of green myrtles, of flowers in bloom,
Revered by every nation,
Where the sighs of adoring hearts
Coil like incense through a rose garden

Or like the endless cooing of a wood dove!
—Cythera is now just barren land,
A rocky desert troubled by shrill cries.
But then a curious object came into view!

It wasn't a temple in a shady grove
Where the young priestess, lover of flowers,
Walked, body burning with secret flame,
Parting her robe to passing breezes;

No, there, as we passed so close to shore
That we frightened the birds with our white wings,
We saw a three-armed gallows
Silhouetted like a cypress against the sky.

De féroces oiseaux perchés sur leur pâture
Détruisaient avec rage un pendu déjà mûr,
Chacun plantant, comme un outil, son bec impur
Dans tous les coins saignants de cette pourriture;

Les yeux étaient deux trous, et du ventre effondré
Les intestins pesants lui coulaient sur les cuisses,
Et ses bourreaux, gorgés de hideuses délices,
L'avaient à coups de bec absolument châtré.

Sous les pieds, un troupeau de jaloux quadrupèdes,
Le museau relevé, tournoyait et rôdait;
Une plus grande bête au milieu s'agitait
Comme un exécuteur entouré de ses aides.

Habitant de Cythère, enfant d'un ciel si beau,
Silencieusement tu souffrais ces insultes
En expiation de tes infâmes cultes
Et des péchés qui t'ont interdit le tombeau.

Ridicule pendu, tes douleurs sont les miennes!
Je sentis, à l'aspect de tes membres flottants,
Comme un vomissement, remonter vers mes dents
Le long fleuve de fiel des douleurs anciennes;

Devant toi, pauvre diable au souvenir si cher,
J'ai senti tous les becs et toutes les mâchoires
Des corbeaux lancinants et des panthères noires
Qui jadis aimaient tant à triturer ma chair.

— Le ciel était charmant, la mer était unie;
Pour moi tout était noir et sanglant désormais,
Hélas! et j'avais, comme en un suaire épais,
Le cœur enseveli dans cette allégorie.

Dans ton île, ô Vénus! je n'ai trouvé debout
Qu'un gibet symbolique où pendait mon image...
— Ah! Seigneur! donnez-moi la force et le courage
De contempler mon cœur et mon corps sans dégoût!

Ferocious birds, perched on their feast,
Savagely destroyed the ripe corpse of a hanged man,
Plunging their foul beaks like tools
Into every bloody cranny of rotting flesh.

The eyes were two holes; from the gutted belly
The heavy intestines hung along his thighs;
And, gorging on hideous delicacies,
His assailants had castrated him with their stabbing beaks.

Under his feet, a pack of jealous quadrupeds
Prowled and circled with upraised muzzles;
One, larger than the others, turned in the center
Like a hangman surrounded by assistants.

Citizen of Cythera, child of such a lovely sky,
Silently you suffered these insults
To pay for your infamous worship
And the sins that denied you a grave.

Ridiculous hanged man, your sufferings are my own!
At the sight of your dangling limbs,
I felt the long, bitter river of ancient sorrows
Rise once more, like vomit returning to my teeth;

Poor devil, cherished memory, seeing you
I felt every stabbing beak and fang
Of the crows and black panthers
Who once loved to torture my flesh.

—The sky was charming, the sea was calm;
But for me all was dark and bloody,
Alas, and I had wrapped my heart
In this allegory like a heavy shroud.

On your isle, O Venus, I have found nothing
But a symbolic gallows where my own image hung,
—Ah! Lord! give me the strength and the courage
To contemplate my heart and my body without disgust!

L'Amour et le crâne
Vieux cul-de-lampe

L'Amour est assis sur le crâne
      De l'Humanité,
Et sur ce trône le profane,
      Au rire effronté,

Souffle gaiement des bulles rondes
      Qui montent dans l'air,
Comme pour rejoindre les mondes
      Au fond de l'éther.

Le globe lumineux et frêle
      Prend un grand essor,
Crève et crache son âme grêle
      Comme un songe d'or.

J'entends le crâne à chaque bulle
      Prier et gémir:
— "Ce jeu féroce et ridicule,
      Quand doit-il finir?

Car ce que ta bouche cruelle
      Éparpille en l'air,
Monstre assassin, c'est ma cervelle,
      Mon sang et ma chair!"

LOVE AND THE SKULL
Old text ornament

Love is seated on the skull
    Of Humanity,
And on that throne the profane,
    With raucous laughter,

Happily blows bubbles
    That rise into the air
As if releasing worlds back
    Into the depths of space.

Each frail and luminous globe
    Swiftly takes flight,
Bursts, and frees its flimsy soul
    Like a golden dream.

With each bubble, I hear the skull
    Praying and groaning:
—"When will this intense, idiotic
    Game ever end?

"Because what your cruel mouth
    Releases into the air,
Monstrous assassin, is my brain,
    My blood, and my flesh!"

v. Révolte

Le Reniement de saint Pierre

Qu'est-ce que Dieu fait donc de ce flot d'anathèmes
Qui monte tous les jours vers ses chers Séraphins?
Comme un tyran gorgé de viande et de vins,
Il s'endort au doux bruit de nos affreux blasphèmes.

Les sanglots des martyrs et des suppliciés
Sont une symphonie enivrante sans doute,
Puisque, malgré le sang que leur volupté coûte,
Les cieux ne s'en sont point encore rassasiés!

— Ah! Jésus, souviens-toi du Jardin des Olives!
Dans ta simplicité tu priais à genoux
Celui qui dans son ciel riait au bruit des clous
Que d'ignobles bourreaux plantaient dans tes chairs vives,

Lorsque tu vis cracher sur ta divinité
La crapule du corps de garde et des cuisines,
Et lorsque tu sentis s'enfoncer les épines
Dans ton crâne où vivait l'immense Humanité;

Quand de ton corps brisé la pesanteur horrible
Allongeait tes deux bras distendus, que ton sang
Et ta sueur coulaient de ton front pâlissant,
Quand tu fus devant tous posé comme une cible,

Rêvais-tu de ces jours si brillants et si beaux
Où tu vins pour remplir l'éternelle promesse,
Où tu foulais, monté sur une douce ânesse,
Des chemins tout jonchés de fleurs et de rameaux,

v. Revolt

Saint Peter's Denial

What does God do with this torrent of curses
That rise daily toward his cherished Seraphim?
Like a tyrant gorged on meat and wine,
He falls asleep to the sweet sound of our horrifying blasphemies.

The sobs of martyrs and the tortured
Must be an intoxicating symphony,
Since, despite the blood that is the price of their pleasure,
The heavens are not yet satisfied!

—Ah, Jesus, remember the Mount of Olives!
In your naivety you prayed on your knees to
The one who in his heaven laughed at the sound of nails
Driven by boorish executioners into your living flesh.

When you saw the crowd of guards and kitchen boys
Spitting on your divinity,
And when you felt the thorns sink deep
Into your skull, where immense Humanity lives;

When the terrible weight of your broken body
Lengthened your outstretched arms; when your blood
And sweat flowed from your paling brow;
When you were placed before everyone like a target,

Did you remember those beautiful, brilliant days
When you came to fulfill your eternal promise;
When the gentle donkey you rode
Trampled the flowers and fronds;

Où, le cœur tout gonflé d'espoir et de vaillance,
Tu fouettais tous ces vils marchands à tour de bras,
Où tu fus maître enfin? Le remords n'a-t-il pas
Pénétré dans ton flanc plus avant que la lance?

— Certes, je sortirai, quant à moi, satisfait
D'un monde où l'action n'est pas la sœur du rêve;
Puissé-je user du glaive et périr par le glaive!
Saint Pierre a renié Jésus . . . il a bien fait!

Abel et Caïn

I.

Race d'Abel, dors, bois et mange;
Dieu te sourit complaisamment.

Race de Caïn, dans la fange
Rampe et meurs misérablement.

Race d'Abel, ton sacrifice
Flatte le nez du Séraphin!

Race de Caïn, ton supplice
Aura-t-il jamais une fin?

Race d'Abel, vois tes semailles
Et ton bétail venir à bien;

Race de Caïn, tes entrailles
Hurlent la faim comme un vieux chien.

Race d'Abel, chauffe ton ventre
À ton foyer patriarcal;

Race de Caïn, dans ton antre
Tremble de froid, pauvre chacal!

When, your heart filled with hope and courage,
You whipped the vile merchants with all your might;
When, in short, you were the master? Didn't remorse
Pierce your side more deeply than the spear?

—As for me, I will be content to leave
A world where action is not the sister of dreams;
May I live by the sword and die by the sword;
Saint Peter denied Jesus . . . he did the right thing!

ABEL AND CAIN

I.

Race of Abel, sleep, drink, and eat:
God smiles complacently over you;

Race of Cain, crawl and die
Miserably in the mire.

Race of Abel, your sacrifice
Pleases the nose of the Seraphim!

Race of Cain, will there never be an end
To your suffering?

Race of Abel, see your sowing
And your cattle come to good;

Race of Cain, your guts
Howl with hunger like an old dog.

Race of Abel, warm your belly
At your patriarchal hearth;

Race of Cain, wretched jackal,
Shiver with cold in your cave!

Race d'Abel, aime et pullule!
Ton or fait aussi des petits.

Race de Caïn, cœur qui brûle,
Prends garde à ces grands appétits.

Race d'Abel, tu croîs et broutes
Comme les punaises des bois!

Race de Caïn, sur les routes
Traîne ta famille aux abois.

II.

Ah! race d'Abel, ta charogne
Engraissera le sol fumant!

Race de Caïn, ta besogne
N'est pas faite suffisamment;

Race d'Abel, voici ta honte:
Le fer est vaincu par l'épieu!

Race de Caïn, au ciel monte,
Et sur la terre jette Dieu!

Les Litanies de Satan

Ô toi, le plus savant et le plus beau des Anges,
Dieu trahi par le sort et privé de louanges,

Ô Satan, prends pitié de ma longue misère!

Ô Prince de l'exil, à qui l'on a fait tort,
Et qui, vaincu, toujours te redresses plus fort,

Ô Satan, prends pitié de ma longue misère!

Toi qui sais tout, grand roi des choses souterraines,
Guérisseur familier des angoisses humaines,

Race of Abel, be fruitful and multiply!
Your gold will also increase.

Race of Cain, burning heart,
Guard against your enormous appetites.

Race of Abel, you feed and breed
Like insects in wood!

Race of Cain, along the roads
You drag your destitute family.

II.

Ah! race of Abel, your corpse
Will fertilize the steaming soil!

Race of Cain, your work
Is not yet finished;

Race of Abel, here is your shame:
The sword is vanquished by the plow!

Race of Cain, ascend to heaven
And cast God down to earth!

The Litanies of Satan

O you, wisest and loveliest of the Angels,
God betrayed by destiny and deprived of praise,

O Satan, have mercy on my endless misery!

O exiled Prince, who has been wronged,
And who, vanquished, always returns more powerful,

O Satan, have mercy on my endless misery!

You who know all, great king of hidden things,
Familiar healer of human suffering,

Ô Satan, prends pitié de ma longue misère!

Toi qui, même aux lépreux, aux parias maudits,
Enseignes par l'amour le goût du Paradis,

Ô Satan, prends pitié de ma longue misère!

Ô toi qui de la Mort, ta vieille et forte amante,
Engendras l'Espérance, — une folle charmante!

Ô Satan, prends pitié de ma longue misère!

Toi qui fais au proscrit ce regard calme et haut
Qui damne tout un peuple autour d'un échafaud,

Ô Satan, prends pitié de ma longue misère!

Toi qui sais en quels coins des terres envieuses
Le Dieu jaloux cacha les pierres précieuses,

Ô Satan, prends pitié de ma longue misère!

Toi dont l'œil clair connaît les profonds arsenaux
Où dort enseveli le peuple des métaux,

Ô Satan, prends pitié de ma longue misère!

Toi dont la large main cache les précipices
Au somnambule errant au bord des édifices,

Ô Satan, prends pitié de ma longue misère!

Toi qui, magiquement, assouplis les vieux os
De l'ivrogne attardé foulé par les chevaux,

Ô Satan, prends pitié de ma longue misère!

Toi qui, pour consoler l'homme frêle qui souffre,
Nous appris à mêler le salpêtre et le soufre,

O Satan, have mercy on my endless misery!

You who through love teach the taste of Paradise
To the lepers and cursed pariahs,

O Satan, have mercy on my endless misery!

O you who with your powerful old mistress, Death,
Spawned Hope—a charming folly!

O Satan, have mercy on my endless misery!

You who give the outlaw the calm, haughty gaze
That condemns those gathered around the gallows,

O Satan, have mercy on my endless misery!

You who know in which corners of the miserly earth
The jealous God hides his precious stones,

O Satan, have mercy on my endless misery!

You whose clear eye sees the deep arsenals
Where, entombed, the tribe of metals slumbers,

O Satan, have mercy on my endless misery!

You whose broad hand conceals the precipice
From the wandering sleepwalker at the roof's edge,

O Satan, have mercy on my endless misery!

You who magically soften the bones
Of old drunkards trampled by horses,

O Satan, have mercy on my endless misery!

You who, to lighten humanity's suffering,
Taught us to mix saltpeter and sulfur,

Ô Satan, prends pitié de ma longue misère!

Toi qui poses ta marque, ô complice subtil,
Sur le front du Crésus impitoyable et vil,

Ô Satan, prends pitié de ma longue misère!

Toi qui mets dans les yeux et dans le cœur des filles
Le culte de la plaie et l'amour des guenilles,

Ô Satan, prends pitié de ma longue misère!

Bâton des exilés, lampe des inventeurs,
Confesseur des pendus et des conspirateurs,

Ô Satan, prends pitié de ma longue misère!

Père adoptif de ceux qu'en sa noire colère
Du paradis terrestre a chassés Dieu le Père,

Ô Satan, prends pitié de ma longue misère!

PRIÈRE

Gloire et louange à toi, Satan, dans les hauteurs
Du Ciel, où tu régnas, et dans les profondeurs
De l'Enfer, où, vaincu, tu rêves en silence!
Fais que mon âme un jour, sous l'Arbre de Science,
Près de toi se repose, à l'heure où sur ton front
Comme un Temple nouveau ses rameaux s'épandront!

O Satan, have mercy on my endless misery!

You who set your mark, O stealthy accomplice,
On the brow of vile and unforgiving Croesus,

O Satan, have mercy on my endless misery!

You who placed the cult of sores and the love of rags
In the hearts and eyes of whores,

O Satan, have mercy on my endless misery!

Crutch of the exiled, lamp of inventors,
Confessor of the traitor and the hanged,

O Satan, have mercy on my endless misery!

Adoptive father of those whom God the Father
In a black rage drove from earthly paradise,

O Satan, have mercy on my endless misery!

PRAYER

Glory and praise to you, Satan, in the heights
Of Heaven where you reigned, and in the depths
Of Hell where, vanquished, you dream in silence!
Grant that my soul may one day repose beside you
Under the Tree of Knowledge when its branches spread
Over your brow like a new Temple!

vi. La Mort

La Mort des amants

Nous aurons des lits pleins d'odeurs légères,
Des divans profonds comme des tombeaux,
Et d'étranges fleurs sur des étagères,
Écloses pour nous sous des cieux plus beaux.

Usant à l'envi leurs chaleurs dernières,
Nos deux cœurs seront deux vastes flambeaux,
Qui réfléchiront leurs doubles lumières
Dans nos deux esprits, ces miroirs jumeaux.

Un soir fait de rose et de bleu mystique,
Nous échangerons un éclair unique,
Comme un long sanglot, tout chargé d'adieux;

Et plus tard un Ange, entr'ouvrant les portes,
Viendra ranimer, fidèle et joyeux,
Les miroirs ternis et les flammes mortes.

La Mort des pauvres

C'est la Mort qui console, hélas! et qui fait vivre;
C'est le but de la vie, et c'est le seul espoir
Qui, comme un élixir, nous monte et nous enivre,
Et nous donne le cœur de marcher jusqu'au soir;

À travers la tempête, et la neige, et le givre,
C'est la clarté vibrante à notre horizon noir;
C'est l'auberge fameuse inscrite sur le livre,
Où l'on pourra manger, et dormir, et s'asseoir;

vi. Death

The Death of Lovers

We will have beds full of delicate scents,
Divans deep as tombs,
And strange flowers on the shelves,
Blooming for us under lovelier skies.

Nurturing their dying embers,
Our two hearts will become two vast flames
Reflecting their echoed lights
In our two spirits, these twin mirrors.

On an evening fashioned of rose and mystical blue,
A single flash will pass between us
Like a long sob, full of farewells;

And later an Angel, faithful and joyous,
Will open the door, come to polish
The tarnished mirrors, rekindle the dead fires.

The Death of the Poor

Alas, it's Death who consoles! and who makes us live;
It's the goal of life, and the only hope,
Which, like an elixir, lifts us up and intoxicates us
And gives us the strength to march until evening;

Through the tempest, through the snow and frost,
It's the light shimmering on our dark horizon;
It's the famous inn from the book,
Where we can eat and sleep and take our rest;

C'est un Ange qui tient dans ses doigts magnétiques
Le sommeil et le don des rêves extatiques,
Et qui refait le lit des gens pauvres et nus;

C'est la gloire des Dieux, c'est le grenier mystique,
C'est la bourse du pauvre et sa patrie antique,
C'est le portique ouvert sur les Cieux inconnus!

La Mort des artistes

Combien faut-il de fois secouer mes grelots
Et baiser ton front bas, morne caricature?
Pour piquer dans le but, de mystique nature,
Combien, ô mon carquois, perdre de javelots?

Nous userons notre âme en de subtils complots,
Et nous démolirons mainte lourde armature,
Avant de contempler la grande Créature
Dont l'infernal désir nous remplit de sanglots!

Il en est qui jamais n'ont connu leur Idole,
Et ces sculpteurs damnés et marqués d'un affront,
Qui vont se martelant la poitrine et le front,

N'ont qu'un espoir, étrange et sombre Capitole!
C'est que la Mort, planant comme un soleil nouveau,
Fera s'épanouir les fleurs de leur cerveau!

La Fin de la journée

Sous une lumière blafarde
Court, danse et se tord sans raison
La Vie, impudente et criarde.
Aussi, sitôt qu'à l'horizon

La nuit voluptueuse monte,
Apaisant tout, même la faim,
Effaçant tout, même la honte,
Le Poète se dit: "Enfin!

It's the Angel who holds in his hypnotic hands
Sleep and the gift of ecstatic dreams,
And who makes the beds of the naked and the poor;

It's the glory of the Gods, the mystical storehouse;
It's the purse of the pauper and his ancient homeland;
It's the portal open onto unknown Skies!

THE DEATH OF ARTISTS

How often do I have to jingle my bells
And kiss your low brow, dismal caricature?
O my quiver, how many arrows must I lose
To strike the target of mystical nature?

We wear out our souls in subtle conspiracies
And demolish heavy armatures
Before coming face to face with the great Creature
For whom infernal desire fills us with sobs!

There are those who have never known their Idol;
There are condemned sculptors, marked by shame,
Who go about beating their heads and chests—

They have but a single hope, the strange and somber Capitol!
A hope that Death, rising like a new sun,
Will cause flowers to bloom from their skulls!

DAY'S END

Under a pale light,
Life, garish and impudent,
Dances and twirls without reason.
But as soon as voluptuous night

Rises from the horizon,
Soothing all, even hunger,
Effacing all, even shame,
The Poet says, "Finally!

Mon esprit, comme mes vertèbres,
Invoque ardemment le repos;
Le cœur plein de songes funèbres,

Je vais me coucher sur le dos
Et me rouler dans vos rideaux,
Ô rafraîchissantes ténèbres!"

LE RÊVE D'UN CURIEUX
À Félix Nadar

Connais-tu, comme moi, la douleur savoureuse,
Et de toi fais-tu dire: "Oh! l'homme singulier!"
— J'allais mourir. C'était dans mon âme amoureuse
Désir mêlé d'horreur, un mal particulier;

Angoisse et vif espoir, sans humeur factieuse.
Plus allait se vidant le fatal sablier,
Plus ma torture était âpre et délicieuse;
Tout mon cœur s'arrachait au monde familier.

J'étais comme l'enfant avide du spectacle,
Haïssant le rideau comme on hait un obstacle . . .
Enfin la vérité froide se révéla:

J'étais mort sans surprise, et la terrible aurore
M'enveloppait. — Eh quoi! n'est-ce donc que cela?
La toile était levée et j'attendais encore.

"My spirit, like my spine,
Desperately needs rest;
With a heart full of gloomy dreams,

"I'll lie on my back
And wrap myself in your drapes,
O refreshing darkness!"

The Dream of a Seeker
To Félix Nadar

Do you, like me, know the sweet suffering,
And do they say about you: "Oh! Strange man!"?
—I was on the verge of death. My loving soul was filled with
Desire mingled with horror, a peculiar malady;

Anguish and ardent hope, without internal strife.
As the fatal hourglass emptied,
My torture grew harsher, more delicious;
My whole heart was wrenched from the familiar world.

I was like a child eager to see a play,
Despising the curtain as one despises any barrier . . .
At last the cold truth was revealed:

I died without surprise, and the terrible dawn
Enveloped me. —What! Is that it?
The curtain had risen, and still I was waiting.

Le Voyage
À Maxime du Camp

I.

Pour l'enfant, amoureux de cartes et d'estampes,
L'univers est égal à son vaste appétit.
Ah! que le monde est grand à la clarté des lampes!
Aux yeux du souvenir que le monde est petit!

Un matin nous partons, le cerveau plein de flamme,
Le cœur gros de rancune et de désirs amers,
Et nous allons, suivant le rythme de la lame,
Berçant notre infini sur le fini des mers:

Les uns, joyeux de fuir une patrie infâme;
D'autres, l'horreur de leurs berceaux, et quelques-uns,
Astrologues noyés dans les yeux d'une femme,
La Circé tyrannique aux dangereux parfums.

Pour n'être pas changés en bêtes, ils s'enivrent
D'espace et de lumière et de cieux embrasés;
La glace qui les mord, les soleils qui les cuivrent,
Effacent lentement la marque des baisers.

Mais les vrais voyageurs sont ceux-là seuls qui partent
Pour partir; cœurs légers, semblables aux ballons,
De leur fatalité jamais ils ne s'écartent,
Et, sans savoir pourquoi, disent toujours: Allons!

Ceux-là dont les désirs ont la forme des nues,
Et qui rêvent, ainsi qu'un conscrit le canon,
De vastes voluptés, changeantes, inconnues,
Et dont l'esprit humain n'a jamais su le nom!

II.

Nous imitons, horreur! la toupie et la boule
Dans leur valse et leurs bonds; même dans nos sommeils
La Curiosité nous tourmente et nous roule,
Comme un Ange cruel qui fouette des soleils.

Voyage
To Maxime du Camp

I.

For the child obsessed with maps and prints,
The universe is equal to his enormous appetite.
Ah, how vast the world seems in the light of the lamps!
How small it is viewed through the eyes of memory!

We head out one morning, minds on fire,
Hearts overflowing with grudges and bitter desires,
And off we go, to the rhythm of the waves,
Rocking our infinity on the finite seas:

Some joyful to flee their wretched country;
Others the horror of their birthplace; still others,
Astrologers drowning in the eyes of a woman,
Flee tyrannical Circe and her deadly perfumes.

So as not to become animals, they get drunk on
The space and the light and the burning skies;
Slowly the bruises of kisses are erased by
The ice that stings, the suns that bronze.

But the true voyagers are those who depart
For the sake of departure; hearts light as balloons,
They never deviate from their destinies,
And, without knowing why, they always say, "Let's go!"

Those whose desires take the form of clouds,
Who, like recruits longing for the cannon,
Dream of enormous pleasures, strange and changing,
That even the human spirit cannot name!

II.

Horror! We mimic the spinning top and the ball
In their waltz and bounce; even in our slumbers
Curiosity torments and tumbles us,
Like a cruel Angel whipping the suns.

Singulière fortune où le but se déplace,
Et, n'étant nulle part, peut être n'importe où!
Où l'Homme, dont jamais l'espérance n'est lasse,
Pour trouver le repos court toujours comme un fou!

Notre âme est un trois-mâts cherchant son Icarie;
Une voix retentit sur le pont: "Ouvre l'œil!"
Une voix de la hune, ardente et folle, crie:
"Amour . . . gloire . . . bonheur!" Enfer! c'est un écueil!

Chaque îlot signalé par l'homme de vigie
Est un Eldorado promis par le Destin;
L'Imagination qui dresse son orgie
Ne trouve qu'un récif aux clartés du matin.

Ô le pauvre amoureux des pays chimériques!
Faut-il le mettre aux fers, le jeter à la mer,
Ce matelot ivrogne, inventeur d'Amériques
Dont le mirage rend le gouffre plus amer?

Tel le vieux vagabond, piétinant dans la boue,
Rêve, le nez en l'air, de brillants paradis;
Son œil ensorcelé découvre une Capoue
Partout où la chandelle illumine un taudis.

III.

Étonnants voyageurs! quelles nobles histoires
Nous lisons dans vos yeux profonds comme les mers!
Montrez-nous les écrins de vos riches mémoires,
Ces bijoux merveilleux, faits d'astres et d'éthers.

Nous voulons voyager sans vapeur et sans voile!
Faites, pour égayer l'ennui de nos prisons,
Passer sur nos esprits, tendus comme une toile,
Vos souvenirs avec leurs cadres d'horizons.

Dites, qu'avez-vous vu?

Singular destiny whose goal shifts constantly,
And, being nowhere, might be anywhere,
Toward which Humanity, with eternal hope,
Rushes like a lunatic in search of rest!

Our soul is a tall ship seeking Icaria;
A voice calls up from the bridge: "Keep an eye out!"
A voice cries from high on the mast, passionate and crazy:
"Love . . . glory . . . happiness!" Dammit! We've run aground!

Each island sighted by the lookout
Is an Eldorado promised by Destiny;
Imagination, preparing for an orgy,
Finds only a reef in the clarity of morning.

O the poor lover of imaginary lands!
Must he be clapped in irons, tossed into the sea,
That drunken sailor, inventor of Americas
Whose mirage makes the gulf more bitter?

Even the old vagabond tramping through the mud
Dreams, nose in the air, of a brilliant paradise;
His enchanted eye discovers a Capua
Every time a candle glimmers in a shack.

III.

Astonishing voyagers! what marvelous tales
We read in your eyes, deep as the seas!
Show us the caskets of your rich memories,
The marvelous jewelry fashioned of stars and ether.

We wish to voyage without steam or sail!
To ease the ennui of our prisons,
Pass your memories framed by horizons
Across the stretched canvases of our spirits.

Tell us what you've seen.

IV.

"Nous avons vu des astres
Et des flots; nous avons vu des sables aussi;
Et, malgré bien des chocs et d'imprévus désastres,
Nous nous sommes souvent ennuyés, comme ici.

La gloire du soleil sur la mer violette,
La gloire des cités dans le soleil couchant,
Allumaient dans nos cœurs une ardeur inquiète
De plonger dans un ciel au reflet alléchant.

Les plus riches cités, les plus grands paysages,
Jamais ne contenaient l'attrait mystérieux
De ceux que le hasard fait avec les nuages.
Et toujours le désir nous rendait soucieux!

— La jouissance ajoute au désir de la force.
Désir, vieil arbre à qui le plaisir sert d'engrais,
Cependant que grossit et durcit ton écorce,
Tes branches veulent voir le soleil de plus près!

Grandiras-tu toujours, grand arbre plus vivace
Que le cyprès? — Pourtant nous avons, avec soin,
Cueilli quelques croquis pour votre album vorace,
Frères qui trouvez beau tout ce qui vient de loin!

Nous avons salué des idoles à trompe;
Des trônes constellés de joyaux lumineux;
Des palais ouvragés dont la féerique pompe
Serait pour vos banquiers un rêve ruineux;

Des costumes qui sont pour les yeux une ivresse;
Des femmes dont les dents et les ongles sont teints,
Et des jongleurs savants que le serpent caresse."

V.

Et puis, et puis encore?

IV.

             "We have seen stars
And waves; we've seen sands as well;
And, despite the shocks and unexpected disasters,
We were often bored, as we are here.

"The glory of the sun on the purple sea,
The glory of cities at sunset
Kindled in our hearts a restless passion
To plunge into a sky of enchanting reflections.

"The richest cities, the loveliest landscapes
Will never hold the mysterious attraction
That fortune creates among the clouds,
And always desire spurs us on!

"—Joy strengthens desire.
Desire, old tree fertilized by pleasure,
While your bark thickens and hardens,
Your branches strive toward the sun!

"Great tree, tougher than a cypress,
Will you always grow? —At any rate, we have carefully
Selected some sketches for your ravenous album,
Brothers who cherish whatever comes from afar!

"We have greeted the tusked idols;
The thrones starred with luminous jewels;
Ornate palaces whose magical splendor
Would be a ruinous dream for bankers;

"And costumes that intoxicate the eyes;
Women with dyed teeth and fingernails;
And clever performers caressed by the serpent."

V.

And then? Then what?

VI.

          "Ô cerveaux enfantins!
Pour ne pas oublier la chose capitale,
Nous avons vu partout, et sans l'avoir cherché,
Du haut jusques en bas de l'échelle fatale,
Le spectacle ennuyeux de l'immortel péché:

La femme, esclave vile, orgueilleuse et stupide,
Sans rire s'adorant et s'aimant sans dégoût;
L'homme, tyran goulu, paillard, dur et cupide,
Esclave de l'esclave et ruisseau dans l'égout;

Le bourreau qui jouit, le martyr qui sanglote;
La fête qu'assaisonne et parfume le sang;
Le poison du pouvoir énervant le despote,
Et le peuple amoureux du fouet abrutissant;

Plusieurs religions semblables à la nôtre,
Toutes escaladant le ciel; la Sainteté,
Comme en un lit de plume un délicat se vautre,
Dans les clous et le crin cherchant la volupté;

L'Humanité bavarde, ivre de son génie,
Et, folle maintenant comme elle était jadis,
Criant à Dieu, dans sa furibonde agonie:
"Ô mon semblable, mon maître, je te maudis!"

Et les moins sots, hardis amants de la Démence,
Fuyant le grand troupeau parqué par le Destin,
Et se réfugiant dans l'opium immense!
— Tel est du globe entier l'éternel bulletin."

VII.

Amer savoir, celui qu'on tire du voyage!
Le monde, monotone et petit, aujourd'hui,
Hier, demain, toujours, nous fait voir notre image:
Une oasis d'horreur dans un désert d'ennui!

VI.

> "O childish minds!
Never forget the most important thing,
Which we saw everywhere without searching for it,
From head to foot of the fatal ladder—
The tedious spectacle of immortal sin:

"Woman, base slave to pride and stupidity,
Adoring herself without irony, loving herself without distaste:
Man, lewd and gluttonous tyrant, powerful and grasping,
Slave of the slave, sewage in the sewer;

"The joyful hangman, the sobbing martyr;
The feast seasoned and perfumed by blood;
The poison of power weakens the dictator
And the people fond of the brutal whip;

"Many religions resemble ours—
All aim for heaven; Sanctity,
Like a woman wallowing in a featherbed,
Searches for pleasure on tacks and horsehair;

"Crowing humanity, drunk on its own genius,
As idiotic as it has always been,
Cries to God, in furious agony,
'O my companion, O my master, I curse you!'

"And the less drunk, steadfast lovers of Dementia,
Flee the great flock shepherded by Destiny
And take refuge in the immensity of opium!
—This is our unvarying report from around the world."

VII.

Bitter the knowledge one gains from the voyage!
The earth, tiny and monotonous, today,
Yesterday, tomorrow, always, shows us our own image;
An oasis of horror in a desert of ennui!

Faut-il partir? rester? Si tu peux rester, reste;
Pars, s'il le faut. L'un court, et l'autre se tapit
Pour tromper l'ennemi vigilant et funeste,
Le Temps! Il est, hélas! des coureurs sans répit,

Comme le Juif errant et comme les apôtres,
À qui rien ne suffit, ni wagon ni vaisseau,
Pour fuir ce rétiaire infâme; il en est d'autres
Qui savent le tuer sans quitter leur berceau.

Lorsque enfin il mettra le pied sur notre échine,
Nous pourrons espérer et crier: En avant!
De même qu'autrefois nous partions pour la Chine,
Les yeux fixés au large et les cheveux au vent,

Nous nous embarquerons sur la mer des Ténèbres
Avec le cœur joyeux d'un jeune passager.
Entendez-vous ces voix charmantes et funèbres,
Qui chantent: "Par ici vous qui voulez manger

Le Lotus parfumé! c'est ici qu'on vendange
Les fruits miraculeux dont votre cœur a faim;
Venez vous enivrer de la douceur étrange
De cette après-midi qui n'a jamais de fin!"

À l'accent familier nous devinons le spectre;
Nos Pylades là-bas tendent leurs bras vers nous.
"Pour rafraîchir ton cœur nage vers ton Électre!"
Dit celle dont jadis nous baisions les genoux.

VIII.

Ô Mort, vieux capitaine, il est temps! levons l'ancre!
Ce pays nous ennuie, ô Mort! Appareillons!
Si le ciel et la mer sont noirs comme de l'encre,
Nos cœurs que tu connais sont remplis de rayons!

Verse-nous ton poison pour qu'il nous réconforte!
Nous voulons, tant ce feu nous brûle le cerveau,
Plonger au fond du gouffre, Enfer ou Ciel, qu'importe?
Au fond de l'Inconnu pour trouver du *nouveau*!

Must we leave? Stay? Leave if you must;
If you can stay, stay. This one runs, that one hides
To elude the vigilant and fatal enemy,
Time. There are, alas, those who roam without respite,

Like the Wandering Jew and the Apostles,
For whom nothing, neither wagon nor vessel, will allow them
To flee its infamous net; others knew
How to slay Time before they left the cradle.

And when at last he places his foot on our spines,
We can hope and cry: Forward!
Just as in earlier times we set out for China,
Eyes on the horizon, hair blowing in the wind,

We will depart across the sea of Shadows
With the glad heart of a young passenger.
Do you hear those charming melancholy voices
Singing: "Here! You who wish to eat

"The perfumed Lotus! Here you can gather
The miraculous fruits your heart hungers for;
Come and get drunk on the strange sweetness
Of this endless afternoon."

By its familiar accent we divine the specter;
Our Pylades there stretches his arms toward us.
"To refresh your heart, swim toward your Electra!"
Says she whose knees we embraced in earlier times.

VIII.

O Death, old captain, it's time! Anchors aweigh!
This country bores us, O Death! Set sail!
Though the sea and sky are black as ink,
Our hearts, with which you're familiar, are full of sunbeams!

Give us your poison to comfort us!
Even as the fire scorches our scalps, we long
To plunge into the abyss, Heaven or Hell (what does it matter?),
To the depths of the Unknown, to find the *new*!

Appendix A
Epigraphs, Frivolities, and Miscellaneous Poems

LOLA DE VALENCE

Entre tant de beautés que partout on peut voir,
Je contemple bien, amis, que le désir balance;
Mais on voit scintiller en Lola de Valence
Le charme inattendu d'un bijou rose et noir.

SUR *LE TASSE EN PRISON* D'EUGÈNE DELACROIX

Le poète au cachot, débraillé, maladif,
Roulant un manuscrit sous son pied convulsif,
Mesure d'un regard que la terreur enflamme
L'escalier de vertige où s'abîme son âme.

Les rires enivrants dont s'emplit la prison
Vers l'étrange et l'absurde invitent sa raison;
Le Doute l'environne, et la Peur ridicule,
Hideuse et multiforme, autour de lui circule.

Ce génie enfermé dans un taudis malsain,
Ces grimaces, ces cris, ces spectres dont l'essaim
Tourbillonne, ameuté derrière son oreille,

Ce rêveur que l'horreur de son logis réveille,
Voilà bien ton emblème, Âme aux songes obscurs,
Que le Réel étouffe entre ses quatre murs!

VERS POUR LE PORTRAIT DE M. HONORÉ DAUMIER

Celui dont nous t'offrons l'image,
Et dont l'art, subtil entre tous,
Nous enseigne à rire de nous,
Celui-là, lecteur, est un sage.

C'est un satirique, un moqueur;
Mais l'énergie avec laquelle
Il peint le Mal et sa séquelle
Prouve la beauté de son cœur.

LOLA OF VALENCIA

I'm aware, friends, that desire has a hard time choosing
From among all the beauties we see around us,
But one sees shimmering in Lola of Valencia
The unexpected charm of a pink and black jewel.

ON *TASSO IN PRISON* BY EUGÈNE DELACROIX

The poet in the dungeon, disheveled, sickly,
Rolling a manuscript under his trembling foot,
Measures with a terror-stricken look
The steep staircase his soul descends.

The intoxicating laughter that fills the prison
Leads his reason to the strange and absurd;
Doubt surrounds him, and ridiculous Fear
Circles him, shapeshifting and hideous.

This genius imprisoned in a filthy hole,
These grimaces, cries, specters swarm
Swirling behind his ear,

The dreamer wakened by the horror of his surroundings:
This is your emblem, Soul with obscure dreams,
Which Reality stifles between its four walls!

VERSE FOR THE PORTRAIT OF MR. HONORÉ DAUMIER

He whose image we offer you
And whose art, subtler than all others,
Teaches us to laugh at ourselves—
This one, reader, is a wise man.

He's satirical, a mocker;
But the passion with which
He paints Evil and its retinue
Reveals the beauty of his heart.

Son rire n'est pas la grimace
De Melmoth ou de Méphisto
Sous la torche de l'Alecto
Qui les brûle, mais qui nous glace.

Leur rire, hélas! de la gaieté
N'est que la douloureuse charge;
Le sien rayonne, franc et large,
Comme un signe de sa bonté!

À Théodore de Banville

Vous avez empoigné les cries de la Déesse
Avec un tel poignet, qu'on vous eût pris, à voir
Et cet air de maîtrise et ce beau nonchaloir,
Pour un jeune ruffian terrassant sa maîtresse.

L'œil clair et plein du feu de la précocité,
Vous avez prélassé votre orgueil d'architecte
Dans des constructions dont l'audace correcte
Fait voir quelle sera votre maturité.

Poète, notre sang nous fuit par chaque pore;
Est-ce que par hasard la robe du Centaure,
Qui changeait toute veine en funèbre ruisseau,

Était teinte trois fois dans les baves subtiles
De ces vindicatifs et monstrueux reptiles
Que le petit Hercule étranglait au berceau?

Sur les débuts d'Amina Boschetti
au Théâtre de la Monnaie à Bruxelles

Amina bondit, — fuit, — puis voltige et sourit;
Le Welche dit: "Tout ça, pour moi, c'est du prâcrit;
Je ne connais, en fait de nymphes bocagères,
Que celle de *Montagne-aux-Herbes-Potagères*."

His laughter is not the grimace
Of Melmoth or Mephisto
Under the torch of Alecto,
Which burns them, but chills us.

Their laughter, alas, is nothing but
A painful burden;
His radiates, hearty and free,
Like a sign of his goodness!

To Théodore de Banville

You gripped the hair of the Goddess
So roughly that, seeing your imperious air,
Your easy nonchalance, someone might have taken you
For a young ruffian manhandling his mistress.

Your clear eye full of precocious fire,
You have indulged the pride of an architect;
In your constructions, audacious but astute,
You showed us what you will become.

Poet, our blood flees through every pore;
Was it merely by chance that the Centaur's robe,
Which changes every vein to a funereal stream,

Was dyed three times in the subtle spittle
Of those vindictive and monstrous serpents
The young Hercules strangled in his cradle?

Upon the Debut of Amina Boschetti
at the Théâtre de la Monnaie in Brussels

Amina leaps—flees—then spins and smiles;
The Belgian says, "This is all Sanskrit to me;
As for woodland nymphs, I only know
Those selling vegetables on the market street."

Du bout de son pied fin et de son œil qui rit,
Amina verse à flots le délire et l'esprit;
Le Welche dit: "Fuyez, délices mensongères!
Mon épouse n'a pas ces allures légères."

Vous ignorez, sylphide au jarret triomphant,
Qui voulez enseigner la valse à l'éléphant,
Au hibou la gaieté, le rire à la cigogne,

Que sur la grâce en feu le Welche dit: "Haro!"
Et que, le doux Bacchus lui versant du bourgogne,
Le monstre répondrait: "J'aime mieux le faro!"

UN CABARET FOLÂTRE
SUR LA ROUTE DE BRUXELLES À UCCLE

Vous qui raffolez des squelettes
Et des emblèmes détestés,
Pour épicer les voluptés,
(Fût-ce de simples omelettes!)

Vieux Pharaon, ô Monselet!
Devant cette enseigne imprévue,
J'ai rêvé de vous: *À la vue
Du Cimetière, Estaminet!*

À M. EUGÈNE FROMENTIN
À PROPOS D'UN IMPORTUN
QUI SE DISAIT SON AMI

Il me dit qu'il était très riche,
Mais qu'il craignait le choléra;
— Que de son or il était chiche,
Mais qu'il goûtait fort l'Opéra;

— Qu'il raffolait de la nature,
Ayant connu monsieur Corot;
— Qu'il n'avait pas encor voiture,
Mais que cela viendrait bientôt;

From her fine foot and laughing eye,
Amina flings spirit and delirium;
The Belgian says, "Away, fleeting pleasures!
My wife doesn't have these frivolous attractions."

You forget, nymph with the raised leg,
Who wants to give to elephants the ability to waltz,
To owls joy, to storks laughter,

That to such grace under fire the Belgian says, "Pooh!"
And when sweet Bacchus pours him burgundy,
The monster says, "I prefer beer!"

AN AMUSING ESTABLISHMENT
ON THE ROAD FROM BRUSSELS TO UCCLE

You who delight in skeletons
And macabre symbols
To add spice to pleasures
(Even simple omelets!),

Old Pharaoh, O Monselet!
Before this unexpected sign,
I thought of you:
Café: Cemetery view!

TO MR. EUGÈNE FROMENTIN
REGARDING SOMETHING
HE SAID TO HIS FRIEND

He told me he was very rich,
But he was terrified of cholera;
—He was stingy with his gold,
But he loved going to the opera;

—He adored nature,
Having been acquainted with Mr. Corot;
—He didn't yet have a carriage seat,
But he'd soon secure one;

— Qu'il aimait le marbre et la brique,
Les bois noirs et les bois dorés;
— Qu'il possédait dans sa fabrique
Trois contremaîtres décorés;

— Qu'il avait, sans compter le reste,
Vingt mille actions sur le *Nord*;
— Qu'il avait trouvé, pour un zeste,
Des encadrements d'Oppenord;

— Qu'il donnerait (fût-ce à Luzarches!)
Dans le bric-à-brac jusqu'au cou,
Et qu'au Marché des Patriarches
Il avait fait plus d'un bon coup;

— Qu'il n'aimait pas beaucoup sa femme,
Ni sa mère; — mais qu'il croyait
À l'immortalité de l'âme,
Et qu'il avait lu Niboyet!

— Qu'il penchait pour l'amour physique,
Et qu'à Rome, séjour d'ennui,
Une femme, d'ailleurs phtisique,
Était morte d'amour pour lui.

Pendant trois heures et demie,
Ce bavard, venu de Tournai,
M'a dégoisé toute sa vie;
J'en ai le cerveau consterné.

S'il fallait décrire ma peine,
Ce serait à n'en plus finir;
Je me disais, domptant ma haine:
"Au moins, si je pouvais dormir!"

Comme un qui n'est pas à son aise,
Et qui n'ose pas s'en aller,
Je frottais de mon cul ma chaise,
Rêvant de le faire empaler.

—He loved brick and marble,
Ebony and gilded wood;
—He had in his factory
Three foremen who had been decorated;

—He had twenty thousand shares in the *Nord*,
And that wasn't counting everything;
He had found, for next to nothing,
Some picture frames by Oppenord;

—He'd go as far as Luzarches
To bury himself in bric-a-brac,
And at the Market of the Patriarchs
He'd more than once struck gold;

—He didn't really love his wife
Or his mother—but he believed
In the immortality of the soul,
And he had read Niboyet!

—He enjoyed sex,
And during a lazy holiday in Rome,
A certain consumptive woman
Had died of love for him.

For three and a half hours,
This chatterbox from Tournai
Told me his life story,
And my brain was reeling.

If I tried to describe my torment,
I'd never be done;
Wallowing in hatred, I said,
"I wish I could sleep!"

Like someone who can get no rest
But who is unable to leave,
I twisted in my seat,
Plotting how I'd torture him.

307

Ce monstre se nomme Bastogne;
Il fuyait devant le fléau.
Moi, je fuirai jusqu'en Gascogne,
Ou j'irai me jeter à l'eau,

Si dans ce Paris, qu'il redoute,
Quand chacun sera retourné,
Je trouve encore sur ma route
Ce fléau, natif de Tournai.

Le Monstre,
ou le paranymphe d'une nymphe macabre

I.

Tu n'es certes pas, ma très chère,
Ce que Veuillot nomme un tendron.
Le jeu, l'amour, la bonne chère,
Bouillonnent en toi, vieux chaudron!
Tu n'es plus fraîche, ma très chère,

Ma vieille infante! Et cependant
Tes caravanes insensées
T'ont donné ce lustre abondant
Des choses qui sont très usées,
Mais qui séduisent cependant.

Je ne trouve pas monotone
La verdure de tes quarante ans;
Je préfère tes fruits, Automne,
Aux fleurs banales du Printemps!
Non! tu n'es jamais monotone!

Ta carcasse à des agréments
Et des grâces particulières;
Je trouve d'étranges piments
Dans le creux de tes deux salières;
Ta carcasse à des agréments!

This monster is called Bastogne;
He was running from the infection.
When both of us return to Paris,
Where he lives,

If I still find in my path
This scourge, native of Tournai,
I will flee as far as Gascony,
Where I'll cast myself into the sea.

THE MONSTER,
OR THE BRIDESMAID OF A MACABRE NYMPH

I.

My darling, you're certainly not what
Veuillot called a tenderling.
Gambling, lust, and revelry
Bubble in you, old cauldron!
You're no longer fresh, my dearest,

My ancient child! And even though
Your incessant games
Have given you the deep glow
Of things that have been well used,
You are nevertheless seductive.

I don't find the green of your forty years
To be boring;
I prefer your fruits, Autumn,
To the banal flowers of Spring!
No, you're never boring!

Your body has delights
And special graces;
I find strange spices
In the crevice between your two salt shakers;
Your body has delights!

Nargue des amants ridicules
Du melon et du giraumont!
Je préfère tes clavicules
A celles du roi Salomon,
Et je plains ces gens ridicules!

Tes cheveux, comme un casque bleu,
Ombragent ton front de guerrière,
Qui ne pense et rougit que peu,
Et puis se sauvent par derrière,
Comme les crins d'un casque bleu.

Tes yeux qui semblent de la boue,
Où scintille quelque fanal,
Ravivés au fard de ta joue,
Lancent un éclair infernal!
Tes yeux sont noirs comme la boue!

Par sa luxure et son dédain
Ta lèvre amère nous provoque;
Cette lèvre, c'est un Eden
Qui nous attire et qui nous choque.
Quelle luxure! et quel dédain!

Ta jambe musculeuse et sèche
Sait gravir au haut des volcans,
Et malgré la neige et la dèche
Danser les plus fougueux cancans.
Ta jambe est musculeuse et sèche;

Ta peau brûlante et sans douceur,
Comme celle des vieux gendarmes,
Ne connaît pas plus la sueur
Que ton œil ne connaît les larmes.
(Et pourtant elle a sa douceur!)

I taunt the foolish lovers
Of melon and pumpkin!
I prefer your clavicles
To those of King Solomon,
And I pity the foolish masses!

Your hair, like a blue helmet,
Shadows your warrior's brow
(Which seldom ponders or blushes),
And then trails behind
Like the plume of a blue helmet.

Your eyes, like mud
Where beacons glimmer,
Revive the blush in your cheek,
Casting an infernal light!
Your eyes are as black as mud!

By their voluptuous disdain,
Your bitter lips provoke us;
These lips are an Eden,
Clothing us and shocking us.
What voluptuous disdain!

Your dry, muscular leg
Could climb a volcano
And, despite the snow and the desert,
Dances the fieriest cancans.
Your leg is dry and muscular.

Your burning skin is without sweetness,
Like that of old guards;
You never sweat,
And your eyes are never wet with tears.
(And yet it has a sweetness!)

II.

Sotte, tu t'en vas droit au Diable!
Volontiers j'irais avec toi,
Si cette vitesse effroyable
Ne me causait pas quelque émoi.
Va-t'en donc, toute seule, au Diable!

Mon rein, mon poumon, mon jarret
Ne me laissent plus rendre hommage
A ce Seigneur, comme il faudrait.
"Hélas! c'est vraiment bien dommage!"
Disent mon rein et mon jarret.

Oh! très sincèrement je souffre
De ne pas aller aux sabbats,
Pour voir, quand il pète du soufre,
Comment tu lui baises son cas!
Oh! très sincèrement je souffre!

Je suis diablement affligé
De ne pas être ta torchère,
Et de te demander congé,
Flambeau d'enfer! Juge, ma chère,
Combien je dois être affligé,

Puisque depuis longtemps je t'aime,
Étant très logique! En effet,
Voulant du Mal chercher la crème
Et n'aimer qu'un monstre parfait,
Vraiment oui! vieux monstre, je t'aime!

II.

Drunkard, you will sit at the right hand of the Devil!
Willingly, I'd go with you,
If this dreadful speed
Didn't exasperate me too.
Go then, alone, to the Devil!

My kidneys, my lungs, my ankles
No longer allow me to pay homage
To the Lord, as one should.
"Alas! it's really such a shame!"
Say my kidneys and my ankles.

Oh, how it pains me
To not go to the sabbaths,
To see, when he emits sulfurous farts,
How you kiss his ass!
Oh, how sincerely it pains me!

I'm so devilishly annoyed
Not to be the stand for your torch,
And to ask for your leave,
Torch of hell! You can see for yourself, my dear,
How annoyed I must be,

Because I have loved you for ages,
Most logical being! In effect,
Searcher of Evil who skims for the cream
And desires nothing but a perfect monster,
Yes, old monster, I adore you!

Le Calumet de Paix

Imité de Longfellow

I.

Or Gitche Manito, le Maître de la Vie,
Le Puissant, descendit dans la verte prairie,
Dans l'immense prairie aux coteaux montueux;
Et là, sur les rochers de la Rouge Carrière,
Dominant tout l'espace et baigné de lumière,
Il se tenait debout, vaste et majestueux.

Alors il convoqua les peuples innombrables,
Plus nombreux que ne sont les herbes et les sables.
Avec sa main terrible il rompit un morceau
Du rocher, dont il fit une pipe superbe,
Puis, au bord du ruisseau, dans une énorme gerbe,
Pour s'en faire un tuyau, choisit un long roseau.

Pour la bourrer il prit au saule son écorce;
Et lui, le Tout-Puissant, Créateur de la Force,
Debout, il alluma, comme un divin fanal,
La Pipe de la Paix. Debout sur la Carrière
Il fumait, droit, superbe et baigné de lumière.
Or pour les nations c'était le grand signal.

Et lentement montait la divine fumée
Dans l'air doux du matin, onduleuse, embaumée.
Et d'abord ce ne fut qu'un sillon ténébreux;
Puis la vapeur se fit plus bleue et plus épaisse,
Puis blanchit; et montant, et grossissant sans cesse,
Elle alla se briser au dur plafond des cieux.

Des plus lointains sommets des Montagnes Rocheuses,
Depuis les lacs du Nord aux ondes tapageuses,
Depuis Tawasentha, le vallon sans pareil,
Jusqu'à Tuscaloosa, la forêt parfumée,
Tous virent le signal et l'immense fumée
Montant paisiblement dans le matin vermeil.

Les Prophètes disaient: "Voyez-vous cette bande
De vapeur, qui, semblable à la main qui commande,
Oscille et se détache en noir sur le soleil?
C'est Gitche Manito, le Maître de la Vie,
Qui dit aux quatre coins de l'immense prairie:
'Je vous convoque tous, guerriers, à mon conseil!'."

Par le chemin des eaux, par la route des plaines,
Par les quatre côtés d'où soufflent les haleines
Du vent, tous les guerriers de chaque tribu, tous,
Comprenant le signal du nuage qui bouge,
Vinrent docilement à la Carrière Rouge
Où Gitche Manito leur donnait rendez-vous.

Les guerriers se tenaient sur la verte prairie,
Tous équipés en guerre, et la mine aguerrie,
Bariolés ainsi qu'un feuillage automnal;
Et la haine qui fait combattre tous les êtres,
La haine qui brûlait les yeux de leurs ancêtres
Incendiait encor leurs yeux d'un feu fatal.

Et leurs yeux étaient pleins de haine héréditaire.
Or Gitche Manito, le Maître de la Terre,
Les considérait tous avec compassion,
Comme un père très bon, ennemi du désordre,
Qui voit ses chers petits batailler et se mordre.
Tel Gitche Manito pour toute nation.

Il étendit sur eux sa puissante main droite
Pour subjuguer leur cœur et leur nature étroite,
Pour rafraîchir leur fièvre à l'ombre de sa main;
Puis il leur dit avec sa voix majestueuse,
Comparable à la voix d'une eau tumultueuse
Qui tombe et rend un son monstrueux, surhumain:

II.

"O ma postérité, déplorable et chérie!
O mes fils! écoutez la divine raison.
C'est Gitche Manito, le Maître de la Vie,

Qui vous parle! Celui qui dans votre patrie
A mis l'ours, le castor, le renne et le bison.
Je vous ai fait la chasse et la pêche faciles;

Pourquoi donc le chasseur devient-il assassin?
Le marais fut par moi peuple de volatiles;
Pourquoi n'êtes-vous pas contents, fils indociles?
Pourquoi l'homme fait-il la chasse à son voisin?
Je suis vraiment bien las de vos horribles guerres.
Vos prières, vos vœux mêmes sont des forfaits!

Le péril est pour vous dans vos humeurs contraires,
Et c'est dans l'union qu'est votre force. En frères
Vivez donc, et sachez vous maintenir en paix.
Bientôt vous recevrez de ma main un Prophète
Qui viendra vous instruire et souffrir avec vous.
Sa parole fera de la vie une fête;

Mais si vous méprisez sa sagesse parfaite,
Pauvres enfants maudits, vous disparaîtrez tous!
Effacez dans les flots vos couleurs meurtrières.
Les roseaux sont nombreux et le roc est épais;
Chacun en peut tirer sa pipe. Plus de guerres,
Plus de sang! Désormais vivez comme des frères,
Et tous, unis, fumez le Calumet de Paix!"

III.

Et soudain tous, jetant leurs armes sur la terre,
Lavent dans le ruisseau les couleurs de la guerre
Qui luisaient sur leurs fronts cruels et triomphants.
Chacun creuse une pipe et cueille sur la rive
Un long roseau qu'avec adresse il enjolive.
Et l'Esprit souriait à ses pauvres enfants!

Chacun s'en retourna l'âme calme et ravie,
Et Gitche Manito, le Maître de la Vie,
Remonta par la porte entr'ouverte des cieux.
—À travers la vapeur splendide du nuage
Le Tout-Puissant montait, content de son ouvrage,
Immense, parfumé, sublime, radieux!

The Peace-Pipe
Henry Wadsworth Longfellow

On the Mountains of the Prairie,
On the great Red Pipe-stone Quarry,
Gitche Manito, the mighty,
He the Master of Life, descending,
On the red crags of the quarry
Stood erect, and called the nations,
Called the tribes of men together.
From his footprints flowed a river,
Leaped into the light of morning,
O'er the precipice plunging downward
Gleamed like Ishkoodah, the comet.
And the Spirit, stooping earthward,
With his finger on the meadow
Traced a winding pathway for it,
Saying to it, "Run in this way!"
    From the red stone of the quarry
With his hand he broke a fragment,
Moulded it into a pipe-head,
Shaped and fashioned it with figures;
From the margin of the river
Took a long reed for a pipe-stem,
With its dark green leaves upon it;
Filled the pipe with bark of willow,
With the bark of the red willow;
Breathed upon the neighboring forest,
Made its great boughs chafe together,
Till in flame they burst and kindled;
And erect upon the mountains,
Gitche Manito, the mighty,
Smoked the calumet, the Peace-Pipe,
As a signal to the nations.
    And the smoke rose slowly, slowly,
Through the tranquil air of morning,
First a single line of darkness,
Then a denser, bluer vapor,
Then a snow-white cloud unfolding,

Like the tree-tops of the forest,
Ever rising, rising, rising,
Till it touched the top of heaven,
Till it broke against the heaven,
And rolled outward all around it.

    From the Vale of Tawasentha,
From the Valley of Wyoming,
From the groves of Tuscaloosa,
From the far-off Rocky Mountains,
From the Northern lakes and rivers
All the tribes beheld the signal,
Saw the distant smoke ascending,
The Pukwana of the Peace-Pipe.

    And the Prophets of the nations
Said: "Behold it, the Pukwana!
By the signal of the Peace-Pipe,
Bending like a wand of willow,
Waving like a hand that beckons,
Gitche Manito, the mighty,
Calls the tribes of men together,
Calls the warriors to his council!"

    Down the rivers, o'er the prairies,
Came the warriors of the nations,
Came the Delawares and Mohawks,
Came the Choctaws and Camanches,
Came the Shoshonies and Blackfeet,
Came the Pawnees and Omahas,

    Came the Mandans and Dacotahs,
Came the Hurons and Ojibways,
All the warriors drawn together
By the signal of the Peace-Pipe,
To the Mountains of the Prairie,
To the great Red Pipe-stone Quarry,

    And they stood there on the meadow,
With their weapons and their war-gear,
Painted like the leaves of Autumn,
Painted like the sky of morning,
Wildly glaring at each other;
In their faces stern defiance,

In their hearts the feuds of ages,
The hereditary hatred,
The ancestral thirst of vengeance.
     Gitche Manito, the mighty,
The creator of the nations,
Looked upon them with compassion,
With paternal love and pity;
Looked upon their wrath and wrangling
But as quarrels among children,
But as feuds and fights of children!
     Over them he stretched his right hand,
To subdue their stubborn natures,
To allay their thirst and fever,
By the shadow of his right hand;
Spake to them with voice majestic
As the sound of far-off waters,
Falling into deep abysses,
Warning, chiding, spake in this wise:
     "O my children! my poor children!
Listen to the words of wisdom,
Listen to the words of warning,
From the lips of the Great Spirit,
From the Master of Life, who made you!
     "I have given you lands to hunt in,
I have given you streams to fish in,
I have given you bear and bison,
I have given you roe and reindeer,
I have given you brant and beaver,
Filled the marshes full of wild-fowl,
Filled the rivers full of fishes:
Why then are you not contented?
Why then will you hunt each other?
     "I am weary of your quarrels,
Weary of your wars and bloodshed,
Weary of your prayers for vengeance,
Of your wranglings and dissensions;
All your strength is in your union,
All your danger is in discord;
Therefore be at peace henceforward,

And as brothers live together.
    "I will send a Prophet to you,
A Deliverer of the nations,
Who shall guide you and shall teach you,
Who shall toil and suffer with you.
If you listen to his counsels,
You will multiply and prosper;
If his warnings pass unheeded,
You will fade away and perish!
    "Bathe now in the stream before you,
Wash the war-paint from your faces,
Wash the blood-stains from your fingers,
Bury your war-clubs and your weapons,
Break the red stone from this quarry,
Mould and make it into Peace-Pipes,
Take the reeds that grow beside you,
Deck them with your brightest feathers,
Smoke the calumet together,
And as brothers live henceforward!"
    Then upon the ground the warriors
Threw their cloaks and shirts of deer-skin,
Threw their weapons and their war-gear,
Leaped into the rushing river,
Washed the war-paint from their faces.
Clear above them flowed the water,
Clear and limpid from the footprints
Of the Master of Life descending;
Dark below them flowed the water,
Soiled and stained with streaks of crimson,
As if blood were mingled with it!
    From the river came the warriors,
Clean and washed from all their war-paint;
On the banks their clubs they buried,
Buried all their warlike weapons.
Gitche Manito, the mighty,
The Great Spirit, the creator,
Smiled upon his helpless children!
    And in silence all the warriors
Broke the red stone of the quarry,

Smoothed and formed it into Peace-Pipes,
Broke the long reeds by the river,
Decked them with their brightest feathers,
And departed each one homeward,
While the Master of Life, ascending,
Through the opening of cloud-curtains,
Through the doorways of the heaven,
Vanished from before their faces,
In the smoke that rolled around him,
The Pukwana of the Peace-Pipe!

Appendix B
Contents of the Various Editions

1857 Les Fleurs du Mal

Dédicace (Dedication)
Au Lecteur (To the Reader)

SPLEEN ET IDÉAL (SPLEEN AND IDEAL)

Bénédiction (Benediction)
Le Soleil (The Sun)
Élévation (Elevation)
Correspondances (Correspondences)
J'aime le souvenir de ces époques nues (I love the memory of those eras of nudity)
Les Phares (Beacons)
La Muse malade (The Sick Muse)
La Muse vénale (Muse for Hire)
Le Mauvais Moine (The Wretched Monk)
L'Ennemi (The Enemy)
Le Guignon (Misfortune)
La Vie antérieure (Former Life)
Bohémiens en voyage (Traveling Gypsies)
L'Homme et la mer (Man and the Sea)
Don Juan aux enfers (Don Juan in Hell)
Châtiment de l'orgeuil (Punishment of Pride)
La Beauté (Beauty)
L'Idéal (The Ideal)
La Géante (The Giantess)
Les Bijoux (Jewels)
Parfum exotique (Exotic Perfume)
Je t'adore à l'égal de la voûte nocturne (I adore you as much as the nocturnal vault)
Tu mettrais l'univers entier dans ta ruelle (You'd sleep with anyone)
Sed non satiata (Sed Non Satiata)
Avec ses vêtements ondoyants et nacrés (With her rippling mother-of-pearl dresses)
Le Serpent qui danse (The Dancing Serpent)
Une Charogne (A Carcass)
De profundis clamavi (De Profundis Clamavi)
Le Vampire (The Vampire)
Le Léthé (Lethe)
Une nuit que j'étais près d'une affreuse Juive (One night I lay beside a ghastly Jewess)
Remords posthume (Posthumous Remorse)
Le Chat (The Cat: Come, pretty cat . . .)
Le Balcon (The Balcony)
Je te donne ces vers afin que si mon nom (I give you these verses so if my name)
Tout entière (All of Her)
Que diras-tu ce soir, pauvre âme solitaire (What do you say this evening, poor solitary soul)
Le Flambeau vivant (The Living Torch)
À celle qui est trop gaie (To That Girl Who's Too Happy)
Réversibilité (Reversibility)
Confession (Confession)

L'Aube spirituelle (Spiritual Dawn)
Harmonie du soir (Evening Harmony)
Le Flacon (The Bottle)
Le Poison (Poison)
Ciel brouillé (Overcast Sky)
Le Chat (The Cat: As though it's his . . .)
Le Beau navire (The Beautiful Ship)
L'Invitation au voyage (Invitation to the Voyage)
L'Irréparable (The Irreparable)
Causerie (Conversation)
L'Héautontimorouménos (The Heautontimoroumenos)
Franciscae meae laudes (In Praise of My Francisca)
À une dame créole (To a Creole Woman)
Moesta et errabunda (Grieving and Wandering)
Les Chats (Cats)
Les Hiboux (The Owls)
La Cloche fêlée (The Cracked Bell)
Spleen: Pluviôse irrité (Spleen: Pissed off at the whole city)
Spleen: J'ai plus de souvenirs (Spleen: I have more memories)
Spleen: Je suis comme le roi (Spleen: I'm like the king)
Spleen: Quand le ciel bas et lourd (Spleen: When the low, heavy sky)
Brumes et pluies (Mist and Rain)
L'Irremédiable (Unredeemable)
À une mendiante rousse (To a Redheaded Beggar Girl)
Le Jeu (Gambling)
Le Crépuscule du soir (Dusk)
Le Crépuscule du matin (Dawn)
La servante au grand coeur dont vous étiez jalouse (The kind-hearted servant you were jealous of)
Je n'ai pas oublié, voisine de la ville (I have not forgotten our little house)
Le Tonneau de la haine (The Cask of Hatred)
Le Revenant (The Ghost)
Le Mort joyeux (The Happy Corpse)
Sépulture (Tomb)
Tristesses de la lune (Sorrows of the Moon)
La Musique (Music)
La Pipe (The Pipe)

FLEURS DU MAL (FLOWERS OF EVIL)

La Destruction (Destruction)
Une Martyre (A Martyr)
Lesbos (Lesbos)
Femmes damnées: Delphine et Hippolyte (Condemned Women: Delphine and Hippolyta)
Femmes damnées: Comme un bétail pensif (Condemned Women: Like pensive cattle)
Les Deux Bonnes Soeurs (The Two Good Sisters)
La Fontaine du sang (The Fountain of Blood)
Allégorie (Allegory)
La Béatrice (The Beatrice)
Les Métamorphoses du vampire (Metamorphoses of the Vampire)

Un Voyage à Cythère (Voyage to Cythera)
L'Amour et le crane (Love and the Skull)

Révolte (Revolt)

Le Reniement de saint Pierre (Saint Peter's Denial)
Abel et Caïn (Abel and Cain)
Les Litanies de Satan (The Litanies of Satan)

Le Vin (Wine)

L'Âme du vin (The Soul of Wine)
Le Vin des chiffonniers (The Wine of the Ragpickers)
Le Vin de l'assassin (The Wine of the Murderer)
Le Vin du solitaire (The Wine of the Loner)
Le Vin des amants (The Wine of Lovers)

La Mort (Death)

La Mort des amants (The Death of Lovers)
La Mort des pauvres (The Death of the Poor)
La Mort des artistes (The Death of Artists)

1861 Les Fleurs du Mal

Dédicace (Dedication)
Au Lecteur (To the Reader)

Spleen et ideal (Spleen and Ideal)

Bénédiction (Benediction)
L'Albatros (The Albatross)
Élévation (Elevation)
Correspondances (Correspondences)
J'aime le souvenir de ces époques nues (I love the memory of those eras of nudity)
Les Phares (Beacons)
La Muse malade (The Sick Muse)
La Muse vénale (Muse for Hire)
Le Mauvais Moine (The Wretched Monk)
L'Ennemi (The Enemy)
Le Guignon (Misfortune)
La Vie antérieure (Former Life)
Bohémiens en voyage (Traveling Gypsies)
L'Homme et la mer (Man and the Sea)
Don Juan aux enfers (Don Juan in Hell)
Châtiment de l'orgeuil (Punishment of Pride)
La Beauté (Beauty)
L'Idéal (The Ideal)
La Géante (The Giantess)
Le Masque (The Mask)
Hymne à la Beauté (Hymn to Beauty)

Parfum exotique (Exotic Perfume)
La Chevelure (Her Hair)
Je t'adore à l'égal de la voûte nocturne (I adore you as much as the nocturnal vault)
Tu mettrais l'univers entier dans ta ruelle (You'd sleep with anyone)
Sed non satiata (Sed Non Satiata)
Avec ses vêtements ondoyants et nacrés (With her rippling mother-of-pearl dresses)
Le Serpent qui danse (The Dancing Serpent)
Une Charogne (A Carcass)
De profundis clamavi (De Profundis Clamavi)
Le Vampire (The Vampire)
Une nuit que j'étais près d'une affreuse Juive (One night I lay beside a ghastly Jewess)
Remords posthume (Posthumous Remorse)
Le Chat (The Cat: Come, pretty cat . . .)
Duellum (Duellum)
Le Balcon (The Balcony)
Le Possédé (The Possessed)
Un Fantôme (A Phantom)
Je te donne ces vers afin que si mon nom (I give you these verses so that if my name)
Semper eadem (Semper Eadem)
Tout entière (All of Her)
Que diras-tu ce soir, pauvre âme solitaire (What do you say this evening, poor solitary soul)
Le Flambeau vivant (The Living Torch)
Réversibilité (Reversibility)
Confession (Confession)
L'Aube spirituelle (Spiritual Dawn)
Harmonie du soir (Evening Harmony)
Le Flacon (The Bottle)
Le Poison (Poison)
Ciel brouillé (Overcast Sky)
Le Chat (The Cat: As though it's his . . .)
Le Beau navire (The Beautiful Ship)
L'Invitation au voyage (Invitation to the Voyage)
L'Irréparable (The Irreparable)
Causerie (Conversation)
Chant d'automne (Autumn Song)
À une Madone (To a Madonna)
Chanson d'après-midi (Afternoon Song)
Sisina (Sisina)
Franciscae meae laudes (In Praise of My Francisca)
À une dame créole (To a Creole Woman)
Moesta et errabunda (Moesta et Errabunda)
Le Revenant (The Ghost)
Sonnet d'automne (Autumn Sonnet)
Tristesses de la lune (Sorrows of the Moon)
Les Chats (Cats)
Les Hiboux (The Owls)
La Pipe (The Pipe)
La Musique (Music)

Sépulture (Tomb)
Une Gravure fantastique (A Fantastical Engraving)
Le Mort joyeux (The Happy Corpse)
Le Tonneau de la haine (The Cask of Hatred)
La Cloche fêlée (The Cracked Bell)
Spleen: Pluviôse irrité (Spleen: Pissed off at the whole city)
Spleen: J'ai plus de souvenirs (Spleen: I have more memories)
Spleen: Je suis comme le roi (Spleen: I'm like the king)
Spleen: Quand le ciel bas et lourd (Spleen: When the low, heavy sky)
Obsession (Obsession)
Le Goût du néant (The Taste for Nothingness)
Alchimie de la douleur (Alchemy of Sorrow)
Horreur sympathique (Reflected Horror)
L'Héautontimorouménos (The Heautontimoroumenos)
L'Irrémédiable (Unredeemable)
L'Horloge (The Clock)

TABLEAUX PARISIENS (PARISIAN SCENES)

Paysage (Landscape)
Le Soleil (The Sun)
À une mendiante rousse (To a Redheaded Beggar Girl)
Le Cygne (The Swan)
Les Sept Vieillards (The Seven Old Men)
Les Petites Vieilles (The Little Old Women)
Les Aveugles (The Blind)
À une passante (To a Passerby)
Le Squelette laboureur (Skeletons at Work)
Le Crépuscule du soir (Dusk)
Le Jeu (Gambling)
Danse macabre (Danse Macabre)
L'Amour du mensonge (The Love of Lies)
Je n'ai pas oublié, voisine de la ville (I haven't forgotten our white house)
La servante au grand coeur dont vous étiez jalouse (The kindhearted servant you were jealous of)
Brumes et pluies (Mist and Rain)
Rêve parisien (Parisian Dream)
Le Crépuscule du matin (Dawn)

LE VIN (WINE)

L'Âme du vin (The Soul of Wine)
Le Vin des chiffonniers (The Wine of the Ragpickers)
Le Vin de l'assassin (The Wine of the Murderer)
Le Vin du solitaire (The Wine of the Loner)
Le Vin des amants (The Wine of Lovers)

FLEURS DU MAL (FLOWERS OF EVIL)

La Destruction (Destruction)
Une Martyre (A Martyr)
Femmes damnées: Comme un bétail pensif (Condemned Women: Like pensive cattle)

Les Deux Bonnes Soeurs (The Two Good Sisters)
La Fontaine du sang (The Fountain of Blood)
Allégorie (Allegory)
La Béatrice (The Beatrice)
Un Voyage à Cythère (Voyage to Cythera)
L'Amour et le crane (Love and the Skull)

RÉVOLTE (REVOLT)

Le Reniement de saint Pierre (Saint Peter's Denial)
Abel et Caïn (Abel and Cain)
Les Litanies de Satan (The Litanies of Satan)

LA MORT (DEATH)

La Mort des amants (The Death of Lovers)
La Mort des pauvres (The Death of the Poor)
La Mort des artistes (The Death of Artists)
La Fin de la journée (Day's End)
Le Rêve d'un curieux (Dream of a Seeker)
Le Voyage (Voyage)

1868 Les Fleurs du Mal

Dédicace (Dedication)
Au Lecteur (To the Reader)

SPLEEN ET IDEAL (SPLEEN AND IDEAL)

Bénédiction (Benediction)
L'Albatros (The Albatross)
Élévation (Elevation)
Correspondances (Correspondences)
J'aime le souvenir de ces époques nues (I love the memory of those naked eras)
Les Phares (Beacons)
La Muse malade (The Sick Muse)
La Muse vénale (Muse for Hire)
Le Mauvais Moine (The Wretched Monk)
L'Ennemi (The Enemy)
Le Guignon (Misfortune)
La Vie antérieure (Former Life)
Bohémiens en voyage (Traveling Gypsies)
L'Homme et la mer (Man and the Sea)
Don Juan aux enfers (Don Juan in Hell)
À Théodore de Banville (To Théodore de Banville)
Châtiment de l'orgeuil (Punishment of Pride)
La Beauté (Beauty)
L'Idéal (The Ideal)
La Géante (The Giantess)
Le Masque (The Mask)

Hymne à la Beauté (Hymn to Beauty)
Parfum exotique (Exotic Perfume)
La Chevelure (Her Hair)
Je t'adore à l'égal de la voûte nocturne (I adore you as much as the nocturnal vault)
Tu mettrais l'univers entier dans ta ruelle (You'd sleep with anyone)
Sed non satiata (Sed Non Satiata)
Avec ses vêtements ondoyants et nacrés (With her rippling mother-of-pearl dresses)
Le Serpent qui danse (The Dancing Serpent)
Une Charogne (A Carcass)
De profundis clamavi (De Profundis Clamavi)
Le Vampire (The Vampire)
Une nuit que j'étais près d'une affreuse Juive (One night I lay beside a ghastly Jewess)
Remords posthume (Posthumous Remorse)
Le Chat (The Cat: Come, pretty cat . . .)
Duellum (Duellum)
Le Balcon (The Balcony)
Le Possédé (The Possessed)
Un Fantôme (A Phantom)
Je te donne ces vers afin que si mon nom (I give you these verses so that if my name)
Semper eadem (Semper Eadem)
Tout entière (All of Her)
Que diras-tu ce soir, pauvre âme solitaire (What do you say this evening, poor solitary soul)
Le Flambeau vivant (The Living Torch)
Réversibilité (Reversibility)
Confession (Confession)
L'Aube spirituelle (Spiritual Dawn)
Harmonie du soir (Evening Harmony)
Le Flacon (The Bottle)
Le Poison (Poison)
Ciel brouillé (Overcast Sky)
Le Chat (The Cat: As though it's his . . .)
Le Beau navire (The Beautiful Ship)
L'Invitation au voyage (Invitation to the Voyage)
L'Irréparable (The Irreparable)
Causerie (Conversation)
Chant d'automne (Autumn Song)
À une Madone (To a Madonna)
Chanson d'après-midi (Afternoon Song)
Sisina (Sisina)
Vers pour le portrait de M. Honoré Daumier (Verse for the Portrait of Mr. Honoré Daumier)
Franciscae meae laudes (In Praise of My Francisca)
À une dame créole (To a Creole Woman)
Moesta et errabunda (Moesta et Errabunda)
Le Revenant (The Ghost)
Sonnet d'automne (Autumn Sonnet)
Tristesses de la lune (Sorrows of the Moon)
Les Chats (Cats)
Les Hiboux (The Owls)

La Pipe (The Pipe)
La Musique (Music)
Sépulture (Tomb)
Une Gravure fantastique (A Fantastical Engraving)
Le Mort joyeux (The Happy Corpse)
Le Tonneau de la haine (The Cask of Hatred)
La Cloche fêlée (The Cracked Bell)
Spleen: Pluviôse irrité (Spleen: Pissed off at the whole city)
Spleen: J'ai plus de souvenirs (Spleen: I have more memories)
Spleen: Je suis comme le roi (Spleen: I'm like the king)
Spleen: Quand le ciel bas et lourd (Spleen: When the low, heavy sky)
Obsession (Obsession)
Le Goût du néant (The Taste for Nothingness)
Alchimie de la douleur (Alchemy of Sorrow)
Horreur sympathique (Reflected Horror)
Le Calumet de paix, imité de Longfellow (The Peace-Pipe)
La Prière d'un païen (A Pagan's Prayer)
Le Couvercle (The Lid)
L'Imprévu (The Unforeseen)
L'Examen de minuit (Confession at Midnight)
Madrigal triste (Sad Madrigal)
L'Avertisseur (The Warner)
À une Malabaraise (To a Lady of Malabar)
La Voix (The Voice)
Hymne (Hymn)
Le Rebelle (The Rebel)
Les Yeux de Berthe (Berthe's Eyes)
Le Jet d'eau (The Fountain)
La Rançon (The Ransom)
Bien loin d'ici (So Far from Here)
Le Coucher du soleil romantique (The Sunset of Romanticism)
Sur *Le Tasse en prison* d'Eugène Delacroix (On *Tasso in Prison* by Eugène Delacroix)
Le Gouffre (The Abyss)
Les Plaintes d'un Icare (Laments of an Icarus)
Recueillement (Meditation)
L'Héautontimorouménos (The Heautontimoroumenos)
L'Irrémédiable (Unredeemable)
L'Horloge (The Clock)

TABLEAUX PARISIENS (PARISIAN SCENES)

Paysage (Landscape)
Le Soleil (The Sun)
Lola de Valence (Lola of Valencia)
La Lune offense (The Offended Moon)
À une mendiante rousse (To a Redheaded Beggar Girl)
Le Cygne (The Swan)
Les Sept Vieillards (The Seven Old Men)
Les Petites Vieilles (The Little Old Women)

Les Aveugles (The Blind)
À une passante (To a Passerby)
Le Squelette laboureur (Skeletons at Work)
Le Crépuscule du soir (Dusk)
Le Jeu (Gambling)
Danse macabre (Danse Macabre)
L'Amour du mensonge (The Love of Lies)
Je n'ai pas oublié, voisine de la ville (I haven't forgotten our white house)
La servante au grand coeur dont vous étiez jalouse (The kindhearted servant you were jealous of)
Brumes et pluies (Mist and Rain)
Rêve parisien (Parisian Dream)
Le Crépuscule du matin (Dawn)

LE VIN (WINE)

L'Âme du vin (The Soul of Wine)
Le Vin des chiffonniers (The Wine of the Ragpickers)
Le Vin de l'assassin (The Wine of the Murderer)
Le Vin du solitaire (The Wine of the Loner)
Le Vin des amants (The Wine of Lovers)

FLEURS DU MAL (FLOWERS OF EVIL)

Épigraphe pour un livre condamné (Epigraph for a Condemned Book)
La Destruction (Destruction)
Une Martyre (A Martyr)
Femmes damnées: Comme un bétail pensif (Condemned Women: Like pensive cattle.)
Les Deux Bonnes Soeurs (The Two Good Sisters)
La Fontaine du sang (The Fountain of Blood)
Allégorie (Allegory)
La Béatrice (The Beatrice)
Un Voyage à Cythère (Voyage to Cythera)
L'Amour et le crane (Love and the Skull)

RÉVOLTE (REVOLT)

Le Reniement de saint Pierre (Saint Peter's Denial)
Abel et Caïn (Abel and Cain)
Les Litanies de Satan (The Litanies of Satan)

LA MORT (DEATH)

La Mort des amants (The Death of Lovers)
La Mort des pauvres (The Death of the Poor)
La Mort des artistes (The Death of Artists)
La Fin de la journée (Day's End)
Le Rêve d'un curieux (The Dream of a Seeker)
Le Voyage (Voyage)

Les Épaves (The Wreckage) (1866)

Le Coucher du soleil romantique (The Sunset of Romanticism)

PIÈCES CONDAMNÉES (CONDEMNED POEMS)

Lesbos (Lesbos)
Femmes damnées: Delphine et Hippolyte (Condemned Women: Delphine and Hippolyta)
Le Léthé (Lethe)
À celle qui est trop gaie (To That Girl Who's Too Happy)
Les Bijoux (Jewels)
Les Métamorphoses du Vampire (The Metamorphoses of the Vampire)

GALANTERIES (GALLANTRIES)

Le Jet d'eau (The Fountain)
Les Yeux de Berthe (Berthe's Eyes)
Hymne (Hymn)
Les Promesses d'un visage (The Promises of a Face)
Le Monstre (The Monster)
Franciscae meae laudes (In Praise of My Francisca)

ÉPIGRAPHES (EPIGRAPHS)

Vers pour le portrait de M. Honoré Daumier (Verse for the Portrait of Mr. Honoré Daumier)
Lola de Valence (Lola of Valencia)
Sur *Le Tasse en prison* d'Eugène Delacroix (On *Tasso in Prison* by Eugène Delacroix)

PIÈCES DIVERSES (MISCELLANEOUS POEMS)
La Voix (The Voice)
L'Imprévu (The Unforeseen)
La Rançon (The Ransom)
À une Malabaraise (To a Malabar Girl)

BOUFFONNERIES (FRIVOLITIES)

Sur les débuts d'Amina Boschetti (Upon the Debut of Amina Boschetti)
À M. Eugène Fromentin (To Mr. Eugène Fromentin)
Un cabaret folâtre (An Amusing Establishment)

INDEX

CHARLES BAUDELAIRE was born in 1821 in Paris, France. His father, François Baudelaire, died when Charles was seven. His mother, Caroline, then married army officer Jacques Aupick, who subsequently served as a French ambassador and senator.

In 1841, hoping to quell Baudelaire's dissolute nature, Aupick placed him on a ship bound for India. Though Baudelaire abandoned the journey in Réunion, the voyage provided him with imagery that would pervade his poetry.

Baudelaire settled in Paris, where he became a dandy and befriended luminaries such as Édouard Manet, Eugène Delacroix, and the photographer Nadar. He also began a tempestuous relationship with Jeanne Duval, who was of mixed French and West African ancestry and became the inspiration for a number of poems.

In 1857, *The Flowers of Evil* came out. Soon afterward, the French authorities denounced several of the poems as obscene and ordered that the edition be seized. The collection would secure Baudelaire's fame.

Following a disastrous sojourn in Brussels, Baudelaire returned to France ravaged by the effects of syphilis, which he had probably contracted as a teenager. He died in Paris in 1867 at the age of forty-six.

KEITH MILLER is the author of the novels *The Book of Flying*, *The Book on Fire*, *The Sins of Angels*, and *The Witch's Journey*, as well as a translation of Arthur Rimbaud's *The Illuminations*.

www.ingramcontent.com/pod-product-compliance
Lightning Source LLC
Chambersburg PA
CBHW020355260626
47156CB00007B/2118